가슴
뛰는
소설

사랑이 움직이는 순간

가슴 뛰는 소설

사랑이 움직이는 순간

초판 1쇄 발행　2020년 8월 21일
초판 8쇄 발행　2024년 6월 5일

지은이 • 최진영 박상영 최민석 이지민 정세랑 백수린 권여선 홍희정 황정은
엮은이 • 김동현 김선산 김형태 이혜연
펴낸이 • 김종곤
편집 • 김현정
조판 • 이주니
펴낸곳 • (주)창비교육
등록 • 2014년 6월 20일 제2014-000183호
주소 • 04004 서울특별시 마포구 월드컵로12길 7
전화 • 1833-7247
팩스 • 영업 070-4838-4938 | 편집 02-6949-0953
홈페이지 • www.changbiedu.com
전자우편 • contents@changbi.com

ⓒ 최진영 박상영 최민석 이지민 정세랑 백수린 권여선 홍희정 황정은 2020
ISBN　979-11-6570-017-1　43810

가슴
뛰는
소설

최진영
박상영
최민석
이지민
정세랑
백수린
권여선
홍희정
황정은

창비

사랑이 무엇인지 알 수 없어서

시작을 떠올려 봅니다. 지금 이 사람을 처음 사랑하게 된, 그 순간을 말입니다. 손잡고 길을 걷다가 손가락 끝에 살며시 힘을 주면 마시멜로처럼 폭신한 설렘이 살살 피어올랐습니다. 뛰는 가슴은 딴-다-단, 딴-다-단 왈츠 리듬으로 아름다운 원을 그렸지요. 자려고 몸을 누이면 그 사람의 나지막한 목소리가 히트곡 속 킬링 파트처럼 머릿속을 휘휘 맴돌았습니다. 떠올리기만 해도 볼이 발그레해지는 순간이, 우리에게도 있었습니다.

뜨거웠습니다. 내 모든 것을 내줄 수도 있다고 생각했지요. 이 사랑이야말로 진짜다, 이 사람만큼은 영원히 사랑할 수 있을 것이다, 그렇게 믿었습니다. 하지만 뜻대로 되지 않는 많은 것 중에 사랑도 예외가 될 수 없는 모양입니다. 우리의 사랑은 처음 그 순간과 달라져 있네요. 물론 지나온 시간만큼 서로가 익숙해졌고 관계가 성숙해지기도 했습니다. 하지만 지난날 마음을 휘감았던 아찔한 열병과 무조건적인 확신은 어느덧 희미해졌네요. 이런 변화를 두고 여전히 사랑이라 부를 수도, 더 이상 사랑이 아니라 할 수도 있겠지만, 어쨌거나 처음과는 분명 다릅니다.

슬프지만, 그래도 위안거리는 있습니다. 인간 행동학을 연구하는 과학자들은 사랑의 유효 기간이 겨우 900일 정도라고 말합니다. 우리의 사랑이 나약한 것이 아니라, 뇌와 호르몬이 사랑의 열정을 앗아가도록 인류가 진화했다는 것이지요. 덕분에 조금 마음이 놓입니다. 우리만 특별히 모자라서 이런 일이 벌어지는 것은 아니라는 말이니까요. 정말, 우리만 그런 게 아니었다고요!

한국인의 희로애락을 대변해 온 대중가요도 비슷한 이야기를 들려줍니다. 대중가요 100년사를 되짚어 보면 삼 분의 이 정도의 노래가 '사랑'을 다루고 있고, 제목에 '사랑'이 들어간 노래 가운데 삼 분의 이는 그 '사랑'을 꾸미는 말이 부정적인 낱말이라고 하네요. (한성우, 『노래의 언어』, 어크로스) 결국 대중가요 가운데 상당수가 '슬픈 사랑 노래'라는 것인데, 그렇다면 이렇게 사랑이 뜻대로 되지 않는 상황은 살면서 누구나 겪을 만한 일이 아닐까 하는 추측을 해 보게 됩니다.

앞서 고백한 것처럼, 엮은이들 역시 처음 뜻 그대로 사랑을 이루지는 못했습니다. 오랫동안 해 왔지만 아직도 사랑은 어려운 일입니다. 그래서 우리는 소설을 뒤적거렸습니다. 소설은 사람을 다루기 마련이고, 사람에게 가장 중요한 감정은 사랑이라는 믿음 때문이었습니다. 사랑이 무엇인지 알 수 없어서 읽고 또 읽다 보니, 함께 읽고 싶어지는 소설이 하나둘 나타났습니다. 그렇게 설레는 마음으로 차곡차곡 모은 작품이 여기에 실린 아홉 편입니다.

삶의 모든 순간에 사랑이 찾아올 수 있는 것처럼, 어떤 순간을 사는 독자라도 쉽게 빠져들어 읽을 만한 작품들을 찾고자 애썼습니다. 그 중에서도 우리가 가장 많이 생각했던 사람은 젊은이들입니다. 청춘은 가장 순수하고도 뜨거운 사랑을 할 만한 시기입니다. 하지만 자기 한 몸 건사하기도 힘든 현실 앞에서 많은 젊은이가 사랑과 연애를 포기한 채 고단한 인생을 살아가고 있습니다. 진지한 사랑 앞에 머뭇거리게 되는 이때, 우리는 더더욱 사랑을 꺼내 사랑이 무엇인지 묻고, 사랑의 진짜 얼굴을 엿보고 싶었습니다.

눈 밝은 독자들이 여기 실린 소설들을 차근차근 읽어 가면서, 삶의 모든 순간에 놓인 사랑의 모습을 마주하기를 바랍니다. 운이 좋다면, 진정한 사랑을 이루기 위한 지혜를 얻을 수 있을지도 모르겠습니다.

『가슴 뛰는 소설』은 전작 『땀 흘리는 소설』을 통해 맺은 인연이 계속 이어져 세상에 나올 수 있었습니다. 창비교육의 김현정 님, 박선영 님을 비롯한 출판 노동자들께 감사드립니다. 덕분에 좋은 사람들과 함께 좋은 소설을 읽는 기쁨을 한껏 누릴 수 있었습니다. 기쁜 마음으로 엮은 『가슴 뛰는 소설』이 『땀 흘리는 소설』과 손을 꼭 붙잡고 사람들 곁으로 가, 우리의 삶이 아름다운 사랑과 가치 있는 땀으로 채워지는 데에 작은 힘이라도 보태면 좋겠습니다.

2020년 8월
엮은이들의 목소리를 다시 모아

차
례

최진영

2006년 『실천문학』 신인상을 받으며 작품 활동을 시작했다. 소설집 『팽이』, 『겨울방학』, 장편 소설 『당신 옆을 스쳐간 그 소녀의 이름은』, 『끝나지 않는 노래』, 『나는 왜 죽지 않았는가』, 『구의 증명』, 『해가 지는 곳으로』, 『이제야 언니에게』 등을 썼다. 신동엽문학상, 한겨레문학상을 수상했다.

01

첫
사
랑

열여섯 살 때, 사랑한다는 말을 처음 들었다. 수업을 마치고 집에 가는 길이었다. 같은 초등학교를 다녔던 남자애 서너 명이 반대편에서 걸어오고 있었다. 그들과 거리가 가까워질수록 나는 일부러 발끝만 보고 걸었다. 남자애들과 인사하고 말을 섞는 건 열두 살 이후로 끊었으니까. 저희끼리 요란하게 떠들며 내 옆을 지나가던 남자애 중하나가,

야!

하고 나를 불렀다. 당시 이성의 이름은 전부 '야'로 통했다. 나는 돌아보는 대신 걸음을 살짝 늦췄다.

이 새끼가 씨발 좆나 사랑한단다!

묵직한 웃음이 와르르 쏟아졌다. 뒤를 돌아봤다. 내 눈치를 보던 남자애들이 서로 옷과 가방을 잡아당기며 달려가기 시작했다. 달려가면서 또 소리쳤다.

좆나 보고 싶었대!

그들을 향해 신발주머니를 홱 집어 던졌다. 흙길에 내동댕이쳐진 신발주머니에서 낡아 빠진 삼선 슬리퍼가 또르르 굴러 나왔다. 나는 가만히 선 채로 흙바닥에 너부러진 슬리퍼 두 짝을 집요하게 노려봤다. 그걸 내 손으로 주워서 도로 신발주머니에 담을 것을 생각하니 참았던 신경질이 머리끝까지 치솟았다. 나를 '씨발 좆나 사랑한다'는 애가 누구인지라도 알았다면 그나마 좀 덜 억울했을 거다.

++

아버지는 하느님을 사랑한다. 그래서 돈이나 가족보다 믿음이 제일 중요하다고 말한다. 그러면 엄마는, 그럼 하느님하고나 살 것이지 나랑은 도대체 왜 사느냐고 대꾸한다. 나는 아버지가 하느님이 아닌 엄마와 사는 이유를 안다. 그건 바로 아버지가 짝사랑을 하고 있기 때문이다. 짝사랑이 뭐 별건가? 사랑하는 이에게 사랑한다는 말을 듣지 못하면 짝사랑이지. 아버지에게 효도하는 방법은 딱 하나다. 아버지처럼 하느님을 짝사랑하는 것. 하지만 나는 절대 그럴 수 없다. 아버지와 연적이 될 순 없으니까. 하느님이 아무리 꽃미남 피부 미남에 막강 파워를 가진 최고 권력자라도 그 짓만은 못하겠다. 나는 아버지와 연적이 되는 대신 하느님과 연적이 되기로 했다. 하느님을 사랑하는 대신 질투하는 쪽을 선택했다 이 말이다. 왜냐. 내겐 하느님보다 아버지가 더 소중하니까. 엄마는 돈을 사랑한다. 엄마 말에 의하면 돈은 전지전능하며 영원불변하다. 그러니까, 음, 신 같은 거다. 돈에게 사랑한다는 말을 들을 수 없으니까 엄마의 사랑도 짝사랑이다. 그래도 엄마는 지치지 않고 사랑한다. 아버지 역시 마찬가지다. 아버지의 유일한 소망은 죽어서 하느님 품에 안기는 거다. 엄마는 죽기 전에 돈방석에 앉는 것이고.

아버지와 엄마의 사랑이 너무나도 철저하고 완벽해서 나는 외로웠다. 솔직히 나라고 하느님이나 돈과 연적이 되고 싶겠나, 자존심 구겨지게. 외로움에서 탈출하기 위해 나는 별짓을 다 했다. 반항도 해 보고 착한 척도 해 보고 아픈 척도 해 보고 성숙한 척도 해 봤다. 하지만 그 모든 '척'은 나를 '성격은 지랄 같고 변덕은 죽 끓듯 하는 애'로 만들어 버렸다. 절망과 오기로 똘똘 뭉친 한 시절을 보낸 후에야 나는, 사랑받으려면 일단 무엇이든 사랑하고 봐야 한다는 간명한 이치를 깨닫게 되었다. 나는 부모님과 달리 살아 있는 것을 사랑하기로 했다. 그래야 한다고 믿었다. 하지만 살아 있는 것을 사랑할수록 더 외로워졌다. 그저 외로울 뿐이라면 어떻게든 꾹 참아 보겠는데, 사랑과 함께 오는 외로움은 꼭 경멸이나 굴욕감의 손을 잡고 왔다. 상대가 바람을 피우거나 거짓말을 할 때도, 약속을 안 지키거나 이기적으로 굴 때도, 혹은 그럴듯한 데이트를 마친 뒤 평온한 상태로 잠들기 전에도 마찬가지였다. 모든 감정의 끝물에서는 외로움의 맛이 났다. 무생물을 사랑하는 부모님의 마음을 이해할 수 있을 것도 같았다. 부모님도 외로웠던 거고, 외로운 것이 싫어 무생물을 사랑했던 거다. 무생물은 나를 배신하지 않고, 항상 내 곁에 있으며, 그저 믿고 사랑하기만 하면 되니까.

옛 애인 중엔 사랑한다는 말보다 헤어지자는 말을 먼저 한 사람도 있다. 지긋지긋하니까 이제 그만 헤어지자는 사람 앞에서 나는, 헤어지려면 우선 사랑한다는 말부터 해야 하는 것 아니냐고 따졌다. 사랑한다고 말하지 않으면 절대 헤어질 수 없다고 길길이 날뛰자 그 사람은 적선하듯,

그래, 그거 했다. 됐냐?

라는 말을 던지고는 바로 자리를 떴다. 나는 그를 쫓아가 그의 입에서 끝내 '사랑'이란 단어를 뽑아내고야 말았다. 그런 식으로 복수했다. 그는 아마 '사랑'이란 단어에 알레르기가 생겼을 것이다. 누군가에게 사랑을 고백할 때마다 사랑한다고 말하라며 표독하게 쫓아다니던 내가 떠오르겠지. 젠장, 나라고 사랑을 그렇게 푸대접하고 싶겠나. 애태우고 주저하고 가슴을 부여잡으며 '사랑'이란 말은 아끼고 아꼈다가 일기장에나 간신히 쓰던 때가 내게도 분명 있었다. 그리 오래전 일도 아니다. 겨우 십 년, 십 년 전 일이다.

++

당시 내가 살던 마을에는 푸른 논과 낮은 집과 표정을 알 수 없는 커다란 산이 있었다. 산 너머엔 내가 사는 마을과 똑같은 마을이 있을 것이고, 그 너머엔 또 그런 곳이 있을 것이었다. 스무 살이 되고 서른 살이 된다는 건, 가파른 산을 넘어 모든 것이 똑같지만 이름만 다른

마을로 들어서는 것과 같다고 생각했다. 나는 예쁘지도 않고 특별히 잘하는 것도 없고 반드시 되고 싶은 것도 없는, 게다가 남들이 가는 길을 의심 없이 적극적으로 따라갈 용기도 없는 열아홉 살 여자애였다. 인생에 대한 기대나 희망이나 설렘 같은 건 모두 남 얘기였다. 계절마다 미세하게 변하는 색깔과 냄새와 별자리 역시 나를 좌절의 구렁텅이로 밀어 넣었다. 조금씩 말고, 한순간에 확 바뀌길 바랐다. 사소한 변화에 모든 관심을 기울이기엔 내가 너무 권태로웠다.

토요일 저녁이면 일몰을 보며 지구의 자전을 몸소 느끼곤 했다. 그건 일주일을 마무리하는 나만의 의식이기도 했는데, 그날은 그보다 더 중요하고도 흥미로운 것에 마음을 몽땅 내준 상태였기에 자전이든 부전이든 그딴 것에 마음 쓸 겨를이 없었다. 나는 땅만 보고 걸으면서 그날 본 아름다움에 대해 생각하고 또 생각했다.

오후 보충 수업이 끝나갈 즈음이었다. 느긋하게 기운 가을볕 따라 둥둥 떠다니는 먼지와 분필 가루가 다 보였다. 선생님은 교탁을 짚고 선 채 한 시간 내내 입으로만 문제를 풀었고, 아이들은 반 넘게 자거나 졸았다.

발을 구르면.

공기 중에 떠다니는 먼지 하나를 집요하게 쳐다보며 생각했다.

떠오르겠는데.

그날따라 몸이 너무 가벼웠다. 발바닥부터 서서히 떠오르는 느낌이었다. 풍선처럼 떠올라 교실 천장에 콩콩 머리를 박는 상상을 했다. 콩콩 머리를 박으며 창문 가까이 다가가고, 창밖으로 빠져나가 운동장과 기숙사를 지나 버스가 달리는 시내까지 가다 보면 해가 지고 밤이 올 텐데, 그럼 그땐 어떻게 내려오지? 추위에 발발 떨면서 잠도 못 자고 밥도 못 먹고 버려진 애드벌룬처럼 하늘에 붕붕 떠 있는 나를 상상하자 절로 엉덩이에 힘이 들어갔다. 종이 울렸다. 몇몇 아이들이 화장실에 가려고 일어났다. 나는 두 팔에 얼굴을 묻은 채 자꾸만 가벼워지는 몸을 책상에 고정했다. 교실 뒷문에서 누군가가 J를 불렀다. 나를 부른 게 아닌데도 나는 고개를 들었다. 창가에 앉아 있던 J가 고개를 돌려 저를 부른 아이를 쳐다봤다. 그리고 환하게 웃었다.

아름다웠다.

가슴이 뛰었다. 머릿속 굵은 핏줄 하나가 터져 버린 듯 심각한 두통이 밀려왔다. 손발이 저렸다. 나도 모르게 발을 굴렀다. 몸이 둥실 떠올랐다. J가 웃을 때마다 콩콩, 머리로 교실 천장을 박았다.

야.

J의 아름다운 미소를 몇백 번쯤 곱씹으며 아름다움과 사랑이란 단어의 찰떡궁합에 대해 생각하던 나는, 유리창을 박살 내는 야구공 같은 목소리에 퍼뜩 정신을 차렸다. 골목 어귀에 Y가 서 있었다.

잠깐만 보자.

Y가 건들건들 손짓을 하며 말했다. 삼 년 전 '씨발 좆나 사랑한다'고 소리 지르며 멀리멀리 달려가던 그 무리 중 한 명이었다. 나도 모

르게 인상을 찌푸렸다.

왜.

나는 가방 어깨끈을 두 손으로 꼭 쥐며 대꾸했다. 그런 행동이 나를 더 완전하게 만들어 준다고 생각하던 시절이었다.

줄 게 있어.

Y가 주변을 둘러보며 말했다. 저녁 어스름이 내려앉은 동네 곳곳에서 개 짖는 소리가 들렸다. Y는 같이 좀 걷자고 말한 뒤 길바닥에 침을 찍 뱉으며 골목 안으로 들어갔다. 십 분쯤 걷던 Y가 뒤를 돌아보며 우리가 같이 다닌 초등학교를 가리켰다.

나는 철봉 뒤 나무 의자에 앉았다. Y는 내 옆에 앉았다가, 철봉에 기대섰다가, 오래된 플라타너스나무를 툭툭 발로 차다가, 다시 내 옆에 앉았다. 나는 Y를 좋아하지도 싫어하지도 않았지만, 왠지 가슴이 떨렸다.

공부는 잘되냐?

Y는 꼭 어른처럼 물었다. 나는 대답하지 않았다.

이거 주려고.

화난 사람처럼 입을 꾹 다물고 있는 내게 Y는 노란 종이로 포장한 선물을 내밀었다. 나를 '씨발 좆나 사랑한다'던 애가 너였느냐고 묻고 싶었지만, 그런 걸 먼저 물어볼 순 없었다.

친하게 지내자고.

Y가 말했다. 좀 웃겨서, 나는 피식 웃었다. 금세 주위가 깜깜해졌다. 당직실 창에 불이 켜졌다. Y가 벌떡 일어나더니 집까지 데려다주

겠다고 했다. Y와 나는 일 미터쯤 떨어진 채로 걸었다. 나는 언제나 그만큼씩 떨어져서 걷는 두 사람을 안다. 아버지와 엄마. Y를 뒤따라가며 아버지와 엄마를 떠올리자 기분이 무척 나빠졌다.

야.

Y를 불렀다.

너였지?

사방이 어두워 Y의 표정이 잘 보이지 않았지만, 당황하는 것 같았다.

삼 년 전에. 굴다리 근처에서. 나한테.

나는 일부러 말을 똑똑 끊어 했다. Y가 풋 웃더니 대꾸했다.

그땐 아니었는데. 근데, 그때부터긴 해.

Y는 내 손에 들린 선물을 가리키며 말했다.

집에 가서 그거 풀어 봐.

그러곤 갑자기 달려갔다. 집까지 바래다주겠다고 해 놓고, 집에 가려면 아직 십 분이나 더 걸어야 하는데도 말이다. 나는 Y를 따라 달려야 하는지 아니면 그대로 서 있어야 하는지 알 수 없어 그동안 봐 왔던 드라마를 떠올렸다. 확실히, 남자가 뛴다고 같이 뛰는 여자 주인공은 없었으니까. 나는 선물을 든 채로 그 자리에 일 분 정도 서 있다가 다시 걸었다. 당장 포장지를 뜯어보고 싶었지만 어딘가에서 Y가 지켜보고 있을지도 모른다는 생각이 들어서 꾹 참았다. 그리고 최대한 우아하고 서정적으로 걷기 위해 노력했다.

집에 돌아와 방문을 콩 닫고 포장지를 뜯었다. 스카치테이프에 뿌연 지문이 묻어 있고 포장지 절단면이 깔끔하지 않은 걸 보니 Y가 직접 포장한 것 같았다. 찢어진 포장지 사이로『Everlasting Love Song』이란 시디와 편지 한 통이 보였다. 편지 봉투의 윗부분을 손으로 북찢어 탈탈 털었다. 편지지 맨 위에는 '야'라는 호칭 대신 내 이름 석 자가 또박또박 적혀 있었다.

편지는 알 켈리의 「I Believe I Can Fly」 가사로 시작됐다. 영어는 검은색으로, 해석은 파란색으로 쓰여 있었고 "But now I know the meaning of true love"란 문장엔 노란 색연필로 색칠이 되어 있었다. 나는 Y가 칠해 놓은 문장 대신 "I believe I can fly. I believe I can touch the sky"란 문장을 오랫동안 들여다봤다. 왜냐하면, 그건 그날 내가 똑똑히 느낀 감각이니까. 하늘은 끝도 없고 만질 수도 없을 테니 하늘에 닿는다는 게 정확히 어떤 의미인지는 모르겠지만, 아무튼 그날 나는 분명 날 수 있다고 느꼈다. 그 느낌과 함께 J의 아름다운 미소와 사랑이란 단어가 다시 떠올랐다. 아름다움과 사랑이란 단어는 자석의 양극처럼 서로를 무지막지하게 끌어당겼다. 그날 일기장에 "I believe I can fly. I believe I can touch the sky"란 문장과 J의 미소와 아름다움과 죽고 싶다는 내용을 썼다. 어쩌다 보니 Y 얘기는 빼먹고 말았다.

++

아침 보충 수업이 끝나고 쉬는 시간이 되면 대부분의 아이들이 책상에 엎드려 잤기 때문에, 수업 시간보다 쉬는 시간이 더 조용했다.

그때마다 나는 식당까지 천천히 걸어가 자판기 커피를 뽑아 마시며 그 순간의 쓸쓸한 운동장과 따뜻한 고요를 누렸다. 종이컵의 커피가 반 정도 사라질 즈음이면 쪽문으로 걸어가는 J의 뒷모습이 보였다. 쪽문은 가파른 산길로 이어졌다. 산꼭대기에 오르면 시내가 다 보인다고 했는데, 나는 한 번도 가 보지 않았기에 그냥 그렇게 알고만 있었다. 그 산 아래에서 종종 바바리맨이 출몰한다는 소문도 있었다. J는 아마 쪽문 옆 어딘가에서 담배를 피울 것이었다. J가 담배를 피운다는 것 역시 소문으로만 들었다.

적막한 운동장 한구석, 서로를 볼 수 없는 어딘가에서 나는 커피를 마시고 J는 담배를 피웠다. 그렇게 이 년 동안, 우리는 그 시간 그 장소의 바람과 햇살과 고요를 공유했다. 가끔 J의 뒷모습이 보이지 않을 때도 있었다. 그럴 때면 초록색을 칠하지 않은 풍경화처럼 나의 감각은 미완으로 남아 버렸다.

J와 나는 같은 반이었지만 서로 말 한마디 나눠 본 적 없었다. 가까워지고 싶은 마음이 클수록 먼 곳으로 도망가게 되는 경우가 있다. 나는 일부러 J를 피했다. 아무 감동도 느낌도 없이 시시껄렁한 농담이나 주고받는 애들 중 하나가 되고 싶진 않았다.

말을 건네도 좋았을 순간이 아주 없었던 것은 아니다.

가끔, 이름만 들어 본 고장의 지도가 머릿속에 제멋대로 그려질 때가 있었다. 그럴 때마다 야간 자율 학습을 빼먹고 한 시간쯤 떨어져 있는 기차역까지 걸어갔다. 걸으며, 미쳐 날뛰는 시간과 감정을 자근자근 밟아 죽였다. 기차역에 도착한 뒤에는 어디에도 가지 않을 것이면서 꼭 어딘가로 떠날 사람처럼 열차 시간표를 심각하게 쳐다봤고, 아무것도 더하거나 덜지 못한 마음을 떠메고 다시 학교로 돌아오곤 했다.

그런 날이었다. 어딘가로 떠나고 싶으나 떠날 용기는 없고, 사실 딱히 가고 싶은 곳도 없고, 정말 떠나고 싶은 건지, 아니면 단지 이곳이 싫을 뿐인지조차 알 수 없고, 머릿속으로 낯선 고장을 하도 많이 상상해서 이미 그곳에 다녀온 것처럼 지쳐 버린 날. 그날 역시 기차역까지 걸어갔다가 야자가 끝날 무렵 학교로 돌아왔다. 교실로 올라가기 전에 수돗가에서 손을 씻었다. 맨손에 닿는 시린 물에 온몸의 털이 삐죽 섰다. 손을 털자 흙바닥에 검은 점이 듬성듬성 돋아났다. 교복 조끼에 손을 닦으며 무심코 현관 옆 울타리를 봤다. 누군가가 그곳에 쪼그려 앉아 있었는데, 잔바람에 흔들리는 나뭇잎처럼 어깨가 미세하게 들썩이고 있었다. 발소리를 죽인 채 계단을 올라 현관 근처까지 갔을 때에야 나는 흔들리는 어깨의 주인을 알아보았다.

J였다. 울고 있었다.

그때 말을 걸었어야 했다. 그 애의 이름을 또박또박 불렀어야 했다. 왜 우느냐고 물어봤어야 했다. 까만 그곳, 애인이 쏜 화살에 맞아 죽은 오리온 아래에서, 그 애의 젖은 두 눈을 똑바로 쳐다봤어야 했다. 하지만 나는 아무것도 못 본 사람처럼 J를 지나쳤다. J 옆에 앉으면 내 심장 뛰는 소리가 다 들릴 것만 같았다. 그 소리를 들킬 수는 없었다.

이 층으로 올라가면서 복도 창으로 아래를 흘금 봤다. 아주 느리게 몸을 일으킨 뒤 현관으로 들어서는 J가 보였다. J가 일 층 계단을 오를 때, 나는 이 층 계단을 밟았다. 내가 사 층에 들어섰을 때, J는 삼 층 복도 창에 기대서서 창밖을 하염없이 쳐다보고 있었다. 창밖으로 뛰어내릴까 봐 무서웠다. 죽고 사는 문제가 아니라, 죽어 버리겠다고 마음먹는 것 자체가 나를 겁나게 했다. 나는 그 자리에 가만 선 채로 J가 움직일 때까지 기다렸다.

그 밤 이후 나는 늘 J를 찾아 주변을 두리번거렸다. J가 어디에 있는지 알아야 마음이 놓였다.

++

Y는 주말 밤마다 나를 불러냈다. 집으로 전화를 걸어서 부모님이 받으면 그냥 끊고, 내가 받으면 잠깐 나오라고 했다. Y를 좋아하지는 않았지만 주말 저녁이면 Y의 전화를 은근히 기다렸고, 잠깐 보자고 하면 깨끗한 옷을 골라 입고 나갔다. Y와 나는 늘 초등학교 운동장에서 만났고, 언제나 Y의 점퍼 주머니엔 따뜻한 캔 커피 두 개가 들어 있었다. Y와 나는 항상 그네에 앉아 캔 커피를 마셨고, 커피를 다 마시면 시소를 탔다. 서로 그러자고 약속한 것도 아닌데, Y와 나는 그 모든 과정을 절대 어기면 안 되는 법칙처럼 지켰다. 시소를 타며 Y는 자기 친구들에 대해 말하거나 스무 살 이후의 삶에 대해 이야기했다. 나는 잘 듣다가 가끔 신경질을 냈다.

그래서, 너는?

나는 발을 힘껏 구르며 물었다. 시소가 공중으로 붕 떠올랐다. Y가 자기 학교에 떠도는 소문을 말해 준 뒤였다. 이 학년 후배가 같은 반 친구를 좋아했는데, 직접 고백을 했는지 아니면 들킨 것인지 모르겠지만 아무튼 다른 놈들이 그 사실을 알게 되었단다. 선배와 동기가 돌아가면서 그 아이에게 집단 린치를 가했다. 교실에도 못 들어오게 하고 화장실에도 못 가게 했다. 욕하고 때리고 침 뱉고 돈을 뺏었다. 그 사실을 알게 된 선생들이 린치를 당한 아이에게 자퇴와 전학 중 하나를 고르라고 했단다. 결국 전학을 갔는데, 그곳에도 소문이 퍼져 또 전학을 가게 되었다는 것이 소문의 결말이었다.

내가 뭐?

Y가 공중으로 붕 떠오르며 대꾸했다.

너도 팼냐고.

난 안 그랬어.

그럼 말렸어?

말리긴 왜 말려.

그럼 뭐 했는데?

그냥 소문만 들었어.

엉덩이에 힘을 꽉 줬지만 Y도 그만큼 힘을 주고 있었기에 바닥으로 내려갈 수가 없었다.

너라면 어땠을 거 같은데?

공중에 대롱대롱 뜬 채로 내가 물었다.

난 안 팼다니까.

Y가 짜증 섞인 말투로 대꾸했다.

아니, 남자가 너한테 고백을 하면.

Y가 인상을 찌푸리면서 벌떡 일어섰다. 나는 순식간에 바닥으로 떨어졌다.

장난하냐?

Y가 바닥에 침을 찍 뱉으며 물었다.

장난 아니고. 진지하게.

야.

기분 나빠?

당연하지.

왜 기분 나빠? 널 싫어하는 것도 아니고, 좋아한다는데.

야, 남자가 남자랑…… 그게 말이 돼? 주둥아리를 확 패 줘야지.

나는 남자 아버지가 남자 하느님을 사랑하는 것에 대해 잠시 생각했다.

그럼 만약에, 잘생기고 운동도 잘하고 인기도 많고 돈도 많고, 음, 공부도 잘하고 성격도 열라 좋은 데다 싸움까지 잘하는 남자애가 너한테 사랑한다고 고백하면?

Y는 화를 내는 대신 잠시 생각에 잠겼다가 고개를 흔들며 대꾸했다.

말도 안 돼.

뭐가?

그런 애가 남자를 좋아할 리 없잖아.

Y가 손을 털고 철봉을 잡으며 말을 이었다.

내가 편지에 썼는지 모르겠는데, 사실 초등학교 다닐 때는 너한 테 별로 관심도 없었거덩. 근데, 딱 하나 기억나는 게 있긴 해. 오학 년 때인가. 너 전학 오고 며칠 후에. 수업 끝나고 애들이랑 축구하다 가 가방 가지러 교실에 들어갔는데, 그때 너 혼자 책상에 엎드려서 울고……

근데 진짜 비겁하다.

내 말에 Y는 입을 벌린 채 멍청한 표정으로 나를 봤다.

지들이 고백받은 것도 아니면서 왜 애를 패? 돈은 왜 뺏어? 누가 지 들 좋댔어? 지들이 왜 나서냐고,

Y가 철봉에서 뚝 떨어지더니 나를 빤히 노려봤다.

그 얘기가 왜 또 나오는데?

아니, 그게 그렇잖아.

지금 우리 얘기 하고 있잖아. 근데 그 재수 없는 자식 얘기가 왜 또 나오냐고.

'우리'라는 말에 심장이 움찔했다. 문득 '나는 Y를 사랑하지도 않으 면서 주말 밤마다 왜 애를 기다릴까'라는 생각이 들었다. 사랑이란 단 어를 떠올리자 J의 아름다운 미소도 함께 떠올랐다. 그 미소를 생각 하자 움츠러들었던 심장이 다시 뛰었다. 얼굴과 두 손이 뜨거워졌다. 나는 말없이 Y를 빤히 쳐다봤다. 이상하게도 Y만 보면 마음이 차분해 졌다. Y가 천천히 다가와 두 손으로 내 어깨를 잡더니 얼굴을 점점 가

까이했다. 어딘가에서 메마른 낙엽 냄새가 났다.

메마른 냄새는 J의 것. 작은 나무처럼 웅크린 채 울던 J. 뒷모습만으로도 완전한 J. 세상에서 가장 아름다운 미소를 가진 J. 늘 나를 두리번거리게 하는 J.

그날 역시 죽고 싶다는 내용과 J에 대한 이야기로 일기장을 채웠다. '아름답다'란 단어를 반복해서 쓰기도 했다. '아름답다'와 '사랑'은 지구와 달처럼 늘 함께 움직였다. 팔이 아파 Y와의 첫 키스 얘기는 쓰지 않았다.

++

사랑이 무엇인지 알 수 없어서 주위 사람들에게 사랑이 뭐냐고 물어보고 다닌 적이 있다. 모두 다른 말을 했다. 즐거운 거야. 어떤 상황에서도 나를 버티게 하는 힘이지. 굉장히 절대적인 겁니다. 그 사람한테만은 나쁜 짓 하면 안 되는, 그런 거. 아, 할 말이 너무 많은데. 어디서부터 말해야 하나. 쪽팔리게 뭐 그런 걸 묻냐. 그 사람과는 뭐든 할 수 있겠다는 마음? 일단 자 봐야 아는 거야. 시작이 곧 끝인 것? 상대와 나를 알아 가며 나의 내면을 확장해 가는 과정 아닐까. 그거 다 사기야. 죽을래? 일단 좀 하자. 왜 그래? 뭔 일 있어? 배려하는 거죠. 최선을 다하는 거. 헌신적으로. 힘들 때마다 생각나요. 아 씨, 뭐 그딴 걸 물어보냐고. 뭔데 그게? 먹는 거야?

가장 많이 들었던 대답은, 그걸 어떻게 말로 설명하느냐는 말이었다. 나 역시 그 말에 공감했다. 하지만 누군가가 십 년 전의 내게 사랑이 뭐냐고 물었다면, 나는 분명하게 대답했을 것이다.

그건 J야. J의 미소야.

++

졸업 앨범을 찍던 날이었다. 가을이었고, 그늘보다 양지를 더 많이 찾게 되는 날씨였다. 졸업 앨범을 찍고 나면 수능이었고, 수능 후 기말고사만 치르면 졸업이었다. 졸업은 이별. 이별은, 아무리 두리번거려도 찾을 수 없다는 뜻. 계절이 깊어지고 바람이 차가워질수록 나는 불행해졌다.

그 전날 밤, Y는 전화를 걸어와 저녁 여섯 시부터 학교 앞에서 기다리겠다고 했다. 나는 싫다고 했다. 부담스러웠다. 남학생이 여고 앞에서 누군가를 기다린다는 건, 그 누군가와 사귀는 사이임을 전교에 소문내는 것과 같은 일이었으니까. 나는 소문의 주인공이 되고 싶지도 않았으며 J가 그 소문을 듣게 되는 것도 싫었다. Y는 나올 때까지 기다리겠다고 말한 뒤 일방적으로 전화를 끊었다.

오 반에서 팔 반까지 운동장으로 나오라는 방송이 들렸다. 나는 손바닥만 한 필름 카메라를 들고 운동장으로 나갔다. 줌 기능도 없는 구식 카메라였다. 단상 앞에서 주임 선생님이 오 반 아이들을 불렀다. 우리 반 차례가 되려면 아직 시간이 남은 듯했다. 신발 속에 돌이 들어갔는지 발바닥이 아팠다. 깨금발을 한 채 운동화를 벗어 돌을 털어 내며 습관적으로 J를 찾았다. J의 뒷모습이 쪽문 너머로 사라지고 있었다. 나는 주문에 걸린 동화 속 어린이처럼 J의 뒷모습을 따라갔다.

머리 위로 마른 낙엽 밟는 소리가 희미하게 들렸다. 그 소리를 따라 좁은 흙길을 올라갔다. 낡은 운동화가 이미 죽은 낙엽을 잘게 부스러뜨렸다. 눅눅한 것은 소리가 없다고 마음에 적었다. 그래서 나는 아무 말도 할 수 없다고 이어 적었다. 넉넉한 공백을 두고, 아름다운 미소는 메마른 것에 가깝다고 또박또박 적고, 그 뒷장에 J의 미소를 그렸다. 새소리가 들렸다. 한 마리가 소리를 내자, 다른 새도 소리를 냈다. 트고 갈라진 Y의 입술이 떠올랐다. 입속으로 기어들어 오던 Y의 혀와 냄새와 침. 기분이 좋지 않았다. J와 내가 키스하는 모습을 그려봤다. 머릿속이 잠시 암전되었다가, 귀퉁이부터 노랗게 물들어 갔다. 상상만 해도 심장이 뛰고 손발이 저렸다. 라일락 향기가 날 것이다. 꽃잎을 씹듯 촉촉하고 부드럽겠지만, 늦가을 서리처럼 차고 아플 것도 같다. 종소리가 날까? 정말 그럴까? Y와 키스할 땐 종소리가 안 났으니까 그건 키스가 아니었다. 그냥 장난이었다. 진짜 키스라면 그럴 리 없지. 대뜸 화가 났다. Y를 만나면 반드시 때려 줘야겠다고 생각했다.

산길은 생각보다 가파르고 위험했다. 마른 낙엽 때문에 몇 번이나 미끄러졌다. 오래전, 부모님과 외할아버지 산소에 갔던 일이 떠올랐다. 무척 험한 산이었다. 귀신도 밤이면 길을 잃을 것처럼 복잡하고 구불구불한 산길. 높게 자란 전나무 사이로 가느다란 햇살이 인색하게 새어 들었다. 아버지는 삼 미터쯤 앞서 걷다가 종종 엄마와 나를 돌아봤다. 엄마와 거리가 어느 정도 좁아지면, 아버지는 다시 앞을 보고 걸었다. 우린 그때 아무 대화도 나누지 않았다. 서로의 손을 잡아 주지도 않았다. 엄마는 아버지의 발자국을 따라 걸었고, 나는 엄마의 발자국을 따라 걸었을 뿐이다. 산 중턱에 있는 외할아버지 산소에 도착하고 나서야 아버지는 깊은숨을 내쉬며 온몸의 긴장을 풀 듯 팔다리를 흔들었다. 엄마는 내 바지에 묻은 흙을 무심히 털어 주었다. 나는 입을 한 발이나 내밀고서 못된 표정을 지었다.

J의 뒷모습을 놓쳤다가 다시 발견하길 반복했다. J의 이름을 소리 내어 부르고 싶었지만, 한 번도 입 밖으로 내본 적 없는 이름이라 혀가 딱딱하게 굳었다. J가 돌아보고 기다려 주길 바랐다. 그럼 이름을 부르지 않아도 네가 거기 있고 내가 여기 있음을 알 수 있을 텐데. J가 있으리라 짐작되는 곳에서 나뭇가지 꺾이는 소리와 메마른 낙엽 부서지는 소리가 희미하게 들렸다. J는 왜 자꾸 높은 곳으로 가는 걸까. J가 쪽문에서 담배를 피운다는 소문은 사실이 아닐 수도 있었다. 그저 하루에도 몇 번씩 산을 오르는, 아니 헤맸던 것일지도. 그건 어쩌면, 밤마다 죽고 싶다는 글씨로 일기장을 가득 채우는 내 마음과 비슷하지 않을까.

야!

용기를 냈다.

그만 가자!

먼 곳까지 들리도록 큰 소리로 말했다. 이름 모를 새들이 한꺼번에 지저귀기 시작했다. 구불구불한 길 너머에서 J의 목소리가 어렴풋이 들렸다. 누구냐고 묻는 것 같았다.

그만 가자고!

나는 내 이름을 말하는 대신 같은 말을 더 크게 내뱉었다. J가 다시 누구냐고 물었다. 내 이름을 댔다. 누구? J가 되물었다. 더 크게 대답했다. 내 이름이 산속을 가득 채웠다. 답이 없었다. 그 자리에서 한참을 기다렸지만 J는 대답하지도, 내려오지도 않았다. 심장이 쿵 하고 내려앉았다.

설마 나를 모르나?

J가 나를 볼 수 있는 곳까지 단숨에 올라가려다가, 발을 멈췄다. J가 내 얼굴을 보고도 누구냐고 묻는다면 죽을 때까지 J를 원망하게 될 것 같았다. 더 높은 곳으로 오르는 J를 뒤로한 채 나는 쫓기듯 아래로 내려갔다. 목에 걸린 카메라가 돌에도 부딪히고 나무에도 부딪혔다. 거듭 넘어지고 미끄러졌다. 종아리와 손등에 상처가 났고 흰 블라우스와 회색 치마에 흙이 잔뜩 묻었다. 아프고 더럽고 겁났다. 잠시 노란빛이 감돌더니, 차갑고 어두운 공기가 산속을 와락 채웠다. 시계가 없어 몇 시인지도 알 수 없었다. 졸업 앨범은 이미 다 찍었을 것이고, 사진 속에 나와 J는 없을 것이었다.

산을 내려오며 길을 잃었다. 올라간 만큼 내려온 것 같은데도 학교 쪽문은 나타나지 않았다. 나뭇가지를 부러뜨리며 무작정 아래로 내려가면서, 누구냐고 묻던 J의 목소리를 몇 번이나 곱씹었다. 산길을 헤매다가 혹시라도 J와 마주칠까 봐 겁이 났다. 처음 보는 사람처럼 내 곁을 지나쳐 버릴 그 애를 상상하는 것만으로도 얼굴이 달아올랐다. '씨발 좆나 사랑한다'던 삼 년 전 장난 섞인 목소리도 떠올랐다. 그 말을 그런 식으로 할 수밖에 없는 마음을 이해할 것 같았다. 그러니 나를 좋아했던 사람은 Y가 아니라, Y와 나를 놀리는 방법으로나 사랑을 말할 수 있었던 Y 옆의 아이였을지도 모른다.

한참을 걸어 가로등을 발견했다. 조금 더 걸으니 골목이 나왔다. 골목을 돌아 내려가자 학교 정문이 보였다. 그곳에 Y가 서 있었다. 교문 안쪽을 힐금거리며 나를 기다리던 Y는, 정문이 아니라 윗동네에서 걸어오는 나를 보고 어깨를 으쓱했다.

왜 하필 너야.

Y에게 다가가며 말했다.

왜 하필 너냐고.

처음 보는 사람처럼 Y를 지나쳐 교문으로 들어가면서, 나는 거듭 중얼거렸다.

+ +

종종 J를 생각한다.

새로운 사랑을 시작할 때마다 걷는 대로 길이 만들어지는 산속을 헤매는 기분이고, 상대의 뒷모습만 막연히 따라가던 열아홉 살의 나로 돌아가는 기분이다. 그러다 상대가 뒤를 돌아보면, 왜 하필 너냐고 따지고 싶어진다. 이십 대의 마지막 생일을 맞아 끝내주게 놀아 보자는 친구들을 따돌린 채, 지금 나는 헤어진 애인을 만나러 간다. 그에게 꼭 받아 내야 할 사진이 있다. 지난 연인들이 나의 첫사랑을 궁금해할 때마다 나는 사진 한 장을 주며 그것이 내 사랑의 원형이라 말하곤 했다. 그리고 헤어질 때면, 그 사진을 반드시 돌려받았다. 그 사진 속엔 여러 가지가 담겨 있다. 파란 하늘. 마른 나뭇잎. 죽어 가는 나무. 따뜻한 햇살. 서늘한 바람. 메마른 냄새. 그리고 가장 먼 곳에서 유령처럼 흔들리는 J의 희미한 뒷모습.

십여 년 전 겨울, 졸업 앨범을 받자마자 우리 반 단체 사진부터 펼쳐 보았다. 사진 속에 나는 없고 J는 있었다. 하얀 블라우스와 잿빛 치마를 입고, 세상에서 가장 아름다운 미소를 띤 채. 이후 졸업 앨범을 다시 펼쳐 보지 않았다. 지금은 그녀의 뒷모습만 기억난다. 그날, 찬란한 오후와 쓸쓸한 해질 녘의 어디쯤에서, 나는 무엇을 따라 그 가파른 산을 올랐던 걸까.

박상영

2016년 단편 소설 「패리스 힐튼을 찾습니다」로 문학동네신인상을 받으며 작품 활동을
시작했다. 소설집 『알려지지 않은 예술가의 눈물과 자이툰 파스타』, 『대도시의 사랑법』
등을 썼다. 젊은작가상 대상, 허균문학작가상을 수상했다.

02

햄릿 어떠세요?

스물한 살. 누군가에게는 설레는 시작일 그 나이가 내게는 모든 가능성의 끝자락을 의미했다. 당시 나는 두 번이나 대형 기획사의 아이돌 데뷔조에 발탁되었다가 끝내 탈락했으며, 숨죽이며 만났던 남자들과 끔찍한 연애의 결말을 지어 버린 채 대학으로 돌아왔다.

재입학, 또 한 번의 신입생.

그 시절, 나는 매일 아침 여섯 시에 일어났다. 작고 마른 아이들이 잠들어 있는 연습생 숙소에서 발소리를 죽인 채 욕실에 들어가 누구의 것인지 알 수 없는 머리카락이 잔뜩 엉켜 있는 수챗구멍을 바라보며 샤워를 했고, 학교에 갈 준비를 했다. 청담동의 숙소에서 벗어나 곧장 강북으로 가는 버스를 타면 첫 수업 시간에 빠듯하게 들어갈 수 있었다. 당시의 나는 나이답지 않게 모든 것에 심드렁하고 무감각해져 버린 상태였다. 원체 무던하고 사소한 일에 연연하지 않는 성격이기도 했지만, 무엇보다도 그 전해에 겪었던 일 때문에 나는 많이 바뀌어 버렸다.

스무 살, 대학에 입학하자마자 걸 그룹 데뷔조에 발탁되었다. 애초에 갈 생각이 없었던 대학에 가게 된 것은 순전히 부모님 때문이었다. 부모님은 세상살이가 얼마나 길고 험한데 인생에 대학 졸업장 하나쯤은 꼭 가지고 있어야 한다고 주장했다(그들의 생각이 옳았다). 오로지 데뷔만을 보고 달린 당시의 나에게 대학 같은 것은 어떻게 되든 별 상관이 없는 많은 것들 중 하나에 불과했다. 때문에 나는 대학에 입학하자마자 미련 없이 자퇴를 했고, 자는 시간을 쪼개 가며 데뷔를 준비했다. 그리고 데뷔를 목전에 둔 채,

다 망해 버렸다.

그룹의 핵심이었던 교포 멤버가 갑자기 자국으로 돌아가, 모든 게 다 어그러져 버린 것이었다.

실패는 인간을 성숙하게 한다.

개소리다. 실패는 인간을 한껏 구겨지고 쪼그라들게 만든다. 날카로운 끄트머리로 살갗을 찢어 낱낱이 해부해 버린다. 보지 않아도 될 내장 속 시꺼먼 부분까지 기어이 들여다보게 만드는 것이 실패라는 경험이다. 실패에 그럴듯한 의미를 붙이는 사람들치고 제대로 된 성공을 해 본 사람이 없다(고 나는 믿는다).

곰곰을 처음 만난 것은 두 번째 신입생 때 수강했던 '연극과 문화' 수업 시간이었다.

신입생이라는 이름으로 처음 대학 생활을 시작한 아이들은 하나같이 어리둥절한 표정이었다. 모든 것이 어색하고 새로워 반쯤은 벌어진 입을 하고 있는 그들의 표정에는 일말의 희망이나 들뜸 같은 게 서려 있었다. 누구보다도 무표정한 얼굴로 혼자 강의실에 앉아 있던 내게 먼저 말을 건 게 곰곰이었다.

햄릿 어떠세요?

나도 모르게 피식 웃어 버렸다. 새로 산 것 같은 빳빳한 체크 셔츠에 청바지, 흰 양말에 요즘은 아무도 신지 않는 브랜드의 운동화 차림의 남자. 게다가 얼굴형이 동그란데 어쭙잖게 갈색으로 염색까지 해 놔서 누가 봐도 막 시골에서 올라온 사람의 모습이었다. 곰곰은 나의 미소를 동의의 의미로 받아들인 것 같았다.

대충 시간이나 때울 요량으로 수강한 '연극과 문화'는 운이 나쁘게도 본격 연극 제작 실습수업이었다. 학기말에 학교의 소강당에서 연극 작품 하나를 올려야 한다고 했다. 연영과 학생들은 이미 서로 가까워져 친한 사람들끼리 팀을 꾸렸고, 입시 때 닳고 닳도록 연습했던 작품을 선택했다. 결국 어디에도 속하지 못한 나와 영문과 신입생 몇몇이 남아 「햄릿」을 공연하게 되었다. 그들 중 가장 발음이 또박또박한 곰곰이 햄릿을, 유일한 여자인 내가 햄릿의 아내인 오필리어 역을 맡았다. 연극의 연 자도 모르는 사람들이 모여 있으니 뭐 하나 제대로 굴러가는 게 없었다. 다른 팀원들의 경우는 학점 때문인지 아니면 신입생이라는 족속들이 원체 그렇게 생겨 먹은 것인지 이상한 열의에 가득 차 보였고, 나는 대충 그들의 구색을 맞춰 주는 것만으로도 충분

히 힘들었다. 그러나 어찌 됐건 나에게 할 일을 만들어 준다는 점에서
는 좋았다. 우리는 방과 후에 빈 강의실이나 카페에 모여 「햄릿」을 연
습했다. 다들 적당히 멍청하고 한심해, 하나를 기억하면 두 개를 잊었
고, 두 개를 잊고 나서는 별로 아무것도 상관없어지곤 했다.

소강당의 작은 무대에서 마지막으로 리허설을 했을 때 나는 불현
듯 연습생 시절을 떠올렸다. 연습생 생활 내내 한 달에 한 번씩 무대
를 올렸었다. 월례 평가라고 불리는 그 무대는 언제나 내 가능성을 시
험하는 장이었고, 향후 내 인생의 꽤 많은 부분이 결정되는 시간이었
다. 너무 많은 것들이 걸려 있기 때문에 항상 목을 졸리는 것만 같았
던 그 순간들. 그걸 꼬박 오 년 동안 했다니, 나도 참 나다, 싶은 생각
이 들었다.

학기말 평가 날, 우리 팀의 공연이 무대에 올려졌다. 하드보드지 몇
장을 세운 게 무대였고, 보자기를 대충 두른 게 의상이었다. 곰곰이
돌아선 나를 향해 손을 뻗었다. 그리고 현학적이고 오그라드는 햄릿
의 대사를 천천히 읊기 시작했다. 곰곰의 떨리는 목소리가 소강당을
울렸다.

밤하늘의 별을 의심하지 마시오. 태양의 움직임을 의심하지도 마
시오……

우리의 「햄릿」은 철저한 실패로 끝났다. 곰곰이 두어 번 대사를 씹
었으며, 동선이 맞지 않아 나와 여러 번 몸을 부딪혔고, 풍성한 중세
의 치마를 대신한 보자기를 밟아 잠시 중심을 잃게 되는 등의 해프닝
을 빚어냈다. 나머지 아이들도 골고루 극을 망치는 데에 기여했다.

우리는 다섯 개의 팀 중 최저점을 받았다. 나로 말하자면, 그것이 정말이지 지구 반대편에서 일어난 지진만큼이나 나와 무관한 일처럼 느껴졌으나, 다른 팀원들은 진심으로 실의에 빠진 것처럼 보였다. 교수님의 제안으로 학교 앞 호프집에서 공연 뒤풀이가 열렸다. 우리는 다소 거무죽죽한 기분에 사로잡힌 채 뒤풀이에 참석했다.

구질구질한 호프집에 모여 앉은 아이들은 저마다 말없이 술을 들이켰다. 나도 뭐 어색하고 별 할 말도 없고 해서 술을 연달아 들이켰고, 술이 약한 편은 아니라 주는 대로 다 받아 마셨더니 다들 썩 좋아하는 눈치였다. 영문과 복학생 중 하나가 내 피부와 두개골의 크기를 칭찬했고 나는 그게 칭찬인가 생각하다 나도 모르는 새 얼큰하게 취해 버렸다. 정신을 차리자 화장실 문에 기대고 있는 내가 있었다. 내 이마에 맞닿은 유니섹스 화장실의 표지판, 머리카락이 내 시야를 가렸다. 내 구두 끝에는 정체를 알 수 없는 음식물이 묻어 있고 나는 누구이며 이곳은 어디인가, 생각하던 찰나, 누군가 내 어깨를 잡았다. 나는 지구보다도 느린 속도로 고개를 돌렸고 그곳엔 곰곰이 있었다. 곰곰이 반쯤 눈을 감은 채로 말했다.

좋아해.

뭐라고? 누구를 좋아한다고? 네가 나를? 뭐가 어쩌고 어째. 진짜 뭐라는 거니, 이 미친놈이. 뭐 그런 말을 하며 곰곰을 비웃고 있다고 생각했는데 정신을 차려 보니 어느새 내가 곰곰을 안고 있었고, 안고 있다기보다는 기대고 있었고, 기대고 있다기보다는 정말 온몸이 부서질 듯 서로를 꽉 안고 있었고, 우리는 키스를 했다.

왜 그랬지?

글쎄. 이제 와서는 잘 모르겠지만 그때는 정말 그냥 그렇게 되었다.

++

곰곰과 키스를 한 것도 모자라 사귀기까지 한 것은, 너무 심심했기 때문이었다. 딱히 사귀자고 한 적도 없는데 곰곰은 키스를 하고 난 뒤로 당연히 우리가 만나고 있는 사이라 생각하는 것 같았다. 그렇게 생각하든 말든 가만히 둔 걸 보면 나도 웃긴 구석이 있기는 했다. 아무튼 곰곰과 내가 완벽히 망한 연극을 완성하는 동안 나와 함께 연습생 생활을 했던 애들이 데뷔를 했다. 음악 전문 케이블 채널에 그들의 데뷔담을 다룬 리얼리티 쇼가 론칭되었다. 그동안 나는 몇 개의 지면 광고를 촬영했고, 때문에 두어 번 수업을 빠졌지만 일상의 중심은 더 이상 연습이 아닌, 학교가 된 것이 자명했다. 나와 함께 밥을 먹고, 잠을 자고, 남자 얘기를 하던 아이들의 이름이 포털 사이트의 실시간 검색 순위에 올라오기 시작했다. 연예 뉴스난이 친구들의 얼굴로 채워졌다. 나는 핸드폰과 노트북의 메인 페이지를 구글로 바꿨다.

수업이 없는 날은 좀체 할 게 없었다. 친구 같은 것도 딱히 없었다. 대학 입학 후 학과에 적응도 하기 전에 곧바로 학교를 그만둬 버렸고, 아이들 사이에서 나는 이미 S사의 연습생 어쩌구가 되어 버린 지 오래였다. 강의실을 찾기 위해 복도를 헤매고 있으면 출처를 알 수 없는 말들이 내 귀에 고스란히 들렸다.

재 뭐야. 데뷔한다고 학교 그만둔 거 아니었어?

연애하다 걸려서 쫓겨났대.

잘난 척은 다 하더니 꼴좋다. 근데 쟨 뭔데 인사도 안 해. 재입학했으면 24기인 거 아냐?

연애며 임신 중절이며, 사장과의 밀회가 들통났다느니, 나의 탈락을 두고 별 소문이 다 돌고 있다는 것을 다른 누구도 아닌 내가 가장 잘 알고 있었지만, 별 상관 없었다. 어느 집단이나 결속력을 다지기 위한 희생양 하나쯤은 필요한 법이었으니까. 학과생들과 가깝게 지낸다고 해서 크게 손해 볼 것은 없었으나, 이제 와서 다 망해 먹었으니 부디 날 거둬 주시오, 하는 자세로 굽히고 들어가기엔 한 줌 남은 내 자존심이 허락지 않았다. 그리고 그렇게 되어 버리는 순간 나 자신이 아무것도 할 일 없는 사람이 되어 버렸다는 사실을 인정해 버리는 것만 같았다. 나는 연극 영화과의 제도에 편입되어 누구보다도 작위적이고 큰 목소리로 안녕하십니까, 몇 기 누구입니다, 허리 숙여 인사를 하며 학교에서 내 존재 가치를 증명하는 대신 곰곰과 연애하는 편이 낫다는 결정을 내렸다.

그때의 내게 있어서 손닿을 만큼 가까운 곳에 있는 유일한 사람이었으니까. 곰곰은.

++

경기도에서 태어나, 중학교 3학년 때부터 청담동의 연습생용 숙소에서 살았던 나와는 달리, 곰곰은 대학에 입학하면서 처음 서울 땅을 밟아 봤다고 했다. 바다와 가까운 남도의 소도시에서 평생을 살다, 넓은 세상을 경험하고 싶어 서울에 오게 됐다고 했다. '넓은 세상'이라니. 상경의 이유조차 너무나 진부하고 촌스러워서 웃기기만 했다.

곰곰은 내가 처음이라고 했다. 세 살 터울의 친누나가 있기는 하나 일찍이 대도시로 유학을 가 버렸고, 남중, 남고를 나와 엄마를 제외하고는 여자를 만날 기회가 거의 없었다고 했다. 그러니 처음이라고 부를 수 있는 거의 모든 것들을 나와 하고 있다며 공기처럼 당연하고 먼지처럼 사소한 일에도 일일이 기뻐했다.

내 경우는 곰곰이 네 번째 혹은 다섯 번째 남자였다(연애의 기준을 어떻게 잡느냐에 따라 달라진다). 고등학교 1학년 때 나보다 한 살 많은 연습생과 한 달 정도 만났었다. 호주인지 뉴질랜드인지에서 와서 한국말이 어눌한 게 썩 귀여웠는데 키가 작고 눈이 쪽 찢어져 마주 서면 나와 눈높이가 비슷했다(키 작은 남자를 좋아하는 취향이 굳어져 버린 건 이때부터였던 것 같다). 그 새끼가 좋다고 하도 난리를 쳐서 친한 친구들에게도 말하지 않고 몰래 사귀기 시작했는데 알고 보니 그냥 새로 들어오는 연습생들에게 일단 한 번씩은 집적거리고 보는 씨발 놈이었고, 때문에 씨발 놈이 할 법한 짓거리는 다 했다. 나와 백일쯤 사귀다 헤어지고 난 후로도 그는 (나와 같은) 21호 피부 톤을 가진 신입 연습생들을 계속 갈아 치워 가며 만났다. 그런 일을 겪었음에도 불구하고 나는 번번이 구질구질하고 엉망진창인 남자만 골라 사귀는 재주가 탁월했고, 그래서 나의 안목에 심각한 결함이 있다는 것을 깨닫게 됐다. 연애와 이별 모두 매번 힘들었다. 그럴 때마다 나는 나 자신에게 말했다. 성인이 되기도 전에 나의 단점을 알게 되었다는 사실에 감사하자, 끊임없는 연습을 통해 잘못된 부분을 수정하고 발전시키는 것이 연습생 생활의 본질이 아닐까? 그런 맥락에서 보자면 나는 지금 너무 잘하고 있는 거야. 말도 안 되는 자기 암시를 계속했던 것은 그것이 내가 할 수 있는 전부였기 때문이었다. 하루 열 시간이 넘는 고강도의 연습과 만성적인 수면 부족, 거듭되는 데뷔 실패에도 자살하지 않고 살아남을 수 있었던 것은 이런 끊임없는 자기 암시 훈련과, 더불어 끊임없는 평가를 통해서 얻게 된 객관적이고 균형 잡힌 사고 덕분일지도 몰랐다. 어쩌면 맹목적으로 무언가에 뛰어들지 못하는 이런 성격 때문에 모든 게 다 틀려 버린 것일 수도 있겠지만. 아무튼 곰곰은 나의 네 번째 혹은 다섯 번째 남자인데 지난 연애에서 얻은 교훈을 바탕으로 개중 가장 착실하고 멀쩡한 인간을 골라 사귀었다는 환상이 깨어지는 데는 오랜 시간이 걸리지 않았다.

++

곰곰과 사귀는 것도 모자라 같이 살기까지 한 것은 철저한 실수였다.

나는 42평, 방 네 개짜리 연습생 숙소에서 나왔다. 캐리어에는 트레이닝복 몇 벌과 속옷이 들어 있을 따름이었다. 나와 함께 살았던 여덟 명의 아이들 중 넷은 데뷔를 해 아티스트 숙소로 옮겼고, 셋은 회사를 떠났다. 더 이상은 연습할 것도, 연습을 할 필요도 없다는 것을 알고 있었다. 그저 내 차례가 된 것뿐이라고 생각하니 마음이 편했다. 캐리어를 끌고 곰곰의 집으로 향했다.

막상 곰곰의 집에 당도했을 때 나는 놀랄 수밖에 없었다. 반지하의 축축한 느낌은 그렇다 쳐도 도무지 정체를 알 수 없는 냄새 하며 애초의 빛깔을 완벽히 잃어버린 다갈색의 대우 냉장고와 피사의 사탑처럼 기우뚱해져 버린 왕자 행어, 그 위에 걸린 무릎이 늘어난 유니클로 청바지까지. 얘는 정말 생긴 것만 구질구질한 게 아니구나. 집 안을 구성하고 있는 그 어떤 물건도 구질구질하지 않은 게 없어서 황당했고, 황당한 나머지 웃기기까지 했다. 현관에 캐리어를 내려놓는 순간 천장에서 탁탁탁, 연필을 두드리는 듯한 소리가 났다. 곰곰은 쑥스러운 듯 팔을 긁으며 천장 위에서 벌레가 기어가는 소리라고 했다.

정말 이런 곳에서 사람이 살아도 되는 거야?

곰곰의 집은 곰곰만의 집이 아니었고 일 층의 우유 배급소에 기생하던 바퀴벌레와 그리마와 바구미와 전래 동화에 나올 것 같은 지네가 함께 사는 숙소 같은 곳이었다. 숙소보다는 대학 기숙사에 가까울 만큼 개체 수가 많은 게 문제였지만. 덕분에 곰곰의 집에서 나는 수많은 룸메이트를 얻게 되었다.

곰곰의 집에 들어간 지 나흘째 되던 날, 우리는 밥상을 펴고 앉아 김과 콩자반을 안주 삼아 소주를 마셨다. 나는 취한 채 이불 위에 쓰러져 버린 곰곰의 등에 대고 외쳤다.

착각하지 마. 나 여기서 너랑 사는 거 아니야. 우리 그런 진지한 사이 아니라고.

그러거나 말거나 코를 골며 자는 곰곰. 나는 곰곰의 엉덩이를 발로 밀며 덧붙였다.

언제든 내키면 이 거지 같은 집구석 나갈 거라고. 알겠냐.

곰곰의 코 고는 소리가 순간 멈췄다. 그때 곰곰이 벌떡 일어나 화장실로 달려갔다. 다급히 문을 닫고 몇 번 구역질하는 소리를 내더니 이내 잠잠해졌다. 술 몇 잔 마시지도 않았는데. 안에서 잠이 들었나. 등이라도 두드려 줄까 싶어서 화장실 문을 열자, 곰곰이 문에 딸려 나와 바닥에 쓰러졌다. 곰곰의 목에 샤워 타월이 감겨 있었다. 위액이 역류했기 때문인지 아니면 너무 세게 목을 졸랐기 때문인지 눈이 벌겋게 충혈돼 있고, 얼굴은 침과 눈물 범벅이었다. 논에 내팽개쳐진 허수아비 같은 곰곰의 꼴이 웃겨서 나도 모르게, 시골 애들도 자살을 하니? 말하고 웃어 버렸다. 곰곰은 화장실 문턱에 몸을 반쯤 누인 채로 대답했다.

나 한심하지.

응. 그러게. 진짜 한심하네. 근데 사람 사는 게 다 그렇지 뭐.

나, 정말 네가 필요해.

뭐래. 순정 만화 너무 많이 봤니?

정말 필요해. 내 삶에.

너 왜 계속 반말해. 내가 너보다 한 살 더 많잖아?

나는 웃으며 곰곰의 목에 감긴 샤워 타월을 풀었다. 곰곰이 내 손 위에 자신의 손을 포갰다. 그리고 잠시 아무 말도 하지 않은 채 나의 눈을 바라보았다. 미친놈.

소동이 끝난 후 곰곰은 얌전히 다시 이불로 돌아가 아무 일도 없었다는 듯 코를 골며 자기 시작했다. 자는 곰곰의 얼굴을 보며, 나는 생각했다.

이거 불길한데,

나를 필요한 사람이라고 얘기해 준 것은 그가 처음이었다. 그전까지 나는 언제든지 대체될 수 있는 상품에 불과했다. 나보다 춤을 잘 추고 노래를 잘하고 예쁘고 존재감 있는 애들은 넘쳐나게 많았다. 두 번에 걸친 데뷔조 발탁과 또 거듭되는 탈락이 내게 알려 준 진실은 내가 언제든지 대체될 수 있는 존재이며, 나의 가치를 똑바로 바라봐야지만 무너지지 않을 수 있다는 사실이었다. 그랬는데, 이상하게 도톰하고 못생긴 곰곰의 곰손이 내 손 위에 포개질 때마다 나는 살아가는 것이 무엇인지 새롭게 배우는 것 같은 기분이 들었다. 내가 단단히 뿌리내리고 있다고 믿었던 현실이 실은, 헬륨을 넣은 풍선처럼 이리저리 정처 없이 나부끼고 있었던 것에 불과했다는 사실을. 현실은 전혀 정제되어 있거나 아름답지 않으며, 일상에 연습 따위는 없다는 것을. 지금 이 순간이 내 삶이라는 사실을.

그 후로도 나는 벌레를 무서워하는 곰곰 대신 『셰익스피어론』이나 『영미시의 이해』 같은 책으로 바퀴벌레를 때려잡았다. 브라운관 텔레비전으로 연말 가요 대상에 서는 나의 연습생 시절 친구들을 보며, 나는 왜 최악의 남자를 골라서 사귀는 재주가 있는지 진심으로 고민했다.

++

곰곰은 술을 잘 마시지도, 술을 좋아하지도 않으면서 술을 자주 마셨다. 나로서는 술자리를 즐기는 게 아니라 술 그 자체를 너무 사랑했으므로 곰곰과 상을 펴고 앉아 새우깡이며 라면 같은 것에 소주를 마시는 일이 싫지는 않았으나, 곰곰은 그런 자신을 견딜 수 없어 하는 것 같았다. 술을 마실 때마다 뭔가를 때려 부쉈고 그것은 대부분 자기 자신이었다. 아부지, 아부지, 사투리 섞인 탄식을 내뱉으며 벽에 머리를 찧거나 울면서 피가 맺힐 때까지 거스러미를 뜯는 일이 잦았다. 언젠가는 내게 모두 자신의 잘못이라고 말하며 연신 자신의 뺨을 스스로 때리기도 했다. 입술이 터져 피가 흐르기까지 했다. 도대체 쟤는 왜 저럴까. 내가 알기로 곰곰의 집은 그냥 평범한 쌀 농가에 불과한데, 내가 떠올릴 수 있는 농촌의 가정이란 얼굴이 흙빛이 될 때까지 논에 쪼그려 앉아 땀을 줄줄 흘리며 일을 하고 집에 들어와 막걸리를 나눠 마시는, 나이를 종잡을 수 없는 선량한 부부의 모습이 고작이었기에, 아빠가 막걸리를 마시고 가족들을 존나 팼나, 그렇지 않고서야 어쩜 저럴 수가 있지 하는 마음만 들었다. 난 쟤처럼 완전 구제 불능은 아니라 좀 다행이라는 생각이 들 정도로 스스로를 너무 괴롭혀 화가 나다가도 묘하게 불쌍했고, 불쌍하다가도 정말 안 되겠다 싶은 마음이 들게 했다. 그렇게 이별을 결심하고 뭔가 결단을 내리려 할 때마다 곰곰이 내 손을 잡았다. 그리고 말했다.

네가 있어 다행이야.

그러면 어느새 나는 또, 얘랑 헤어지고 나면 같이 텔레비전을 보며 (이제는 연예인이 되어 버린) 연습생들에 대한 뒷담화를 들어 줄 사람도 없겠네, 맨날 같이 술 마셔 줄 사람도 없겠구나, 그럼 정말 하루 종일 뭐 하고 살아야 하지,라는 생각이 들어 번번이 쌌던 가방을 풀곤 했다. 그 시절 나의 캐리어는 몇 번이나 채워졌다가 또 비워졌다.

내가 미쳤지.

++

곰곰이 차라리 나를 때렸으면 좋겠다는 마음을 가졌던 건 두 번째로 응급실행 앰뷸런스를 탔을 때였다. 날 때리지. 차라리 날 찌르지. 그럼 좀 홀가분하고 마음 편히 떠날 수 있을 텐데. 먼젓번에는 락스와 샴푸를 섞어 마시는 정도의 애교 섞인 자살 시도를 했던 곰곰은 좀 더 진지해져 볼 생각이 들었는지 과도를 들고, 손목을 여섯 번쯤 그었다. 마지막에 너무 과도하게 결의를 다져 깊게 그어 버린 탓에 손바닥으로 이어지는 신경이 두 개쯤 끊어졌다고 했다. 나는 지면 광고나 뷰티 광고를 찍어 받은 한 줌의 돈을 곰곰의 수술비로 썼다. 곰곰은 내게 미안하다고 했다.

그 무렵 가뭄이 심해 흉작이 들었는지, 정부의 농업 정책 때문인지, 어머니의 오랜 친구 중 하나가 곗돈을 들고 날랐는지, 아무튼 예상치 못하게 곰곰의 집안에 우환이 들었다. 곰곰에게 더 이상 월세며 등록금을 내어 줄 수 없다고 통보를 해 왔다. 곰곰은 그제야 정신을 좀 차렸는지 일주일에 여덟 번씩 먹던 술을 네 번 정도로 줄이고, 손에 깁스를 한 채 종로의 어학원에서 강사 일을 하기 시작했다.

술을 줄이자 없던 불면증이 생긴 곰곰은 자주 밤을 새웠다.

자다가 누가 건드리는 것 같은 기분이 들었다. 눈을 떠 보니 아둔한 형태로 앉아 있는 곰곰의 얼굴이 보였다.

네 잠꼬대 때문에 잠 깼어.

무슨 소리야?

내가 눈을 감은 채 또렷한 목소리로 계속 뽑아 달라고, 떠들었다고 했다. 한참을 뽑아 달라고 하다 울음이 섞인 목소리로 살려 달라고 외쳤다고. 아, 그래서 자고 나면 목이 아픈 건가. 나도 참 나다. 웃음이 나왔다.

새벽 세 시. 잠이 완전히 깨 버린 나는 골드스타 텔레비전을 틀어 볼륨을 줄인 채 재미도 없는 예능 프로그램을 봤고 곰곰은 상을 펴고 앉아 영문법 책을 봤다. 그때 나의 첫 번째 남자였던 민머리의 씨발 놈이 마약 유통 혐의로 구속 수사를 받고 있다는 단신이 흘러나왔고 나는 은은한 미소를 지었다. 나는 냉장고 옆에 가 박스째로 싸게 산 귤들 중 곰팡이가 슬지 않은 것을 골라 껍질을 깠다. 과육이 너무 달아서 반만 먹고 나머지 반은 곰곰의 입에 집어넣었다. 곰곰이 다리가 춥다고 해 나란히 앉아 이불을 나눠 덮었다.

겨울에도 방은 어김없이 축축했는데 이상하게 피부는 갈수록 건조해져 고농축 수분 크림이며 립밤 같은 것을 찍어 발라도 아무 소용이 없었다. 곰곰도 마찬가지였는지 우리는 하얗게 일어나는 피부를 함께 연신 긁어 댔다. 정신을 차렸을 땐 나와 곰곰의 온몸에 묘한 형태의 발진이 돋아나 있었다.

그 후로 우리는 발진을 우리들의 자식이라고 생각하기로 마음먹고 이름을 붙여 주었다. 눈송이 1, 2, 3, 4. 눈송이를 오십 개까지 세다 만 우리는 결국 참지 못하고 피부과에 갔다. 전염병은 아니고 건선의 일종이라고 했는데, 면역계의 문제인 것 같다고 했다. 스트레스와 건조하고 먼지가 많은 환경을 조심하라고 했는데 가난하면 그중 어떤 것도 피할 수 없다는 사실을 우리는 너무나도 잘 알고 있었다.

곰곰과 내가 극세사 이불을 덮고 누워 서로에게 긁지 마, 긁지 마 말하는 날들이 늘었다. 안간힘을 다해 간지러움을 참다 견디지 못하면 한참 동안 등을 비비다 결국 스테로이드 연고를 발라 주곤 했다.

여름이면 사정이 좀 나았다. 사정이 나았다고 해서 뭐 드라마틱하게 달라졌다는 의미는 아니었다. 더위가 찾아들 때면 도통 잠을 잘 수가 없었다. 공업용 선풍기를 사다 놔도 숨을 죄는 듯한 더위는 가시지 않았다. 우리는 멀찍이 떨어진 채 쿨 시트를 바닥에 깔고 잠들었다. 약을 바꾼 뒤로는 곰곰은 눈만 감으면 잠을 잤다. 입대 영장이 나와서 정신과와 피부과에서 뗀 진단서를 들고 병무청에 갔다. 검사를 몇 번 더 받아야 한다고 했다.

곰곰은 병원과 학교를 다니면서도 어김없이 어학원에 나가 강사 일을 했다. 수강생이 점점 늘어난다고 했다. 월요일과 수요일에만 나가던 학원을 일주일 내내 다니기 시작했다. 처음에는 반찬값이나 벌어 올까 싶던 그가 내 몫의 월세까지 대신 내기 시작했다.

여전히 잠은 잘 자지 못했다. 누가 봐도 얼굴에 피로한 기색이 역력했지만, 곰곰은 예전보다 훨씬 더 의연한 표정으로 모든 일들을 묵묵히 처리해 나갔다. 손목을 긋거나 이상한 약 같은 것을 털어 넣는 일도 좀체 없었다. 나는 그런 곰곰의 변화가 좋다가도 가끔씩 울적한 기분에 사로잡히곤 했다. 곰곰, 아직도 내가 필요한 거 맞지, 묻고 싶었지만 너무 순정 만화의 대사 같아 관뒀다.

++

그 여름 기획사의 캐스팅 디렉터로부터 연락받았을 때 나는 한남동의 한 카페에서 설거지를 하고 있었다. 내가 연습생을 시작할 때 수습사원에 불과했던 캐스팅 디렉터는 어느새 대리가 되었다고 했다. 열여섯 살이었던 내가 스물네 살이 되었으니, 당연한 일일지도 몰랐다. 그녀는 마치 고향의 친동생을 대하듯 살가운 말투로 말했다. 재고처럼 남아 버린 연습생들을 대상으로 새로운 아이돌 그룹을 꾸리는 프로그램이 론칭된다. 만약 내가 출연 제안을 승낙한다면, 유명 걸그룹에 포함될 뻔했지만 지금은 아르바이트로 연명하는 장수 연습생 캐릭터로 프로그램에 투입될 것이라고 했다. 초반에 화제 몰이가 될 테니 운이 좋으면 데뷔를 할 수도 있을 것이라는 말도 덧붙였다.

우리가 왜 굳이 너를 불렀겠니. 가능성 있어. 너 잘하잖아.

잘하면 왜 잘랐대.

전화를 끊고 중얼거렸다.

++

그날 밤도 열대야가 심했다.

우리는 다른 많은 더웠던 여름밤처럼 돗자리를 들고 한강으로 나가 산책을 했다. 한강에는 당시 유행하는 스타일의 트레이닝복을 입은 사람들이 당대 유행하는 견종의 개들을 산책시키고 있었고, 우리는 너무 말랐거나 너무 뚱뚱하거나 아니면 눈이 비정상적으로 큰 개들을 보며 말했다.

우리도 언젠가 저렇게 웃기게 생긴 개를 기르자.

그래. 너는 취직하고 나는 데뷔해서 아파트도 사고, 에어컨도 달고, 개도 기르자.

고양이도 길러야 해. 고양이가 바퀴벌레를 잘 잡아 준대.

그래. 고양이도 기르자.

멀리 한강 너머의 불빛을 바라보고 있으면 내가 떠나온 세계가 떠올랐다. 기획사와 숙소와 꿈을 위해 무엇이라도 할 수 있다고 믿었던 시절들을 저곳에 다 두고 온 것 같았다. 남들보다 길쭉한 팔다리와 하얀 얼굴, 그거 말고 하나도 특별할 게 없는 나의 일상에 특별하고도 대단한 일이 생기기를 간절히 바라 왔다는 것을 깨달았다. 불빛을 향해 저절로 손이 앞으로 나아갔다.

이상해. 이렇게 뻗으면 곧 잡힐 것 같은데. 너무 멀어.

당연하지. 강 건너잖아.

있잖아, 곰곰. 나는 내가 특별하다고 믿었어. 근데 그냥 특별해지고 싶은 거였어.

너 특별해.

아냐. 특별해지고 싶다는 건, 특별하지 않다는 증거야.

특별히 술을 많이 마시기는 하는데, 그건 별로 안 특별한 건가?

정말 특별한 아이들은 자신의 특별함을 너무 당연하게 생각해. 그냥 존재하는 그대로 빛나.

그게 좋은 건가.

난 그게 항상 슬펐어.

곰곰은 별 거지 같은 게 다 슬프네,라는 듯한 표정으로 나를 흘끔 봤다가 다시 핸드폰에 코를 박았다. 그리고 핸드폰에서 눈을 떼지 않은 채 집주인이 보증금을 삼백만 원 더 올려 달라고 해 입금했다고 했다. 돈이 어디서 나서? 모아 놓은 거 좀 털어 넣었지 뭐. 와, 너 이제 돈도 모아? 자살 연습이 한창일 때, 약값이 없어 내게 이만 원씩 돈을 꾸어 썼던 곰곰이었다. 나는 곰곰의 얼굴을 바라보았다. 처음 만났을 때와 별반 다를 바 없는 고요한 얼굴이었다. 그런데도 뭔가 다 달라져 버린 느낌이었다. 곰곰의 다리는 원래 나보다 굵고 곰곰의 등은 단단하고 곰곰의 키는 원래 나보다 조금 컸는데도, 이상하게 나를 만난 후에야 비로소 자라 버린 것 같은 느낌이었다. 곰곰이 생각해 봐도 그럴 리가 없는데. 왜일까. 곰곰의 뺨에 코 그림자가 내려앉았다. 아기였던 곰곰이 사람이 되었네. 곰곰은 점점 더 내가 없어도 괜찮은 사람이 되어 가고 있었다.

++

잘 보던 텔레비전이 갑자기 터져 버렸다. 주인공들끼리 과장되게 머리를 쥐어뜯고 소리를 지르는 막장 드라마가 흘러나오다 불현듯 화면이 꺼지더니 연기가 나기 시작했다. 허리가 약한 곰곰 대신 내가 텔레비전을 들어 바깥에 내다 놓았다. 죽도록 무거워서, 텔레비전을 나르는 내내 역시나 이번에도 제대로 된 남자를 고르는 데 실패했다는 생각을 했다. 방구석에 드러누워 있는 곰곰의 엉덩이를 발로 차며 말했다.

동사무소에서 폐기물 스티커를 사야 해, 곰곰.

아침에 집 밖으로 나설 때마다, 전봇대 옆에 놓인 브라운관 텔레비전이 보일 때마다, 폐기물 스티커를 사야 한다는 생각을 했지만 그때뿐이었다. 학교에 다니고 아르바이트를 하느라 바빠서 동사무소에 들를 시간이 없었다. 곰곰을 걷어차며 몇 번 더 말해 봤지만 나보다 더 깜빡하기를 잘하는지라 소용없는 건 마찬가지였다. 그러다 어느 날 갑자기 텔레비전이 흔적도 없이 사라져 버렸다.

그뿐이었다.

++

서바이벌 오디션에 나가기 전에, 모아 놓은 돈을 털어 몇 가지 피부과 시술과 라미네이트를 받기로 결정했다. 곰곰에게 방을 나가겠다고 선언했다. 곰곰은 곰곰이 생각하더니 순순히 방을 알아보겠다고 했다. 나는 다음 학기 등록금을 내기 위해 모아 놓은 돈을 선금으로 걸어 앞니 여덟 개를 인조 치아로 교체했다.

시술을 마친 후 거울 앞에 서서 웃어 보니 이가 하얗다 못해 푸르게 보였다. 그래서인지 술을 자주 마셔 원체 노르댕댕한 내 낯빛이 훨씬 더 노랗게 보였다.

++

오디션이 열리는 일산의 한 대형 세트장으로 향했다. 곰곰에게는 압구정에 있는 이모네 집에 들어갈 거라고 했다. 압구정 이모는 삼 년 전 아파트를 정리하고 양평으로 갔다. 곰곰의 집에 있던 내 옷가지 대부분을 박스에 싸서 본가로 부쳤다. 칫솔과 샴푸와 헤어드라이어와 패딩 몇 벌과 당장 입을 간절기 옷 몇 벌과 속옷들을 차곡차곡 캐리어에 넣었다. 첫 예선 녹화 기간은 보름이지만 생방송 무대까지 살아남으면 두 달이 넘는 기간 동안 촬영을 한다고 했다. 겨울이 되겠네. 접으면 부피가 작아지는 패딩 점퍼를 돌돌 말아 캐리어의 맨 밑바닥에 넣었다. 곰곰은 연신내에 원룸을 구했다고 했다. 곰곰이 돌려준 내 몫의 보증금은 치과의 잔금을 갚는 데 모두 썼다. 병무청의 마지막 재검 날짜도 며칠 남지 않았다고 했다. 쉬이 잠이 오지 않았다. 곰곰은 여느 때처럼 코를 골며 잘만 잤다. 자는 곰곰의 얼굴을 바라보았다. 손목의 상처를 만져 보았다. 상처가 났다 아문 부분이 단단해져 있었다. 단단한 조직을 따라 여러 번 지문을 문질 렀다. 우리가 손을 잡고 자지 않은 게 언제부터였는지 잘 기억나지 않았다.

++

서바이벌 오디션이 방영되기 시작했다.

나는 촉망받는 걸 그룹의 데뷔조였으나, 아깝게 떨어진 나이가 많은 연습생 캐릭터로 꽤 많은 분량을 배정받았다. 프로그램 속 나는 다크서클이 무릎까지 내려간 채 힘겹게 안무를 따라가고 있거나, 벽에 기대 있는 등의 의욕 없고 노쇠한 모습으로 비쳐졌다. 내 이름 옆에 이모라는 수식어가 붙었다. 화면에 내가 등장할 때마다 노인을 의미하는 그림이 자막과 함께 나왔다. 아마도 그게 그들이 말한 내 캐릭터인 것 같았다. 나를 포함해 스무 명 정도 되는 아이들이 방송의 거의 모든 분량을 장악했다. 데뷔가 내정된 사람이 있다는 소문이 연습생들 사이에서 돌았다. 아이들은 일 초라도 더 많은 분량을 배정받기 위해 모든 수를 짜내고 있었고 그것은 꼭 연습생 시절의 내 모습 같았다. 나는 그들의 들끓는 에너지를 왜인지 관조하는 시선으로 바라보고 있었다. 정말 이모라도 된 것처럼. 방송 초반 내 이름은 두어 번 포털 사이트 실시간 검색 순위의 최상위에 올랐다.

++

녹화 첫날에 회수해 갔던 핸드폰을 열흘 만에 돌려주었다. 나는 핸드폰을 받자마자 곰곰에게 전화를 걸었다. 재검 결과가 나왔다고 했다.

있잖아 나, 결국 현역 판정 받았어. 나이가 많아서 영장도 바로 또 나왔어. 다음 달이야.

곰곰은 그 말까지 하고 울기 시작했다. 그래, 우리가 나이가 많기는 하지. 나는 아랫입술을 깨물었다. 왜 이렇게 연락이 되지 않았느냐는 곰곰의 울먹이는 목소리에 아무런 대답도 할 수 없었다. 전화를 끊고도 눈물은 나지 않았다. 마음이 차분히 가라앉았다.

더 이상 연락할 사람도, 필요도 없었다. 나는 곧장 핸드폰을 정지시켰다. 우리를 이어 주던 마지막 끈이 끊어졌다. 언젠가는 했어야 할 일이었고, 아니 진작에 그랬어야 할 일이었고, 지금이 가장 좋을 때였다. 그러니까 모든 게 다, 괜찮았다.

그날 밤, 나는 잠들지 못한 채 침대에 누워 있었다. 많은 연습생들을 수용하기 위해 급조된 싸구려 이층 침대는 움직일 때마다 듣기 싫은 소리를 냈다. 연일 강행군이 지속돼 아이들은 숙소에 돌아오자마자 화장도 지우지 않고 잠들어 버렸다. 내 침대 아래층에서 코를 골고 있는 아이는 열다섯 살 중학생이라고 했다. 여섯 명이 함께 쓰는 숙소 방에서도 내가 가장 나이가 많았다. 나는 지금 여기서 무엇을 하고 있는 것일까. 떠나야 할 때를 잘 알고 있는 게 내 유일한 장점이라고 생각했는데.

나는 계속해서 잠들지 못한 채 누워 천장을 바라보았다. 코앞의 천장이 내 몸으로 쏟아져 내릴 것 같아 두 팔을 뻗었다. 천장에 손이 닿았다. 차가웠다. 나라는 존재가 아주 무거운 것에 짓눌려 납작해져버린 기분.

++

나는 오 주 만에 떨어졌다. 생방송을 목전에 둔 순위였으나, 결국 데뷔를 하지는 못했다. 성형을 많이 한 심사위원은 춤과 노래 실력의 기본기가 단단한 편이지만 시선을 끄는 특별한 매력이 부족하다고 했다. 당연한 결과였다. 열몇 살의 생글생글한 아이들 사이에서 내 얼굴은 퍽 우울하고 나이 들어 보였다. 연습생들 사이에서 데뷔 내정자로 지목됐던 사람들 중 나를 제외한 모두가 데뷔에 성공했다. 역시나, 피부 톤과 맞지 않는 치아 색깔 때문인 걸까. 생수를 마실 때면 라미네이트 시술을 한 앞니가 시렸는데, 그게 정말 노인이나 다름이 없어서 웃겼다. 나는 계절이 바뀔 것을 대비해 싸 갔던 두꺼운 겨울용 외투를 꺼내지 못하고 그대로 다시 캐리어를 썼다.

++

마지막 무대를 녹화할 때, 나는 내가 떨어질 것을 알고 있었다. 때가 되었다는 생각이 들었다. 마지막이라는 예감은 언제나 틀리는 법이 없었으니까.

리허설이 시작됐고, 천장의 조명이 켜졌다. 나는 천장을 향해 손을 뻗어 눈을 가렸다. 너무 밝아서 닿을 것만 같지만 그럴 수 없다는 것을 잘 알고 있다. 스물넷. 누군가는 아직 아무 시작도 하지 않았을 나이에 나는 포기와 체념이 때로는 나를 위한 최선일 수 있음을 배웠다. 손가락 사이로 새어 드는 조명을 보는데 갑자기 눈물이 날 것 같았다. 씨발, 청승맞게. 왜 이럴 때 눈물이 나고 난리일까. 보고 싶은 사람의 얼굴도 목소리도 아무것도 떠오르지 않는데 이상하게 다만 몇 줄의 대사가 머릿속에 떠올랐다.

밤하늘의 별을 의심하지 마시오.

태양의 움직임을 의심하지도 마시오.

비록 진리를 허위라 의심해도,

나의 사랑을 의심하지는 마시오.

사랑하는 오필리어여, 나는 비록 시에는 서투를지 모르나,

오직 한없이 그대를 사랑하오.

이 마음 부디 믿어 주기를.

안녕히. 이 생명 죽을 때까지 목숨 바쳐 사랑하는 그대여.

이 몸도 마음도 그대의 것이오.

손가락 사이로 빛이 새어 들었다.

언젠가 이 손을 뜨겁게 잡아 주던 사람이 있었다.

곰곰.

나의 햄릿.

최민석

2010년 단편 소설 「시티투어버스를 탈취하라」로 창비신인소설상을 받으며 작품 활동을 시작했다. 소설집 『시티투어버스를 탈취하라』, 『미시시피 모기떼의 역습』, 장편 소설 『능력자』, 『쿨한 여자』, 『풍의 역사』 등을 썼다. 오늘의작가상을 수상했다.

"괜찮아, 니 털쯤은"

1

세상에는 여러 부류의 사람이 있다. 키 큰 사람, 키 작은 사람, 머리숱 많은 사람, 머리숱 적은 사람, 근육질의 남자, 왜소한 체격의 사람, 그리고 원숭이 인간.

'아, 잠깐. 뭐라고, 원숭이 인간?'

'맞다, 원숭이 인간.'

그렇다. 내가 실은 원숭이라고 말을 하면 처음에는 농담으로 생각하다가, 나의 진지한 얼굴을 보고는 '설마겠지'라는 표정을 짓다가, 결국에는 당혹감을 감춰 버리지 못할 것이다.

뭐, 어쩔 수 없는 건 어쩔 수 없다.

물론, 내가 원숭이라는 사실을 사람을 만날 때마다 떠벌리지는 않는다. 아무리 사회가 다양화되어도 "만나서 반갑습니다. 저는 사실 원숭이입니다. 밤마다 목이 감겨 버릴 정도로 털이 자랍니다"라고 첫인사를 건넬 수는 없는 노릇이다.

나는 어쩔 수 없이 내가 원숭이라는 사실을 몇 명에게 밝혔다.

첫 번째, 엄마다. 나는 마치 초경을 한 소녀가 죽을병에 걸렸다고 걱정하듯이 심각하게 고백했다. 하지만, 엄마는 "시장에서 바나나 사 올게, 많이 먹고 재주도 보여 주렴" 하고 대답하고선, 이틀에 한 번씩 필리핀산 바나나를 사 오고 있다. '왜 유독 필리핀 바나나냐?'고 물으면, 엄마는 "평생 동안 사야 하는데 매번 비싼 제주 바나나를 사 올 순 없잖니"라고 말했다. 엄마의 말대로라면 매번은 어려울지라도 한두 번은 제주 바나나를 사 올 법도 한데, 여태껏 제주 바나나를 사 온 적은 단 한 번도 없다. 교리를 엄격히 지키는 구도자처럼 묵묵히 필리핀 바나나만 사 오고 있다.

별말 없이 바나나만 사 온 게 이십 년째니, 엄마도 내가 원숭이라는 사실을 암묵적으로 인정한 셈이다. 그러나 단 한 번도 진지하게 이 주제에 관해 이야기를 나눈 적은 없다. 그저 필리핀 바나나를 꾸준히 사 오고, 욕실 배수구가 털로 막히면 꾸준히 뽑아내고, 아침마다 내 방에 수북이 쌓인 털을 묵묵히 쓸어 낼 뿐이다.

두 번째는, 나의 주치의다. 그는 담담하게 이미 학계에선 공공연한 비밀이라며 증상에 대해 차분히 설명해 줬다. 나와 같은 사람이 우리나라에만 약 백여 명에 달하며, 일본에는 특히 이 증상이 성행해 약 만 명에 가까운 환자들이 있다고 했다.

그는 매일 면도하는 법을 알려 주었고, 바나나만 먹으면 완전한 원숭이가 될 수도 있으니 인간과 같은 식단을 꾸준히 지켜야 한다고 충고했다. 특히, 된장이 좋다는 말을 강조했다. 최근 의학계에서 인간이 원숭이로 퇴화하는 걸 막는 데 가장 좋은 성분이 바로 콩이 발효할 때 생성되는 펩타이드 성분이라는 것을 밝혀냈다고 했다. 물론 의학계만의 비밀이었다.

또, 팔이 다리로 퇴화하는 것을 막기 위해서는 상체 근육을 단련해야 하고, 두뇌의 퇴화를 방지하기 위해 끊임없이 독서를 해야 한다고 조언했다. 잘만 훈련하면 야구선수 이치로처럼 오히려 인간 이상의 신체적 능력을 지닐 수 있다는 성공 사례도 곁들였다. 무라카미 하루키 역시 꾸준한 독서로 오히려 작가가 된 케이스라며 격려했다. 의외로 나 같은 증상을 겪고 있는 원숭이 인간이 많았고, 그들의 '인간 승리'는 눈물 날 만큼 감동적이었다.

따지고 보면, 주치의에게 한 고백은 일종의 치료이자 직업적 관계에서 나눈 상담이었다. 그러니 나는 한 번의 진정한 고백과 한 번의 의료적 고백을 했는데, 추가하자면 약간 생소한 고백도 하나 있다. 지면이 부족할 것 같아 생략하려 했으나, 아무래도 그 고백의 대상이 그냥 지나치기에는 미안하다는 마음이 들기 때문에 짚고 넘어가야겠다.

아버지다. 명색이 아버지인지라 자식 된 도리로 그냥 지나칠 수 없었지만, 영 내키지 않았다. 아버지는 내 이야기에 귀 기울여 준 적이 한 번도 없기 때문이다. 그는 내가 무슨 말을 하든 항상 자기 관점에서 말을 재구성한 뒤에 답을 했다. 어디서부터 어긋났는지는 기억나지 않지만, 어느 순간 우리는 서로의 말에 귀 기울이지 않는 사이가 돼 버렸다.

그런고로, 나는 간결하게 "실은 제가 원숭이입니다"라고 말했고, 아버지는 날 한동안 뚫어지게 보더니 "허, 원숭이 자식이라도 되고 싶은 거냐?"라고 쏘아대고는 읽고 있던 신문으로 시선을 되돌렸다. 일분 정도 걸렸다. 엄마처럼 바나나를 사 오거나 털 청소를 해 주는 실천 따위는 물론 없었다.

아버지의 행동이 나의 콤플렉스를 모른 척해 주려는 속 깊은 배려는, 당연히 아니었다. 단지 무관심이었다. 아버지는 나의 고백을 십대의 반항 정도로 치부해 버렸다. 나 역시 정말 진지하게 목청 높여 '당신 아들이 바로 원숭이라고요'라고 고함질 생각은 없었다.

이게 다 이십 년 전의 일이다.

이렇듯 내 고백은 각자의 방식대로 해석되고, 처리되었다. 의사는 어쩔 수 없다 쳐도, 어머니와 아버지의 반응은 너무나 태연하거나, 무관심했다. 깨달을 수밖에 없었다. 가족이 이러한데, 과연 세상 그 누가 이 고백을 진지하게 받아 준단 말인가. 내 고백은 타인에게 어떤 행동을 취할지 결정하라며 강요하는 위협과 같았다. 서글픈 현실을 자각하자 나는 '정상적인 인간들'을 힘들지 않게 하기 위해선, 진실을 철저히 밀봉해야 한다고 여기게 됐다. 가면을 쓴 채 생의 모든 날을 대면해야 한다고 여기니, 그만 몹시 외로워졌다. 컴컴한 우주에 홀로 쓸쓸히 버려진 것 같았다. 그 깊고 허무한 좌절의 바다에 빠져 나는 한동안 밥조차 먹을 수 없었다. 그 때문인지, 나는 그때 바나나만 먹었다. 탄수화물과 펩타이드를 꾸준히 섭취해 줘야 인간의 외모를 유지할 수 있다는 의사의 권고를 무시한 채, 바나나만 먹어 댔다. 바나나를 안 먹을 때는 바나나 맛 우유, 바나나 맛 소시지, 바나나 맛 초콜릿 같은 것만 먹었다. 통제와 균형, 절제 따위와는 철저히 담을 쌓고 오로지 본능의 강에서 허우적거렸다.

한동안 집 밖에 나가지 않은 탓에 털이 이집트산 카펫처럼 빽빽이 내 몸을 뒤덮었다. 면도할 생각도 없었으며, 아버지에게 그런 모습을 보이기 싫어서 그저 방문을 잠그고 하루키의 책만 읽어 댔다. 당시에는 어떤 현자의 공허한 위로보다 같은 원숭이로서 고통을 딛고 묵묵히 문학의 길에 정진하는 그의 글이 나를 위로해 줬다. 비틀스의 음악도 내 가슴을 비슷하게 어루만져 주었다. 폴 매카트니 역시 원숭이라는 사실도 이즈음 알았다.

하지만 이때 저지른 실수가 있는데, 그건 바로 엘지 트윈스의 야구를 본 것이었다. 시즌 내내 봤다. '그래도 프로 팀인데 언젠가는 이기겠지' 하는 심정으로 오기 부리듯 봤는데, 희망이라고는 없는 좌절과 패배의 연속이었다. 그들의 야구를 통해 무턱대고 희망만 품는 것이 사람을 얼마나 초라하게 만드는지 깨달았다. 비참한 시간이었다. 하루키의 글과 비틀스의 음악으로 차곡차곡 쌓아 올린 위로를, 속수무책 야구가 송두리째 무너뜨리곤 했다.

그러는 동안 털은 계속 자라기도 했고, 그만큼 빠지기도 했다.

역시 어머니는 말없이 바나나를 내 방 안에 넣어 줬고, 간혹 내가 담배를 피우러 옥상에 올라가면 틈을 놓치지 않고 내 방의 털을 청소해 주곤 했다.

물론 방황의 날이 그리 길지는 않았다. 그 어느 누구도 손을 내밀지 않는 한, 나는 스스로 일상의 구덩이에서 기어 나와야 했다. 나를 구원해 줄 수 있는 이는 오직 나 자신밖에 없었다. 우주에 홀로 버려진 이상 스스로를 구원하지 않으면 이 끝없는 암흑 속에서 유영해야 했다. 의사는 학계의 새로운 발견이라며 김치찌개와 DHA가 풍부한 등 푸른 생선을 먹길 권했고, 나는 효능이 검증되지 않은 신약 테스트에 참가한 불치병 환자라도 된 양 의사의 말대로 꾸역꾸역 먹었다. 인간들의 음식은 위장에 쌓여 가고 있었지만, 정말 먹고 싶은 것을 먹지 못하니 공복감이 사라지지 않았다. 나의 장은 여전히 바나나를 소화할 준비가 돼 있었다. 어떤 때는 바나나가 먹고 싶어서 식은땀을 흘리기도 했고, 금단 현상인지 눈가가 퀭해지기도 했다. 겪어 보지 않아 뼈를 깎는 고통이었다고 말할 순 없어도, 색욕에 들끓는 고교생이 자위행위를 한 달 정도 참는 고통은 되었다.

좌절의 바다에 빠져 있는 동안 방에만 틀어박혀 지냈는데, 조금만 더 있다간 등이 완전히 굽어 버릴 판이었다. 나는 자신을 더 이상 방치할 수 없어서 헬스클럽에 갔다. 가는 김에 매일 나갔다. 소림 무술 영화의 주인공처럼 다리를 운동 기구에 끼운 채 허리 힘만으로 상체를 들어 올리는 운동을 매일 100회 이상 반복했다. 역기와 덤벨도 빼놓을 수 없었다. 러닝 머신 위에서 제자리를 지키는 길이 쉽지 않고 뛰는 수밖에 없듯, 퇴보를 막는 길 역시 무리를 해서라도 진일보하는 수밖에 없었다.

처한 상황은 혹독했지만, 나는 도리어 긍정적인 생각을 하려 했다.

어차피 사람은(혹은 원숭이는) 누구나 자기만의 굴레를 지니고 살아간다. 어떤 사람은 대머리로 살아가고, 어떤 사람은 단신으로 살아가고, 어떤 사람은 비만으로 살아간다. 나는 단지 원숭이로 살아갈 뿐이다.

나는 대머리라기보다는 오히려 털이 많은 사람(이길 바라는 원숭이)이다. 어떤 이는 역한 겨드랑이 냄새를 감추기 위해 화장실에 숨어서 쿵쿵거린 후 향수를 뿌릴 것이며, 어떤 이는 혹시 가발이 돌아가지나 않을까 싶어 바람 부는 강변에서 조심스레 자전거를 탈 것이다. 나는 내 실상을 (아주) 약간 감추고 사회에 맞춰 생활하기 위해 식이요법을 하고 운동을 하며 면도를 할 뿐이다.

그뿐이다. 그렇다. 그뿐이다.

누구에게나 숨기고 싶은 것은 있기 마련이다. 걱정은 각자의 금고에 보관한 채 집 밖에 나와서 웃으면 된다. 대화 중에 쓸데없이 고백을 하는 우를 범할 필요도 없고, 설사 타인의 그런 고백을 듣더라도 꼬치꼬치 캐물을 필요도 없다. 그것이 이 시대를 살아가는 방법이고, 책에서 배우지 못한 '사회화'다. 나는 면도를 할수록 더욱 '사회화'될 뿐이다.

2

이쯤에서 내가 왜 이런 증상을 겪고 있는지에 대해 말하지 않을 수 없다.

　그렇지만 약간은 곤란하다.

　실은 나도 잘 모르기 때문이다.

　학계에는 몇 가지 설이 있는데, 그중에 논리적 근거나 과학적 설득력을 가지고 있는 건 하나도 없다. 그나마 관심을 받고 있는 설도 황당하기는 마찬가지다. 그러나 이 황탄무계한 학설이 관심을 받고 있는 이유는 환경 파괴에 대한 경각심을 일깨워 주기 때문,이라고 주치의가 말했다.

　최근 들어 학자들은 지구의 놀라운 능력을 발견했는데, 그것은 바로 지구의 '회귀력'이라는 것이다. 이건 기본적으로 자정 능력과 어느 정도 연관이 있다. 예를 들어 지구는 오염된 대기를 나무가 배출하는 산소로 스스로 정화한다. 이게 자정 능력인데, 이것이 한계에 다다르면 지구는 더 이상 자정할 수 없다는 것을 깨닫고 스스로를 최초의 상태로 돌리려는 특성을 지니고 있다는 것이다. 그 일례로 지구의 대륙 간 거리가 조금씩 가까워지고 있다. 아주 사소한 차이이긴 하지만 현재 유럽과 아프리카는 백 년 전에 비해 약 일 미터 정도 가까워졌다. 마치 기후 변화로 빙하가 녹아내리듯 지구는 더 이상 환경 오염에 견디지 못해 자신이 태어날 때의 모습으로 되돌아가고 있다. 모든 대륙이 하나로 합쳐져 있던 그때로 말이다. 과거에 제기됐던 대륙 이동설이 이제는 대륙 합체설로 바뀌어 가고 있으며, 이러한 변화는 전 지구적으로 일어나고 있다.

문제 제기는 진화론을 신봉하는 학자들 사이에서 시작되었다. 이들은 인간이 진화를 한 것은 지구의 환경 변화 때문인데, 그 환경이 초기의 상태로 되돌아가기 때문에 인간 역시 서서히 진화하기 이전의 모습, 즉 **원숭이의 모습**으로 되돌아가고 있다고 주장했다. 물론 학계에서는 터무니없는 가설이라고 일축했다. 그러나 1964년 브라질에서 털북숭이가 돼 버린 10세 소년이 발견되면서 이 주장은 서서히 관심을 받게 되었다. 1976년에는 온몸이 털로 뒤덮인 아기가 중국에서 태어났다. 게다가 80년대 들어서 피부과를 중심으로 이 같은 환자들이 점차 늘어 가고 있다는 보고가 속출하자, 이를 설명할 준비가 돼 있지 않던 학계는 당황하기 시작했다. 비록 논리는 빈약했으나 '인간 회귀론'을 주장하는 이른바 원숭이 학파만이 적어도 무슨 말이라도 할 준비가 돼 있었다.

학계가 그럴싸한 논거를 찾지 못한 사이, 우왕좌왕하던 학자들은 원숭이 학파의 이론에 편승하기 시작했다. 그러면서 삼십 년가량 지나니 이것은 자연스레 하나의 학설로 자리 잡았다. 물론 그렇다 해서 외부적으로 공개할 정도의 가치는 (당연히) 없었고, 그저 내부적으로 가타부타하며 의심을 받는 정도의 학설이었다. 근거라면 끊임없이 속출하는 환자들의 존재뿐이었다.

그 와중에도 세상은 복잡하게 돌아가고 있었다. 여전히 이해할 수 없는 의문투성이였고, 원숭이 인간은 점차 늘어만 갔다. 원숭이 인간들은 그 존재를 숨긴 채 살아가고 있었고 의학계 역시 그 사실을 비밀로 하고 있었으므로 일반인들이 우리의 존재나 지구의 변화, 특히 인간의 신체적 변화에 대해 알 턱이 없었다. 어디 가서 "이치로와 무라카미 하루키가 원숭이래" 하고 말해 봤자 정신병자 취급만 받을 뿐이었다. 앞서 말했듯이 비틀스의 폴 매카트니 역시 원숭이 인간으로 추정되고 있는데(나는 원숭이로 믿고 있다), 그가 '렛 잇 비' 앨범을 작업할 때 딱 하루 집에 가지 않았는데 그새 털북숭이가 돼 버려 멤버들이 아연실색했다는 일화를 증거로 들 수 있다. 이를 말해 주며 주치의는 날카로운 식견을 지닌 사람들이 많다며 경계를 드러냈다. 나는 당연하지만 이 이야기를 듣고 난 후로 폴이 좋아져 버렸다. 비틀스에 빠지게 된 것도 그 때문이었다.

이야기가 점점 내 개인사와 멀어져 가서 미안하긴 하지만 기왕 시작한 이야기를 좀 더 하자면, 이 원숭이 인간들끼리 갖는 엘리트 모임이 있다. 유명 원숭이 인사들이 주축이 돼서 결성한 모임으로, 'MGM(Man of Great Monkeys, 위대한 원숭이 인간)'이라는 이름으로 활동하고 있으며, 그 본거지는 도쿄에 있다. 많은 원숭이 인간들에게 희망을 주자는 취지로 설립되었고, 같은 맥락에서 이치로는 열심히 안타를 쳐 대고, 하루키는 또 성실히 글을 써내고 있다. 폴 매카트니는 아직 정체성의 혼란을 겪고 있어, 클럽의 끈질긴 구애에도 불구하고 자신이 원숭이라는 것을 인정하지 않고 있다고 한다. 뭐, 이런 잡다한 이야기가 왜 이렇게 길어졌냐 하면, 실은 이 클럽 소개가 내 개인사와 완전히 동떨어졌다고는 할 수 없기 때문이다. 이 클럽의 이야기를 듣는 순간 나는 삶의 의지 같은 것이 발동돼 버렸다.

그렇다.

나는 이 클럽에 가입하는 것을 생의 목표로 삼았다.

따라서 내 삶을 남의 삶인 양 수수방관하며 살 수는 없었다.

나는 더욱더 근면 성실한 (원숭이) 인간이 되기로 작정했다.

우갸갸갸갸.

3

누구나 감추고 싶은 콤플렉스가 있다. 차이점이라면 그 약점을 의지에 따라 감추고 살아가거나, 마지 못해 인정하며 살아간다는 정도뿐이다.

예컨대 키가 작은 사람은 어쩔 수 없이 인정하며 살아가는 부류다. 간혹 키 높이 깔창을 잔뜩 깔고 다니는 무리들이 있긴 하지만, 언젠가는 신발을 벗어야 하니 인정할 수밖에 없다. 반면에 대머리들은 감추고 살기도 하고 내놓고 살기도 한다. 듬성한 채로, 벗겨진 채로 살아가는 '순응형', 오히려 삭발을 하는 '개척형'들이 인정을 하며 살아가는 부류다. 반면, 아침마다 가발을 고쳐 쓰거나, 흑채를 뿌리거나, 아니면 옆머리나 뒷머리를 한 올씩 정수리 쪽으로 끌어당겨 빗는 사람은 인정하지 않는 부류다. 일일이 예를 들자면 끝이 없으니 이쯤에서 끝내자면, 이 모든 사람들은 사회적으로 익숙한 약점을 가지고 있는 자들이다.

그러나 원숭이라면 곤란하다. 단신인 사람, 대머리인 사람, 냄새가 심한 사람, 모두가 '사람'이다. 서로 이해할 수 있는 선을 벗어나지 않았다는 이야기다.

그런데, 젠장, 하필 나는 원숭이다.

아니다, 긍정적으로 생각해야 한다.

나는 원숭이이기에 오히려 더욱 노력해야 한다. 평발이기에 더욱 노력했던 박지성처럼, 가진 것이 아예 없었기에 더욱 노력했던 이순신처럼, 들리지 않았기에 더욱 연습해야 했던 베토벤처럼, 나 역시 원숭이이기에 더욱 노력해야 한다.

나는 원숭이이기에. 제기랄, 망할 원숭이이기에……

아니다, 최악의 상황 속에서도 희망을 보아야 한다.

눈을 잃었기에 오히려 세상의 소리를 들을 수 있었다는 장님처럼, 발이 없기에 오히려 발이 닿지 않는 사람의 마음까지 더 다가갈 수 있었다는 한 장애인처럼, 온몸에 화상을 입어 오히려 마음을 더 가꿀 수 있었다는 한 소녀처럼…… 주어진 상황을 감사하게 여겨야 희망을 볼 수 있다. 그래야 기쁘다. 살 수 있다. 내 삶의 의의를 발견할 수 있다.

그런데, 대체 뭘 감사하지?

4

'주어진 삶이 운명이라면, 그 운명을 어떤 식으로 받아들일 것인가 하는 것은 삶의 태도'라는 거창한 말은 하고 싶지 않다(면서 해 버렸구나). 사실 나는 나이를 먹어 감에 따라 원숭이가 되어 갈 뿐이고, 동물원이나 아마존에 가서 살지 않기 위해서는 보통 인간 이상의 노력을 꾸준히 해야 한다. 한때는 역겨운 된장을 먹고(이런 젠장), 무거운 덤벨을 들고(어우 염병), 아침마다 남들보다 한 시간 일찍 일어나 털을 밀어 대는(이런 털 같은) 내 삶이 싫어, 진짜 동물원에나 들어가 버릴까 했다. 아니면 아마존도 괜찮을 것 같았다. 밀림에서의 자유로운 삶이라.

하지만 생각해 보니, 원숭이 아내를 맞아(오 마이 갓) 빨간 엉덩이를 잡고 교배를 하고(발기나 될까), 서로의 털 속에 감춰진 이나 잡아 주는(둘의 이가 교배를 해 더 번성하지 않을까) 삶이란 도저히 받아들일 수 없었다. 어쩌다 보니 원숭이가 되어 가고 있지만, 난 원래 원숭이로 태어나지 않았다. 게다가 나는 인간으로서의 삶을 사랑하고 있다.

아침마다 쏟아지는 햇살(원숭이도 이걸 느낄까), 두 다리로 걸으며 느끼는 산책의 평온함(중요한 건 두 다리다), 매번 지기는 하지만 어쩔 수 없이 기대를 걸게 되는 트윈스의 야구, 한강 변을 끼고 있는 합정동에서 내려 마시는 드립 커피(커피 마시는 원숭이를 상상할 수는 없지 않은가), 서늘한 여름 밤바람과 잠자는 나무를 깨우는 조깅, 심야 영화, 소소한 일상이 빛나는 수필, 언제일지는 모르나 목선이 가냘 프고 웃는 얼굴이 화사한 여자와의 연애.

아무리 생각해 봐도, 동물원이나 아마존에서는 영위하기 어려운 삶이다. 혹시 나와 같은 원숭이 인간들이 몇억 명 속출해 이 모든 문 화와 삶의 방식을 구축하지 않는 한, 나는 적어도 인간의 사회에 속해 있어야 했다. 물론 인간의 모습을 한 채로.

역시 아무리 생각해 봐도, 현실적으로 나와 같은 원숭이를 위해 그 간 인류가 구축한 모든 문화와 삶의 방식을 재현해 낸다 해도 적어도 내 생애 동안은 불가능할 것 같다. 체제의 문제라면 체제의 문제고, 개척의 문제라면 개척의 문제라 할 수 있다. 어디에 끼워 맞추든지 다 들어맞을 만큼 광범위하고 모호한 문제다. 하지만 내게 중요한 것은 이러한 문제가 아니라, 바로 내가 처한 현실이었다.

나는 어쩔 수 없이 노력했다. 열일곱 살 때부터 매일 8킬로미터를 뛰었다. 주치의가 뛰지 않으면 다리의 기능이 점차 퇴화되고, 허리는 굽어져 결국 원숭이처럼 기어 다니게 될 것이라고 했다. 간단히 말해, 직립 보행이 어렵다는 거였다.

직립 보행이 어렵다는 말을 들으니, 교과서의 한 대목이 생각났다. '유인원은 직립 보행을 시작하면서 인간으로서의 첫발을 디뎠다.'

그것이 인류의 첫걸음이었다. 직립 보행을 포기하는 것은 인간에 서 원숭이로 회귀하는 결정적 대목인 것이었다. 이 말은 내 존재 자체 에 대한 위협이 되었다. 총이나 칼보다 강력한 문장이 운동화 끈을 조이게 만들었다.

나는 정말 직립 보행을 유지하기 위해 뛰었다. 마치 인간으로서의 첫발을 다시 내디딘다는 심정으로. 그뿐이었다. 살아야 된다는 생각으로 뛰다 보니 악에 받치기도 하고, 억울하기도 하고, 끈적대는 땀이 내 끈적끈적한 운명 같아 짜증 나기도 하고, 어떤 날에는 땀보다 눈물을 많이 흘리기도 했다.

그런데, 혼란의 시간을 겪고 난 후 마음을 비워 내니 의도치 않게 뛰는 게 마음에 들기 시작했다. 우선은 몸이 가벼워졌다. 다리의 기능을 유지하려 했던 것뿐이었으나, 본의 아니게 지방들이 다 타 버렸고, 또 본의 아니게 복근까지 생겨 버렸다. '동물원에서 초등학생들에게 재롱이나 부리며 살 수는 없어'라며 바람에 눈물까지 흩날리며 뛰었는데, 결과는

......

상당한 힙 업이 돼 버렸다.

대학에 들어갔을 때는 여자 동기들은 물론 여자 선배들마저도 내가 지나가면 내 엉덩이에 시선을 둔 채 수군거렸다.

장애는 반대로 보면 행운이라 했던가. 동물원에 갇힌 발정 난 원숭이처럼 빨간 엉덩이만 보면 침 흘리며 달려들 수는 없다는 심정으로 달렸더니, 어이없게 섹시한 엉덩이남(男)으로 통하고 말았다.

비슷한 심정으로 두 팔이 앞발로 퇴화해서는 안 된다는 심정으로 헬스클럽에서 한 시간씩 땀이 피로 변할 때까지 덤벨을 들었는데, 그만 몸짱이 돼 버렸다.

역시 본의는 아니었다. 물론 나중에야 위대한 원숭이 모임인 'MGM'에 가입하겠다는 원대한 포부도 가졌지만, 처음에는 그저 '사람답게 살고 싶은' 원숭이의 간절함일 뿐이었다. 스물일곱의 나이에 기어 다닐 수는 없지 않은가.

역시 비슷한 이유로 허리 운동을 했더니만, 어깨부터 엉덩이 위까지 아널드 슈워제네거 같은 뒷모습이 만들어지고 말았다. 불행의 늪에 빠지지 않기 위해 발버둥칠수록 오히려 반대급부가 따라왔다. 하긴 아널드 슈워제네거도 어릴 때 너무 허약해서 보디빌딩을 시작했다고 했지.

이런 식으로 정말 **살기 위해**, 이십 대에 원숭이가 되는 것이 싫어서 미친 듯이 책을 읽어 댔고, 미친 듯이 공부에 매달렸다. 역시 그러다 보니 책의 매력을 알게 됐고, 다음과 같은 어이없는 말을 해 대고 말았다.

"공부가 가장 쉬웠어요."

맙소사.

내가 이런 사람이 (아니 원숭이가) 될 줄이야.

가문에서는 개천에서 용이 났다고 떠들어 댔다. 실상을 아는 나와 어머니는 '실제로 난 건 용이 아니라 원숭이잖아'라고 크게 외치지는 못했고, 그저 그런 눈빛을 둘이서만 주고받았다.

공부라는 것도 '멍청하게 우리 안으로 던져 주는 바나나만 받아먹고 살 수는 없잖아'라는 심정으로 했을 뿐인데, 어떻게 하다 보니 이게 그렇게 재밌을 수 없었다. 함수 방정식이 주는 오차 없는 세상과 각종 통계 수치 안에 숨겨져 있는 음모론들, 역사를 통해 오늘을 보는 재미, 죽은 현인들의 가르침, 애덤 스미스의 책을 읽으며 그와 펼치는 무언의 토론. 어느새 책이 한 권 두 권 늘어나 내 방은 도서관처럼 책으로 가득 찼고, 내 머릿속 역시 백과사전처럼 지식의 보고가 되어 갔다. 적어도 방 안이 바나나 껍질로 가득 차고 머릿속이 암컷의 빨간 엉덩이로 가득 차는 것보다는 나았다.

정체성의 혼란으로 얽힐 대로 얽혀 버린 질풍노도의 십 대를 노력과 분투로 지내다 보니 나는 어느새 전교 학생회장이 되었고, 학생회장은 전통적으로 서울법대를 가야 한다는 담임 선생님과 학교의 시대적 요청에 못 이긴 척, 그만 국립 대학교 법대생이 돼 버렸다.

한번은 한 남성 잡지에 '엄친아 대학생'으로 소개된 적이 있었는데, 실로 어처구니없는 일이었다. 이 '남자지'(그들은 자기네 잡지를 꼭 남자지라 불렀다)는 남성의 몸을 노골적으로 과시하는 잡지였는데, 공교롭게도 웃통을 벗어젖힌 내 사진이 실린 기사가 인터넷을 통해 확산되면서 나는 그만 '몸짱 엄친아'라는 별명을 얻고야 말았다.

나로서는 이 대목이 꽤나 억울한데, 분명 에디터는 나를 독서하는 대학생으로 소개한다 했다. 나는 그 콘셉트에 맞춰 내 두뇌처럼 잘 짜인 체크무늬 셔츠를 목까지 잠그고, 뜨거운 조명 아래 고풍스러운 나비넥타이까지 맨 채로 책을 보는 사진을 수백 컷 찍었다. 정말 수백 컷이었다. 뜨거운 조명과 목까지 잠근 셔츠로 몸은 땀범벅이 됐다.

잠시 셔츠를 벗고 선풍기 아래서 땀을 식히자고 해서 그랬는데, 그때 에디터가 "기념으로 찍게 포즈 한번 취해 보시죠"라고 했다. 대형 선풍기에 땀이 식어서 그제야 안도의 웃음이 나왔고, 이미 수백 컷을 찍은 후라 나도 모르게 카메라만 보면 반사적으로 포즈를 취해 버리게 되었다.

그리고 그 '남자지'에는 그 사진만 실렸다.

대형 선풍기 앞에서 웃통을 벗어젖힌 채, 더 이상 평온할 수 없다는 듯 흐드러진 미소를 짓고, 머리를 날리며 포즈까지 취한 내 모습 말이다. 이게 그만 화제가 돼 버렸다(거참, 세상일이란).

그 후로도 몇 개의 신문사와 방송국, 인터넷 매체가 인터뷰를 하자고 했고, 어쩔 수 없이 몇 번 응하기는 했지만, 그럴 때마다 나는 평소보다 더욱 세밀하게 새벽부터 면도를 해야 했다. 여간 성가신 일이 아닐 수 없었다.

십 년 동안 정말 남들처럼, 평범하게, 사람다운 모습으로 살고자 발버둥쳤을 뿐이다. 그런데 공교롭게도 '자기 관리의 달인' '엄친아' '끝없는 욕심의 소유자' '누나들의 로망' '꿈꾸면 바로 현실' 등의 별명이 따라다녔다. 대학 내내 관심을 받았고, 그 여세를 몰아서 헤드헌터들의 관심도 받았다. 전화위복인지는 모르지만, 지금은 외국계 투자 은행에서 근무한다. 여의도에서 일한 지 5년 만에 과장으로 진급하여, 업계 최연소 33세 과장이라는 타이틀도 덩달아 달았다.

드리블의 달인, 메시가 그랬나?

자긴 키가 작기 때문에 그저 공을 뺏기지 않기 위해, 공을 발에 붙이듯 드리블할 수밖에 없었다고.

5

사실 원숭이로 살아가려면 살아갈 수 있다. 까짓것 먹고 싶은 바나나 맘껏 먹어 버리고, 아침마다 번거로운 면도도 건너뛰고, 원숭이가 된 채로 비틀스를 듣고, 톨스토이를 읽고, 야구를 볼 수도 있다. 뭐, 어떤가. 어머니가 인정해 주고(그녀는 해 줄 것 같다), 아버지도 동의한다면(이건 도저히 모르겠다), 집에서 바나나만 먹으면서 한평생 유유자적하는 것도 나쁘지는 않을 것이다.

물론 집 안에만 있는 것은 답답하다. 원숭이가 된 채로 외출을 하면 사람들이 옷을 입고 다니는 원숭이를 이상하게 볼 것이며, 커피를 마시는 원숭이에 놀랄 것이며, 동물원에서 탈출한 원숭이라고 신고할지도 모른다. 그런 것이 불편하기도 하고 두렵기도 하지만, 실상 내가 가장 걱정하는 것은 다른 것이다.

나는 사랑에 빠져 버렸다.

통제 불가능한 것이었고, 예상 불가능한 것이었다. 내 심장은 두뇌의 지시와는 상관없이 뛰기 시작했고, 내 마음은 마음대로 되지 않았다. 머리와 심장이 철저히 따로 놀았다. 두뇌는 더 이상 그녀를 생각하지 말라 했지만, 그럴수록 내 머릿속은 그녀 생각에 지배당했다. 온통 그녀 생각으로 가득 차, 다른 생각이 들어올 틈이 없었다. 가끔은 밥을 먹었는지도 헷갈렸다. 물론 식욕도 없었다. 밥을 요구해야 할 위장의 자리에, 일을 생각해야 할 두뇌의 자리에, 문학을 공급해야 할 가슴의 자리에 온통 그녀가 가득 차 버렸다. 내 몸 전부가 그녀로 채워져 버렸다. 그녀가 이런 내 맘을 아는지 모르는지 모르겠다.

총체적으로 나는 엉망진창인 상태에 빠져 버렸다.

가끔은 나도 동경을 받으며 지내곤 하지만, 실상 이렇게 사랑에 빠져 버리면 한없이 초라해진다. 지식이 아무리 늘어 가고, 근육이 아무리 단단해져도, 사람들이 아무리 치켜세워 줘도, 나는 그저 **원숭이**일 뿐이다. 바나나만 보면 군침을 흘려 대고, 해보다 일찍 일어나 지겹도록 면도를 해야 하고(간간이 이도 잡아야 하고), 조금만 방심하면 허리가 굽어져 버리는 원숭이일 뿐이다. 오늘 보니 이제는 미간에도 털이 자라고 있다.

반면, 그녀는 내게서 너무 동떨어져 있다.

그녀의 피부는 실크처럼 매끄러워 보인다. 존경스러울 만큼 천사 같은 피부를 가지고 있다. 향기도 난다. 조금만 씻기를 게을리하면 강아지 냄새가 나고, 심지어 이까지 생기는 나와는 천지 차이다. 과한 향수 냄새도 아니고 싸구려 비누 향도 아닌, 비 온 뒤 아침의 꽃에서 나는 향기가 배어 있다.

말투는 빠르지도 느리지도 않다. 아마 추상 명사인 배려를 속도로 설명해야 한다면, 그녀가 말하는 속도로 설명할 수 있지 않을까. 그녀가 하는 행동들은 마치 적정 속도를 지키는 초보 운전 지침서 같다. 웃음 역시 과하지 않고, 미소 또한 내빼는 법이 없다.

우리가 처음 만난 곳은 광화문에 있는 한 예술 영화 상영관이었다. 나는 종종 그 영화관에 가서 아무 영화나 보곤 했다. 그저 혼자 자주 가는 카페에서 즐겨 마시는 커피를 마시듯, 별 목적 없이 영화관에 갔다. 언제나 아무 계획 없이 아무 표나 사서 영화를 봤다. 하지만 신기하게도 실망한 적은 단 한 번도 없다. 아무 때나 갔으므로 상영 시간은 매번 맞지 않았고, 그럴 때마다 나는 책을 읽었다. 폴 오스터를 읽었고, 체호프를 읽었고, 마르케스를 읽었다. 가벼운 마음으로 있고 싶을 때는 『씨네21』 같은 영화 주간지를 읽었다. 영화관 안에는 언제나 기분 좋은 커피 향이 가득했고, 나는 매번 영화관이 선사하는 설렘의 공기와 커피 향에 취해 있었다. 어쩌면 나는 상영되는 영화에 상관없이, 극장과 그 극장에서 머무는 시간을 사랑했던 것 같다.

그날도 그저 시간이 나는 대로 극장에 들렀다. 영화관에서는 늘 그랬듯이 무슨 무슨 기획전 같은 것을 하고 있었다. 정확히 기억은 안 나지만, '간과된 국제 영화제 수상작들' 같은 느낌의 기획전이었다.

그날 본 영화는 「내 책상 위의 천사」(An Angel at My Table)였다.

심각한 수준의 빨간 곱슬머리에다 뚱뚱하기까지 해서 폐쇄적인 성격이 돼 버린 소녀는 오로지 문학에만 탐닉하게 된다. 그 속에서 해방을 맛보지만, 소녀의 선생은 소녀의 폐쇄적인 면을 이상하게 여겨 정신병원으로 보낸다. 소녀는 8년 동안 200회의 전기 충격 요법으로 치료를 받으며 더욱 이상한 모습으로 변해 간다. 그런데, 세월이 지나 최초의 진단이 오진이었다는 것이 밝혀진다. 하지만 소녀는 이미 오랜 정신 병동 생활을 통해 다른 모습으로 변화된 후였다. 소녀는 결국 고통스러웠던 자신의 경험과 문학의 세계에 침잠해 맛보았던 기쁨을 의지적으로 결합시켜 작가가 된다. 이날 **우리**가 본 영화는 왠지 극화되지 않은 생의 날것 같은 냄새가 풍겼다.

아니나 다를까, 나중에 알고 보니 뉴질랜드의 대작가 재닛 프레임의 자서전을 바탕으로 한 영화였다. 결국 이런 삶이 실제로 일어나고 있구나, 하고 생각하게 되었다.

아, 이쯤에서 이 영화를 본 것이 '나'가 아니라 '우리'라고 말한 것에 대해 설명해야겠다. 엄밀히 말하자면 '우리'가 함께 영화를 본 것은 맞지만 그렇다고 해서 약속을 하고 영화를 보러 온 것은 아니었다. 정확히 말하자면, 나는 영화가 시작한 지 약 10분 뒤에 입장했고, 그녀는 약 30분 뒤에 입장했다.

처음에 나는 영화관 안에 아무도 없어서 상당히 흥분했다. 영화관에 올 때마다 관객 수가 많게는 열댓 명에서 적게는 두세 명 정도여서 언젠가는 혼자 영화를 볼 날이 오리라 은근히 기대를 해 왔는데, 실제로 상영관 안에 아무도 들어오지 않자 나는 주체할 수 없는 흥분 상태에 빠졌다. 그대로 잠자코 앉아서 스크린만 바라보는 것은 너무 소극

적이고, 나아가 죄악일 것이라는 생각마저 들었다.

물끄러미 스크린을 보고 있을 수만은 없었다. 환호성을 질렀다. 뭐 어때, 혼자인데,라는 생각으로 상황에 어울리지는 않지만 그간 가슴 속에 담아 뒀던 말부터 음담패설까지 속 시원하게 온갖 말을 아무렇게나 늘어놓았다.

아하하, 내 물건은 10미터라네.

보고 있나, 매카트니. 나도 원숭이라네.

우리 같이 고함이라도 질러 볼까.

하하하.

무척 속 시원했다. 내 속에 감춰 두었던 모든 본능과 비밀들을 공개적인 자리에서 큰 목소리로 외친다는 것은 기묘한 쾌감을 선사했다.

나는 이참에 '원숭이면 어때'라는 자학적인 심정으로 숨을 깊이 들이마신 후 최대한 숨을 조금씩 길게 내뱉으며 외쳤다.

우갸갸갸갸갸갸갸갸갸.

약 1분간 외쳐 댔다. 그러다 '턱' 하고 그만, 호흡이 걸리고 말았다.

사람이 들어왔다! 순간 나는 당황해 외침을 뚝 끊었지만, 약 1분간 지속된 음파는 메아리처럼 극장 안에 남아 끈질기게 울렸다. 분명 짧은 순간이었지만, 시를 읊는 영화 속 남자 배우의 중후한 목소리와 나의 '우갸갸갸갸갸갸'가 처참하게 섞였다. 소리의 출처를 찾아 고개를 돌리는 그녀와 눈이 마주친 순간, 괴성의 잔음은 완전히 소거되었다. 화면에는 눈부신 뉴질랜드의 초원이 펼쳐져 있었고, 서정적인 선율의 배경 음악이 극장 안을 가득 메우고 있었다. 당황한 나머지 괴상하게 일그러진 표정의 나와 그녀의 눈이 처음으로 마주쳤다. 캄캄한 극장 안에서도 빛을 발하는 그녀로 인해 나의 뇌는 순간 마비돼 버렸다.

우린 세상에서 소외당한 한 소녀가 자아 정체성을 찾아간다는 내용의 영화를 함께 보았다. 괴성 탓인지 '단둘이' 영화를 보는 약 두 시간 남짓 동안 약간의 어색한 기운이 감돌았지만, 나는 그게 좋았다. 어색한 기운은 항상 어딘가 본격적인 연주를 하기 전에 맛보는 전주 같은 기분이 있기 때문이었다. 그것이 없었다면, 우리 사이는 그저 같은 영화를 관람한 평범한 두 명의 관객에 지나지 않았을 것이다. 그리고 그 어색함을 지우려 했기 때문인지, 나는 오히려 적극적으로 대화를 시작할 수 있었다.

영화가 끝나고 주차장으로 내려갔을 때, 그녀는 작으면서도 주관이 있어 보이는 자신의 소형 승용차에 시동을 걸려고 했다. 그러나 시동이 걸리지 않았다. 방전이 된 것이었다. 그녀는 내게 와서 자기 차와 연결을 해서 시동을 거는 데 필요한 점프선이 있는지 물었다. 나는 '점프선이 없다'는 대답 대신 용기를 내어 '그건 없지만 당신을 집에 바래다줄 시간은 있다'고 했다(평소의 나라면 이렇게 뻔뻔한 말을 하지 않는다. 그녀는 나의 사회적 체면과 대화의 지적 수준을 모조리 포기하게 만들 만큼 매력적이었다).

그러자 그녀는 엷은 웃음을 살짝 지어 보였다. 내 대답 때문인지 아까 지른 괴성 때문인지는 알 수 없었으나, 그녀의 미소는 주차장 조명을 받아 빛났다. 그 미소로 미뤄 보아, 그녀가 나를 나쁜 사람으로 보고 있지 않음을 짐작할 수 있었다. 우리는 첫 만남, 첫 드라이브, 첫 데이트를 함께했다. 광화문에서 광명까지 가는 동안 나는 그녀가 피아니스트라는 것, 그녀 역시 이 영화관에 종종 혼자 영화를 보러 온다는 것, 커피를 좋아한다는 것, 독서와 산책을 좋아한다는 것을 알았다. 그리고 무엇보다도 그녀가 무척이나 사랑스럽다는 것도 알았다.

광명의 작은 아파트 단지에 도착하자 그녀는 고맙다는 인사말을 건네고 내 눈을 한동안 바라보았다. 지금 생각해 보면 노래 한 소절부를 여유도 안 되는 짧은 시간이었지만, 당시에는 무척 길게 느껴졌다. 길었다고 말하긴 했지만, 풍성했다고 하는 편이 오히려 맞겠다. 말없이 내 눈동자를 물끄러미 바라보는 그녀에게는 알 수 없는 힘이 있었다. 그 힘에 이끌려 나도 모르게 그녀의 눈동자를 바라보게 되었고, 그 속에는 내가 있었다. 나를 보는 그녀와, 그녀를 바라보는 나와, 우리를 비추는 달빛이 좋았다. 그녀는 의아하게도 작별 인사도 없이 눈동자만 바라보고선 뒤돌아서 아파트 입구로 들어갔다. 하지만 나는 그녀의 뒷모습을 바라보며 다음 회가 더욱 기대되는 드라마의 첫 회 마지막 장면을 떠올렸다. 그녀의 등 뒤로 달이 떠 있었고, 아파트 계단으로 올라서는 그녀의 머릿결과 치마 결은 서로 다른 방향으로 정결하게 찰랑거렸다.

첫 만남은 짧았지만, 길었다. 함께한 시간은 짧았지만, 떨어져 있을 때도 나는 줄곧 그녀와 함께 있었다. 내 일상의 모든 기억은 그녀와 함께한 밤에 머물렀고, 내 일상의 모든 상상은 그녀와의 미래에 사로

잡혀 있었다. 그녀의 말투, 미소, 향기. 나의 하루는 그녀와의 첫 만남, 철저히 그 연장선상에 있었다. 모든 상황을 그녀와 연관 지어 생각하게 됐고, 모든 시간을 그녀와 나누고 싶었다.

그녀는 호의에 보답을 하고 싶다며 연락처를 주었지만, 우린 따로 연락을 하지는 않았다. 아마 내 쪽에서 적극적으로 나와 주기를 바랐던 것 같지만, 나는 그러지 못했다.

생각이 너무 많았고, 두려웠다.

그녀의 생각이 떠나지 않을수록,

그녀의 매력에 빠져들수록,

단 한 번 만난 사람이 나를 흔들수록,

나는 더욱 두려워졌다.

그녀의 존재는 행복이자 고통이었다. 나는 그녀를 통해 인간으로서의 행복을 느꼈고, 그녀를 통해 원숭이로서의 고통을 느꼈다. 그녀를 생각할 때마다 기대했고, 그녀를 떠올릴 때마다 좌절했다.

그즈음이 내 삶에서 가장 변덕이 심한 시기였던 것 같다. 아침에 눈을 뜨면 '오늘은 한 올도 빠짐없이 면도를 해서 그녀와 잘해 봐야지'라고 다짐을 하다가도, 문득 짜증 날 정도로 많은 털을 밀다 보면 '도대체 나 따위를 좋아해 줄 리가 없잖아'라는 육중한 자각에 좌절했다. 그러다 다시 '부지런히 밀다 보면 탈모 증상처럼 털이 사라질지도 모르잖아'라며 무턱대고 희망을 품기도 했고, 다시 '그래 봤자, 결국 원숭이잖아'라는 현실적인 자괴감에 빠졌다.

아무리 몸짱에, 엄친아에, 여의도의 블루칩 따위의 수식어가 붙더라도 나는 한낱 원숭이에 불과했다. 그런 생각이 들수록 더욱 연락을 할 수 없었다.

6

고객님은 최저 금리 1500만 원까지 대출 가능하십니다.

오빠, 오늘 우리 집 비었어요. 여대생의 은밀한 초대. 거부 080 – 5858 – 5882, 연결할까요?

특별 이벤트, 최고 배당 황금 고래 속출. www.daebak.co.kr

'네, 고맙습니다.'

회신을 할까 말까 고민을 한다.

사실 내게 오는 문자 메시지는 이런 게 전부다. 내 존재는 매달 날아오는 인터넷 요금 고지서, 전화 요금 고지서, 분기마다 오는 지방세 고지서로 확인된다. 이런 청구서마저 끊이는 날은 아마 내가 죽는 날일 것이다.

그런 점에서 본다면, 광고 문자나 고지서는 내게 꾸준히 안부를 건네주는 친구와도 같다. 잠깐, 지금 친구라고 했나?

실수했다. 난 친구가 없다. 물론 처음부터 없었던 건 아니다. 내가 원숭이가 되어 간다는 걸 알기 전에는 몇몇 녀석들과 영화도 보고, 블루 마블 게임도 했다. 내 생애에 남아 있는 소중한 추억들이다. 하지만 사춘기를 지나며 원숭이가 돼 간다는 사실을 알고 나서부터는 모든 걸 잃었다. 용기를 잃고, 희망을 잃고, 자신감을 잃었다. 물론 얻은 것도 있다. 털과 바나나를 얻었다.

그때는 온종일 집에만 있었다. 하루 종일 나에 대해 생각했고, 끝도 없이 삶에 대해 생각했다. 혼자 시간을 보내면서 친구들은 점점 멀어져 갔다. 처음에는 전화를 하기도 하고, 우리 집에 찾아오기도 하고, 편지를 보내는 녀석들도 있었지만, 그럴수록 나는 혼자 있고 싶었다. 누구도 나의 고민을 이해해 줄 것 같지 않았다. 인간들은 내 고민의 깊이와 절망의 본질을 이해할 수 없을 것만 같았다.

그렇게 일 년을 보내니 내 곁에는 말없이 바나나를 넣어 주는 어머니만 남았다. 친구들은 조금씩 나에 대한 관심을 줄여 갔고(자연스러운 것 같았다), 나는 그들에게 서서히 잊혀 갔다(그 역시 자연스러운 것 같았다).

삶에 대한 희망이랄 것까지는 없지만 아무튼 회복 비슷한 것을 할 무렵, 이미 나는 혼자였다. 차라리 다행이라는 생각도 들었다. 당시의 나로서는 친구들과 함께 놀아 줄 마음의 여유도, 물리적인 여유도 없었기 때문이었다.

그랬다. 남보다 잠을 줄여 가며 밤늦게까지 공부를 해야 했고, 아침에는 면도를 해야 했고, 낮에는 운동을 해야 했다. 친구가 있다 해도 떠나갈 판이었다.

그 후에는 이런 혼자만의 생활에 익숙해져 버렸다. 따지고 보면 혼자서 하지 못할 것은 없었다. 그저 운동하고 싶을 때 뛰고, 영화를 보고 싶을 때면 누굴 기다릴 필요 없이 영화관에 가면 됐다. 먹고 싶은 게 있으면 그냥 식당에 가서 상대 눈치 볼 필요 없이 먹을 것만 먹고 오면 됐다. 나는 혼자서 영화관에 가기 시작해서 레코드점, 서점, 야구장, 패밀리 레스토랑, 바는 물론 나이트클럽까지 갔다. 아, 배낭여행도 빼놓을 수 없다. 혼자서 여행은 스무 번 정도 한 것 같다. 사춘기 이후로 외길 인생 이십 년을 살아온 나다.

따지고 보면 어차피 인생은 엄마의 자궁을 벗어난 순간부터 혼자서 호흡을 하다가 혼자서 무엇을 먹을까 고민을 하다가, 혼자서 어떻게 쌀까 고민을 하다가, 결국 혼자서 호흡을 마치는 과정이니, 내게는 별 상관 없었다. 어차피 그게 인간의, 아니 원숭이의 생이다.

그러다가, 그러니…… 아마 그때가 서른셋쯤이었던 것 같다. 그때쯤 내게 고독이라는 실체가 처음으로 손짓을 했다. 어느 날 정신을 차려 보니 나는 철저히, 너무나도 완벽히 혼자였다. 어떤 이는 태어나 우주의 별로 살아가지만, 어떤 이는 우주의 먼지로 살아간다. 나는 명백한 후자였다. 그것도 원숭이 먼지.

물론 세속적인 관점에서 본다면 나도 꽤나 성공했다 할 수 있지만, 그건 어디까지나 빛 좋은 개살구 같은 껍데기일 뿐이었다. 나는 한낱 외톨이 원숭이고, 누구도 나의 고민을 들어 줄 순 없었다.

한번은 고독이 내 안을 모조리 태울 듯 괴로운 날이 있었다. 그날 나는 아버지와 심하게 다툼을 했다. 모든 부자간의 갈등이 그렇듯, 이유야 따지고 보면 별것 아니었다.

약 십 년간 나만 보면 비아냥거리는 아버지 후배가 집에 찾아왔다. 나는 그를 '아저씨'라 부르기도 뭣하고, 그렇다고 '공평수 씨'라고 부르기도 뭣해서 얼떨결에 '삼촌'이라는 호칭을 써 오고 있었다. 그날도 그 '삼촌'이라는 작자와 시시껄렁한 이야기를 나누는 것이 싫어서 야구를 보고 있었는데, 기어코 그 삼촌이라는 작자가 나를 불렀다. 아버지도 거들었다.

그는 십 년 된 케케묵은 주제를 끈덕지게 대화의 식탁 위에 올려놓았다.

"내가 너 대학생 때 여자 꿘다고 밤에 양주 사 주지 않았냐? (정확히 이야기하자면 양주가 아니라 싸구려 테킬라였다.) 그런데 너 왜 자꾸 그때 그 여자랑 잤다고 안 그러냐? 그때가 내 기억으로는 새벽 한 시였는데, 너 이 자식, 그래 놓고 그 여자 안 사귄다고 그러고, 혹시 재미만 보고 버린 거 아냐?"

따위의 싸구려 안줏거리를 가공하여 또 재생하고 있었다. 나는 또 지난 십 년간에 걸친 해명을 반복해서,

"저는 그 여자랑 사귄 게 아니고, 같이 있는데 삼촌이 와서 다짜고짜 술을 한 병 사 주면서 잘해 보라 해서 어쩔 수 없이 양주(이걸 따지면 또 새로운 논쟁이 시작되므로, 일단은 양주로 말한다)를 남겨 둘 수 없어서 마시다 보니 새벽 한 시가 된 거고, 우린 헤어졌어요, 그날."

하고 지겨운 변백을 되풀이하다, 길게 물고 늘어지는 그의 이야기에 그만 짜증이 나 버렸다. 나도 모르게 목소리를 높이며 벌컥 화를 내

버렸다.

아버지는 그게 싫었다. 감히 아비 앞에서 언성을 높이고, 자기 동생(비슷한 무슨 존재)에게 화를 내는 아들의 버릇없음이 싫었던 것이다. 나 역시 그 상황이 싫었다. 곧장 집을 나와 운전대를 잡았다. 앞유리가 흐려져 와이퍼를 켰다. 비는 아니었다.

나는 누구라도 만나고 싶었다.

"경주냐? 어, 오랜만이다. 어? 아…… 아니, 보험 들려고 전화한 건 아니야. 아, 바쁘다고? 미안하다. 다음에 전화할게. 어? 뭐라고? 아, 아, 알았어. 다음에 보험 꼭 들게. 고맙다, 친구야."

"희태 형, 네, 결혼식 중? 어, 그래요. 미안해요."

"봉현 씨, 아, 미팅 중. 이따 통화해요."

"완형이? 고향에 내려갔다고?"

사람은 바뀌고 상황도 달랐지만 결론은 같았다. 나는 만날 사람이 없었다. 사춘기 이후에 친하게 지낸 진짜 친구라 할 만한 사람이 없었던 나는 우주의 먼지가 돼 버린 순간에도 함께할 사람이 없었다.

정원이 말라 간다고 지적받은 정원사가 직업적 보호 본능으로 살수를 하듯, 내 눈은 끊임없이 눈물을 내보냈다. 상황을 착각한 와이퍼는 의미 없이 꾸준히 움직이고 있었고, 나는 정처도 없이 그저 핸들을 잡고 애꿎은 액셀만 더욱 밟고 있었다.

멍청하게 내 방(나는 자취방이 따로 있다)에 앉아 문자 메시지를 보냈다. 대학 '친구', 동네 '친구', 직장 '동료'. 모두 친구나 동료라 말하기에는 사실 어색한 관계였지만, 이럴 때 서로 연락하면서 담을 허무는 거 아닌가,라는 생각에 메시지를 보냈으나…… 역시 담은 허물어지지 않았다. 총 스물네 통의 문자 메시지를 보냈지만, 그중에 회신이 온 것은 하나도 없었다. 일 년에 한 번 정도 안부를 묻는, 절교 비슷한 것을 하고 화해 비슷한 것을 했던 초등학교 친구에게도 문자를 보냈다. 역시 반응은 없었다. 유일한 문자는 밤 여덟 시에 왔다.

"서울 – 경기 만오천 원, 서울 만 원, 1588 – 82××"

언제나 밤 여덟 시만 되면 나를 필요로 한다.

그날 밤 나는 내 방 발코니에 앉아 회를 먹으며 소주를 마셨다. 2만 원짜리 싸구려 광어회는 입안에서 미끈거리며 자신이 양식이라는 것을 증명했고, 이상 기온으로 오뉴월에도 여름처럼 더운 때였지만 그날만큼은 저녁 바람이 차기만 했다. 끊은 지 삼 년 된 담배도 다시 피웠다.

목을 타고 들어가는 연기가 폐 속 구석구석까지 스며드는 것 같았고, 목구멍은 나방이 갇혀서 파닥거리는 것처럼 텁텁했다. 발코니에서 바라본 서울은 그저 각자의 색깔을 뿜어낼 뿐이었다. 보습 학원은 아이들을 능숙한 시험 기계로 길러 내기 위해 불을 밝히고 있었고, 모텔은 욕망을 불태우려는 남녀를 위해 빛을 내뿜고 있었고, 독서실은 자기 목표를 이루려는 아이들을 위해 빛을 발산하고 있었다. 사람들은 저마다의 길을 위해 빛을 뿜어내고 있었고, 나는 어디에도 없었

다. 내 머리 위에는 발코니의 전등만이 초라하게 옅은 빛을 흘리고 있
었다.

"죄송하지만 너무 외로운데, 만나 주실 수 있나요?"

취기에 나도 모르게 휴대 전화 메시지 창에 속마음을 적었다. 그 화
면을 한참 동안 멍하니 바라보았다. 무의식중에 수신자를 그녀로 해
놓고, 보낼 생각은 없이 물끄러미 바라보고 있었다. 마음을 바라보는
거울이 이런 것인가, 하고 나는 생각했다.

가끔씩은 사람들에게 하고 싶은 말을 솔직하게 전화기에 적어 보
는 것도 나쁘지 않다. 나는 종종 전화기 화면에 적힌 마음이 진심인지
꽤 오랫동안 자아를 마주하듯 언어를 마주한다. 그러면 대개 시간은
그 마음이 참인지 거짓인지 구별해 준다. 그날도 역시 이십 분을 보냈
다. 그러나 그날은 내 마음을 도저히 종잡을 수 없었다. 여전히 바람
은 차가웠고, 마음은 어딘지 모를 방향으로 끊임없이 흘러갔다. 이미
내 마음의 주인은 내가 아니었다. 나도 알 수 없는 의식의 흐름을 그
저 방관자처럼 바라보았다.

나는 도대체 무엇을 하고 살아왔는가. 나는 왜 친구가 없는가. 나
는 왜 외톨이인가. 내가 원숭이이기 때문인가. 나는 왜 솔직하지 못
한가. 사람을 잃을까 봐 그런가. 잃을 사람도 더 이상 없는데 말이다.
그럼 내가 두려워하는 것은 무엇일까. 새로운 사람을 만나서, 그 사람
에게 다가가지 못하는 게 두려운가. 결국 내가 상처받는 게 싫은 거
아닌가. 결국 나를 지키기 위해서 다른 사람과 나 사이에 성벽을 쌓아

두는 게 아닌가. 나라는 원숭이 인간은 스스로를 지키기 위해 비겁하게 굴어 왔다. 언제까지 이럴 텐가. 도대체 무엇 때문에 이렇게 사는 거야. 언제까지, 언제까지.

'언제까지……'라는 물음을 수백 번 스스로 묻다가, 문자 전송 버튼을 누르고 말았다.

순간 무언가에 머리를 맞은 것처럼 명해졌고, 무심한 바람은 여전히 차가웠다. 바람이 동공을 씻기고, 머리를 흩날렸고, 나는 멈춘 채로 가만히 있었고, 그러던 와중에 마음은 오히려 홀가분해졌다. 라디오에서는 알 수 없는 음악이 흘러나왔다. 여전히 전등은 자기만이 내 맘을 이해한다는 듯, 마지막 혼신의 힘을 짜내어 온기를 발산해 줬다.

답장은 오지 않았다.

하지만 적어도 이번만큼은 비겁하지 않았다. 비록 방법이 투박하고 촌스럽기는 했지만, 이번만큼은 스스로에게 가식적이지 않았다. 그래, 조금씩 바꾸는 거야. 어차피 원래 내 것은 없었으니까, 아쉬워할 것도 집착할 것도 없어.

라디오에서는 여전히 알 수 없는 노래들이 흘러나왔고, 방 안의 조그마한 조명들은 은은한 빛을 내뿜고 있었다. 나를 위로할 수 있는 유일한 것은 포근한 이불밖에 없었다. 하얀 이불 속에 몸을 눕히고, 이리저리 뒤척거리며 마음을 정리했다.

'어차피 이렇게 사는 거야.'

'그래, 애초부터 나는 나고, 세상은 세상이야.'

그때, 전화기가 작지만 확실한 운동을 했다. 그 작은 떨림은 내 몸을 온전히 떨게 했고, 내 동공 역시 떨게 했다.

"저도요. 우리 한번 만날까요? 너무 늦은 밤 갑작스러운 문자에 놀라긴 했지만."

7

그녀는 생각보다 적극적이었다. 나중에 알게 된 사실이지만, 그날 밤 내가 문자를 보내지 않았더라면 그녀 쪽에서 오히려 연락할 참이었다고 했다.

게다가 쿨하기까지 했다. 두 번째 데이트를 바에서 했을 때는 새침하고 도도해 보였으나, 세 번째 만남부터는 그녀가 바로 친구를 하자고 했다. 따지고 보면 내가 다섯 살 많기는 했지만, 그런 걸 따질 때가 아니었다.

그녀가 건넨 제안에는 전희와 같은 은밀한 기운이 감돌았다. 그것은 형광 조명이 밝은 회의장에서 성공적으로 회의를 끝낸 후 서로 악수를 건네며 "우리 친구할까요?" 하고 건네는 제안도 아니었고, 오랫동안 인사만 하고 지내던 사이끼리 뒤늦게 서로의 공통점을 발견하고 건네는 제안도 아니었다. 갑작스럽게 내 가슴에 닿을 듯이 들어온 그녀의 가슴처럼 예상 못 한 제안이었고, 당황스러웠지만 거부할 수 없는 정체 모를 힘이 있는 제안이었다. 어쩌면 은밀한 명령에 가까웠다. 껍데기만 제안이었을 뿐 나는 이미 거부할 힘은 물론, 의지는 더더욱 없었다.

그러나 거기까지였다. 그녀는 가까워질수록, 그만큼 다시 멀어졌다. 예컨대 그녀가 학창 시절을 고백해 비로소 베일이 한꺼풀 벗겨졌다고 생각하면, 금세 새로운 베일이 등장하는 식이었다. 그렇게 하나씩 벗겨져 나가면 언젠가는 그녀라는 사람의 온전한 실체를 볼 수 있는 게 아니냐고 생각할지 모르겠지만, 그런 것과는 성질이 달랐다. 그녀는 하나를 벗겨 낼수록, 몸에서 땀이 분출되듯이 일종의 새로운 막을 자체적으로 형성해 갔다. 우리의 대화는 진전을 보이다가도, 결승점에 도달할 즈음이면 어느새 출발점으로 다시 돌아와 있었다. 그런 반복을 거듭하는 나는 흡사 뫼비우스의 띠에서 탈출구를 찾으려고 끝도 없이 헤매는 개미와 같았다.

그런데 그녀 역시 내게 비슷한 느낌을 받았던 것 같다. 당연한 말이지만, 그건 내가 원숭이이기 때문이다. 아무리 그녀에게 호감을 느끼고 가까워지더라도 내가 원숭이라는 사실을 쉽게 말할 수는 없는 노릇이다. 어쩌면 말을 꺼내지도 못한 채 우리 관계는 끝날지도 모른다. 아니면 나의 고백이 성공해서 동화처럼 백년해로했다는, 구태의연하지만 행복한 결론에 도달할지도 모른다. 물론 바라는 바다. 하지만 지금의 나로서는 무엇 하나 두렵지 않은 게 없다. 그녀는 이런 속내를 꿰뚫어 보는 심리학자처럼 나의 상태를 진단하고 있었다.

"그런데 너 말이야, 평소에는 마음을 다 열어 주는 것처럼 보이지만, 어떨 때 보면 벽을 쌓아 놓고 사는 것 같아. 넌 나보고 뭐라고 하지만 말이야. 그렇다 해서 뭐 꼭 나쁘다는 이야기는 아니니 오해는 말아 줘. 어쩌면 오히려 우리는 그런 게 통해서 이렇게 만나는 걸지도 몰라."

그녀는 눈동자를 눈썹 쪽으로 밀었다. 단어를 찾는 듯했다.

"하지만, 때로는 나도 그게 답답하기도 해. 뭐랄까, 그 벽은 절대 넘을 수 없거나 깰 수 없는 것이랄까. 물론 그 벽에 도달하는 길도 아무에게나 열어 주지 않아서 기쁘기는 하지만, 나로선 꽤나 갑갑해. 너랑 정말 오랫동안 함께하고 싶다는 느낌이 들다가도, 그 벽이 보이는 순간에는 외톨이가 돼 버린 느낌이 들어."

나는 그녀가 해 준 '나와 오랫동안 함께하고 싶다는 생각이 들 때가 있다'는 말에 깊은 고마움을 느꼈다. 그래서 솔직해질 필요가 있다고 생각했다. 그녀가 이해할 수 있을지는 모르지만, 나는 언젠가는 건너야 할 다리라 생각하고 일단은 우리 관계에 상처를 주지 않을 정도로만 이야기했다.

"난 말이야, 인간이 가장 인간다울 때는 상처가 있을 때라고 생각해. 누구에게나 절대로 말하고 싶지 않은 비밀 같은 게 있잖아. 그런데 그 비밀을 말하고 싶지 않은 이유는 창피해서이기도 하지만, 그걸 말하면 내 소중한 사람들이 사라질까 봐 그럴 수도 있어. 어쩌면 사람과 사람 사이의 관계는 '과연 이 사람이 내 마지막 비밀을 알고도 도

망가지 않을 사람인지 끊임없이 확인하는 작업'인 것 같아, 적어도 내
게는……"

　그녀는 알 듯 모를 듯한 표정을 지었다. 그녀가 내 말을 이해했는지
못했는지는 모르겠다. 그녀의 표정은 마치 TV 오락 프로그램에서
겨자가 숨겨진 떡을 먹은 출연자가 짓는 파악할 수 없는 미소 같았다.
기대가 되기도 했고, 그만큼 두렵기도 했다. 사실 두려움이 더 컸다.
어디까지 말해야 할지 짐작조차 할 수 없었다. 무엇보다도 그녀가 눈
치를 채고 도망가게 해선 안 된다는 생각이 머리를 무겁게 짓눌렀다.

　그녀의 얼굴은 무엇인가 좀 더 듣기를 기대하는 표정이었지만, 나
도 어떤 말을 해야 할지 모르는 상태로 더 말을 했다가는 완벽에 가
까운 횡설수설을 할 것 같았다. 나는 대신, 그녀를 꼭 안았다. 남녀 간
스킨십의 문법이 그러하듯, 전개할 수 없는 대화를 이해해 달라며 몸
으로 자비를 구했다. 그녀는 거부권을 행사하지 않고 잠자코 나를 받
아 주었다. 이 역시 그녀의 진심에서 우러나오는 배려인지, 아니면 갈
등을 피하려고 택한 포용의 한 조각이었는지, 나로서는 종잡을 수 없
었다.

　결국 그녀와 가까워지는 만큼 나의 불안도 커져 갔다. 아니, 오히려
그 이상이라 해야 맞을 것이다.

　말하자면, 나는 첫 비행을 시도하는 패러글라이더와 같았다.

　성공할지 실패할지는 나조차도 알 수 없었다.

8

진정 사랑하는 것이라면 가지지 않을 때 아름다운 것 vs 고백하지 않고 가슴속에 묻어 두는 사랑은 비겁한 자들의 자위행위.

이 두 가지 생각은 12라운드라는 기약도 없이 링에 오른 권투 선수처럼 내 가슴속에서 끊임없이 싸웠다. 아침에는 '가지지 않는 사랑이 진정한 사랑'이라며 상대 선수에게 어퍼컷을 날리고, 점심때가 되면 '고백하지 않는 것은 이기적 사랑'이라며 혹으로 응수했다. 두 선수는 서로 지쳐 갔고, 그럴수록 두 선수가 겨루는 내 가슴속에는 격전의 흔적들이 하나둘씩 쌓여 갔다. 정확히 말하자면 내 심장 좌측 하부와 왼쪽 갈비뼈 상단이 되겠다. 물만 마셔도 그 부분이 그렇게 쓰릴 수가 없었다. 마치 내 안에 갇힌 소인국의 광부들이 탈출을 하겠다며 내 심장 아래와 갈비뼈 윗부분을 온 힘을 다해 파내는 것 같았다. 만약 흉부외과 전문의가 내 심장을 들여다봤다면, 도대체 무슨 일이 있었냐고 반드시 한소리 했을 것이다.

요컨대, 나는 그녀에게 내가 원숭이라는 사실을 고백할 것인가 말 것인가 망설이고 있었다.

두려운 게 사실이었지만, 언제까지나 현실로부터 도망칠 수는 없었고, 언제까지고 진실을 감출 수도 없었다. 태양이 떠오르기도 전에 온몸을 덮고 있는 털들을 지겨워하며 날이 상한 면도기만 탓할 수도 없었다. 언젠가는 나도 면도를 하지 않은 채, 아내가 털이 수북한 내 배를 베고 잡지도 읽고 내 털에 가르마도 타 주는, 그런 평온한 일요일 오후를 맞이하고 싶었다. 원한다면 재주도 넘을 것이며, 바나나라도 몇 개 던져 준다면 타잔의 침팬지 같은 추임새 정도는 질러 줄 수 있었다.

아무리 내가 부지런히 털을 깎아 내고, 제아무리 성실하게 한강 변을 달리고, 책을 읽는다 하더라도 내가 인간과 '인간으로서의 관계'를 맺지 못한다면 나는 인간의 탈을 힘겹게 쓰고 있는 한낱 원숭이에 지나지 않는다. 사람과의 솔직한 관계, 사랑하는 사람과 공유하는 비밀, 그 비밀을 바탕으로 싹튼 이해, 그 이해를 터전으로 피어난 사랑, 그 것이 있어야 진정한 인간이 될 수 있다. 비록 내 몸은 지금 원숭이가 되어 갈지라도 말이다.

더 이상 늦출 수는 없었다. 더 이상 실체를 숨긴 채 그녀에게 내 껍데기에 불과한 '몸짱 엄친아' 따위의 가면만 보여 줄 수는 없었다.

나는 원숭이다. 당신이 인간이라는 사실이 노력으로 얻은 상이 아니듯, 내가 원숭이라는 사실도 잘못으로 받은 벌이 아니다.* 게다가, 나는 원숭이로서 부끄럽지 않은 삶을 살고 있다. 자랑스러울 것은 없지만, 사랑하는 사람에게까지 숨겨야 할 필요는 없다. 설사 버림받는다 하더라도 말이다. 진정으로 사랑한다면 나중에서야 실체를 알았을 때 더해질 그녀의 충격을 생각해야 한다. 원숭이 주제에 감히 접근

*2020년에 제작될 영화 「원교」의 대사이다.

했으므로, 책임을 져야 한다. 더 이상 가면 뒤에 숨을 수는 없다. 자기 도피는 그녀에 대한 예의가 아니며, 법규에 존재하지 않는 범죄를 저지르는 것이다. 그녀에게 더 이상 죄인이 될 수 없으며, 나에게 솔직해지지 않는 이상 그녀에게도 솔직해질 수 없다. 그렇다면 우리의 관계는 거짓이며, 앞으로 써 가야 할 우리의 삶 또한 거짓으로 시작됐기에 거짓으로 끝날 것이다. 지금이라도 바로잡아야 한다. 그래야 앞으로 펼쳐질 미래를 솔직하게, 진실하게, 진짜로 써 나갈 수 있다.

나는 그녀에게 내 모습을 온전히 드러내기로 했다.

문제는 어떻게 말을 꺼낼 것인가였다.

9

남 세상엔 말이야, 두 부류의 생물이 있어. 음…… 그러니까, 털에 관한 건데 말이야, 사실은 굉장히 복잡한 거야. 우선 간단히 말하자면 털이 많은 동물과 털이 적은 동물이 있어. 예컨대 털이 많은 동물은 사자, 호랑이처럼 주로 용맹스러운 편이고, 털이 적거나 없는 동물은 뱀, 구렁이, 미꾸라지처럼 간사하고 기교가 넘치며 언제나 도망쳐 빠져나가기만 하는 쪽이야. 알지? 뭐, 그렇다고 해서 털이 많은 동물이 반드시 선이고 털이 적거나 없는 동물이 반드시 악이라는 건 아니야. 털이 적은 동물도 필요하지. 뱀탕도

끓여야 하고, 뱀 가죽도 써야 하고, 아무튼 털이 적은 동물도 도움이 되긴 해. 털이 많은 동물들이 털이 적은 동물들을 이해하고 포용하며 살아가니까 별문제는 없어.

마찬가지로 사람도 이성적 동물이므로, 그러니까 사람도 동물이잖아, 따라서 사람도 털이 많은 사람과 털이 적은 사람이 있어. 예컨대 가슴에도 털이 많고 팔뚝에도 털이 많은 해리슨 포드 같은 사람과, 눈썹에도 털이 없고 머리에도 털이 없는 사채업자 역할만 맡는 배우 같은 사람도 존재하지. 나는 전자, 즉 털이 많은 사람에 속해. 다행이라면 다행이고 불행이라면 불행인데, 나는 그중에서도 털이 좀 많아. 음, 어느 정도냐면…… 아침에 보면 약간 원숭이 같다고나 할까.

여 ……

남 (과장되게 웃으며) 하하하. (배를 잡으며) 농담이야, 그럴 리가. (눈물도 흘리며) 그런 말도 안 되는, 말도 안 되는. (손사래를 치며) 그냥, 그냥 난 털이 좀 많아.

머릿속의 시나리오는 통제하지 않으면 곤란할 정도로 제멋대로 흘러갔다.

고민은 계속되었다. 아무리 고민을 해 봐도 이 상황에 적합한 해결책은 떠오르지 않았고, 아무리 책을 읽어도 이 상황을 세련되게 언급해 줄 표현은 없었다. 너무 직접적으로 말해 버리면 그녀가 놀라서 거부감을 표시하거나 당황할 게 뻔했고, 그로 인해 내가 받을 상처 또한 적지 않았다. 반대로 너무 에둘러서 말하면 상황은 더 복잡해지기만 하고, 긴 설명을 붙이면 붙일수록 더욱 모호해질 뿐이었다. 요약하자면, 적나라하지도 않으면서 애매하지도 않은 표현이 필요했다. 그녀가 이해할 수도 있으면서, 나의 존엄성을 해치지 않을 고백 말이다.

나는 이 고민을 두 달 동안 했다.

눈을 뜨면 고민이 내 몸에 달라붙었고, 밥을 먹거나 길을 걷거나 커피를 마시는 동안에도 고민을 이고 다녔다. 눈을 감아서야 고민으로부터 벗어났다. 때로는 꿈에서도 고민에 시달렸으니, 엄밀히 말하면 육체는 잠들어도 고민은 잠들지 않았다.

초민焦悶의 시간이 길어지고 뇌민惱悶의 실체에 가까워질수록, 희미하지만 하나의 결론에 도달하게 되었다.

'해결되지 않을 고민과 오랫동안 동거하면 다치는 이는, 결국 고민에게 몸을 내어 준 자신뿐이다.'

도무지 답이 나오지 않았기에, 나는 어느 정도 포기하는 심정으로 마음을 비워 냈다. 그러자 사소한 갈등들은 서서히 휘발되기 시작했고, 결국은 진중한 핵심만이 가슴속에 남게 되었다. 중요한 것은 내가 그녀를 나 자신만큼이나(때로는 나 자신보다 더) 사랑하고 있다는 것이고, 불행히도 나는 원숭이고 그녀는 인간이라는 것이었다. 즉, 나는 이 세상에서 그녀를 가장 사랑하는 원숭이다. 그것은 변치 않는 사실이다. 사실이 중요할 뿐이지, 그 사실을 담은 표현은 중요하지 않다. 표현은 그날의 바이오리듬, 습도, 바람, 온도, 수맥이나 기분 따위에 따라 쉽게 변할 수 있는 것이었다.

아무리 멋지게 포장하고 근사한 말을 늘어놓는다고 해서 내 사랑이 높이 평가받을 수 있는 것도 아니고, 어눌하고 서투르게 표현한다고 해서 내 진심이 사라지는 것도 아니다. 중요한 것은 본질이다. 온전히 현실을 받아들이고, 처한 상황을 운명으로 받아들여야 한다. 내가 택할 수 있는 가장 현명한 선택은 주어진 운명의 틀 안에서 최선을 다하는 것이다.

이렇게 생각하니, 마음이 한결 편해졌다. 어쩌면 그녀를 잃을지도 모른다는 불안이 조금씩 사그라졌다. 그녀를 사랑한다는 사실에는 여전히 1그램의 변화도 없다.

10

"나는 세상에서 너를 가장 사랑하는 원숭이야."

우리는 용산에 있는 한 영화관의 옥상 주차장에서 남산 타워를 마주 보고 있었다. 나의 용기를 축하라도 하듯이 남산에서는 폭죽이 터졌다. 폭죽은 소란스레 터졌지만, 우리 사이엔 침묵만 가득했다. 침묵과 소음, 어둠과 불꽃이 도무지 맥락이라고는 찾을 수 없는 밤을 빚고 있었다.

나는 성적표 위조를 실토한 초등학생처럼 망연자실해 서 있었고, 그녀는 나와 1미터 정도 떨어진 곳에 서 있었다. 말 없는 둘 사이에는 바람만 지나갔다. 정적을 깨는 것은 지나치게 큰 소리의 폭죽과 불꽃놀이 폭발음뿐이었고, 그 폭발음이 그칠 때면 우리의 숨소리마저 들릴 지경이었다. 긴장을 한 탓인지, 침 삼키는 소리마저 공명이 돼 귓가에는 동굴에 떨어지는 물방울 소리처럼 크게 들렸다. 그러는 사이 그녀는 말없이 폭죽을 바라보았다. 내가 한 말을 들은 건지, 내가 한 말 때문에 생각에 빠진 건지, 당장 집에 갈 생각을 하는 건지, 나로서는 알 수 없었다.

그녀가 다시 입을 연 것은 바람과 폭죽 소리와 몇 대의 차량이 지나간 후였다.

"어째서 자기가 세상에서 나를 가장 사랑하는 원숭이라는 거야?"

어투의 한구석에는 혹시 원숭이일지도 모른다는 의구심이 묻어 있는 것 같기도 했고, 내 말이 무슨 의도인지 전혀 모르는 것 같아 보이기도 했다.

나는 그녀의 눈을 보지 못하고, 낮은 목소리로 말을 이었다. 나도 모르게 목이 메기도 했고, 약간 떨리기도 했다.

"전에 말한 적 있지. 나는 사람과 사람 사이의 관계 짓기를 '이 사람에게 내 마지막 비밀을 말해도 되는지 안 되는지를 확인해 가는 작업'이라고 생각한다고."

"응, 기억하고말고, 나는 언제나 자기에게 허물어지지 않는 마지막 벽이 있다는 걸 느꼈다고 했잖아."

"오늘이 그 벽을 허무는 날이야."

"무서워해야 해? 기대해야 해?"

질문에서 그녀가 진심으로 궁금해한다는 것이 느껴졌다.

"글쎄, 그건 받아들이는 쪽의 마음에 따라 달라질 것 같아."

라고 나는 비겁한 대답을 했다.

"사실 나도 그 벽이 뭔가 궁금하기도 했지만, 한편으로는 그 벽이 두렵기도 했어."

"나는 항상 두려웠어. 그래서 자기를 잃어버릴까 봐."

라고 나는 부끄러운 대답을 했다.

"그렇다면 걱정하지 않아도 돼. 적어도 비밀을 밝혔다고 자기를 버리거나 하지는 않아. 그건 정말 약속해."

마주 선 그녀는 자신의 왼손으로 내 오른손을 가볍게 잡아 주었다.

"내가 원숭이라는 건 농담이 아니야. 나는 두뇌가 퇴화되지 않기 위해 매일 두시간 이상 독서를 해야 해."

"그건 좋은 거잖아."

좀 더 설명이 필요했다.

"사춘기를 거치면서 내 두뇌는 점점 퇴화하고 있어. 난 이 퇴화를 막기 위해 매일 두 시간 이상 독서를 하고 있어."

"자기 두뇌는 퇴화되어 간다고 보기에는 너무 왕성한걸?"

"그건 오히려 노파심 때문에 독서를 네 시간 가까이 해서 그래."

"아무럼 어때. 그건 괜찮아. 앞으로도 그러면 결과적으론 더 똑똑해질 거고."

그녀의 반응은 예상치 못한 정도로 긍정적이었다.

"그게 전부가 아니야. 나는 팔이 퇴화되기 때문에 매일 한 시간씩 상체 운동을 하지 않으면 안 돼. 마찬가지로 허리 운동도 해야 하고, 또 한 시간씩 매일 달려야만 해. 그래야 지금의 모습이 유지돼."

"나도 자기 관리는 꼭 필요하다고 생각해. 난 말이야, 자신이 핸섬하게 생겼거나 키가 크기 때문에 그냥 풀어진 채로 먹고 마시다가 팔은 가늘어지고 배만 나와서 E.T.처럼 늙어 가는 아저씨랑 살고 싶지는 않아. 뭐, 간혹 그게 자연스러울 수도 있지만, 아무튼 내 결론은 오히려 자기처럼 그렇게 목표를 정해 놓고 스스로의 약속을 생명처럼 꾸준히 지키는 쪽이 훨씬 낫다고 생각해."

속으로 '이건 뭐, 도리어 그녀가 여우나 강아지가 아닐까' 하는 생각이 들 정도로 분위기가 이상하게 흘러갔다. 그동안 고민하고 뜸 들였던 것이 헛짓으로 느껴지려고 했다. 오히려 좀 더 확실히 해 두는 게 낫겠다 싶었다.

"그렇지만, 나는 매일 털이 자라나. 상상할 수 없을 만큼 많이 자라나. 그래서 아침이면 털북숭이가 돼 버려. 남들보다 훨씬 일찍 일어나서 날이 선 최고급 면도기로 성실히 밀지 않으면 밖에 나가지도 못할 정도로 말이야. 그래서 화장실 배수구는 툭하면 막혀 버리기 일쑤고, 방마다 털이 떨어져 있어서 청소하기 몹시 곤란할 수 있어. 방심하고 아침에 면도하지 않은 날 보면 웬 털북숭인가 싶어 깜짝 놀랄 때도 있어."

"괜찮아, 니 털쯤은."

그녀의 반응은 감사하다 못해 되레 눈물겨웠다. 이러다 나 '나쁜 원숭이' 되는 거 아닌가 싶을 정도였다. 그녀는 말을 계속 이었다.

"그건 아무래도 좋아. 그건 어차피 자기가 남들보다 일찍 일어나서 꾸준히 깎고 있는 거고, 남들이 일어날 시간이면 면도쯤은 끝난 거잖아. 그 말은 내가 일어났을 때 면도가 끝났을 거란 말이고, 어차피 청소는 매일 해야 해. 만약 그렇다면 덕분에 열심히 청소를 해야 할 이유가 생겼으니, 집은 도리어 더 깨끗해질 수 있어. 더 신경을 써야 하니까. 정말 네 털 따위는 문제가 되지 않아. 그리고 나는 늦게 일어나는 편이라, 네가 아무리 늦게 일어난다 해도 내가 일어났을 때는 이미 네 면도는 끝났을 거야. 넌 상당히 부지런하잖아."

'아…… 나이팅게일보다 천사 같고, 마더 테레사보다 감동적이고, 잔 다르크보다 결단력 있는 여자가 내 앞에 있다.'

그녀의 말에는 여전히 빠른 흥분도 없었고, 침체된 느림도 없었다. 차분하지만 가라앉지 않은 말투와 정제된 어휘. 그것은 마치 치유의 손길처럼 내 마음을 깊이 어루만져 주고 있었다. 내가 부끄러워하는 털 구석구석까지 쓰다듬어 주는 것 같았다.

"하지만, 난 조금이라도 긴장을 풀어 버리면 세상으로부터 내동댕이쳐져. 내 일상의 어느 한 조각이라도 빠져 버리면 마치 부품이 고장나 돌아가지 않는 시계처럼 나는 조각나 버린다고. 남들 앞에서 그리고 자기 앞에서 평범한 모습으로 살아가기 위해서는 나를 감추고 버린 채로, 세상이 요구하는 모습에 끊임없이 맞춰 가야 해. 그래야 살 수 있어. 그래야 남들이 눈살을 찌푸리지 않는 원숭이라고, 나란 존재는."

말을 하는 사이 나도 모르게 울먹이고 말았다. 누구 앞에서도 그렇게 말해 본 적이 없었다. 아버지는 물론, 엄마에게도. 주치의에게는 병적인 문제만 말했다. 하지만 그녀에게는 어쩐지 맘이 편해져 마치 발가벗은 아기처럼 모든 것을 털어 내 버렸다. 어떻게 사춘기를 보냈는지, 어떻게 사람답게 살아 보겠다고 밤을 지새웠는지, 어떻게 친구들에게 이 사실을 감추기 위해서 혼자서 속병을 앓아 왔는지, 그녀는 그럴 때마다 다 알고 있었다는 듯이 내 오른손을 토닥거려 줬다. 역시 불꽃은 희극인지 비극인지 알 수 없을 그 밤을 축제처럼 밝혀 주었다.

고백을 하는 동안 이제껏 남모르게 흘려 왔던 땀과 눈물이 생각났다. 또 그녀의 그런 모성애적인 반응에 감동해 부끄럽게도 또 한 번 울먹여 버렸는데, 이번에는 울먹이다가 그만 원숭이 울음소리까지 내고야 말았다.

그녀는 이번에도 능숙한 상담 전문가처럼 나의 가빠진 호흡이 차분해지기까지 참을성 있게 기다려 주었다. 마치 백화점 바캉스 세일을 기다리는 3월의 주부처럼.

"괜찮아, 그게 원숭이의 삶이라면 우린 모두 원숭이의 삶을 살고 있어. 우린 모두 원숭이야. 어쩌면 남들이 이해할 수 없는 삶을 살고 있는 늑대도 있겠고, 고양이도 있겠고, 공룡도 있을지 모르겠어. 아무튼 그런 점에서 보자면, 나 역시 원숭이야."

그 말을 듣는 순간 내 머릿속은 번쩍 뜨였다. 설마! 혹시 그녀도 나와 같은 원숭이인가, 그래서 이토록 차분하게 대처하며 나의 모든 것을 받아 주는 것인가. 그래서 내가 처음에 원숭이라고 했을 때 자신도 어떻게 고백할 것인지 생각하느라 말이 없었던 것일까. 그러고 보니 낮부터 함께한 날은 오늘이 처음인데, 지금 그녀의 팔에는 거뭇거뭇한 털들이 보이긴 한다. 솜털치고는 꽤 많은 것 같기도 하다.

"나도 너에게 하고 싶은 말이 있어."

그녀는 긴 호흡을 한 번 내뱉은 후에 다시 입을 열었다. 내가 원숭이라는 사실을 고백했을 때만큼의 무게감이 느껴졌다. 나는 그녀가 원숭이라는 사실을 받아들일 준비가 돼 있었다. 아니, 오히려 서로 위로하며 함께 바나나 향 가득한 미래를 좀 더 달콤하게 꾸릴 수 있을 것 같았다. 그녀도 나처럼 고백을 하려고 얼마나 고민을 하고, 얼마나 깊은 시련을 겪어 왔을까. 삼켜 왔던 눈물이 막 터져 나오려 했다.

역시 신은 스스로 돕는 자를 돕는다,
라고 어느 미친놈이 말했나.

"우리 그만 만나."

폭죽은 거세게 터졌고, 중요한 쟁점에 대해 입장을 밝히는 정당 대변인처럼 그녀는 입을 열었다.

"사실은 꽤 오래전부터 기회가 있으면 이 말을 해야겠다고 생각했어. 너한테 이 고백을 듣고 난 뒤에 말해서 미안하지만, 오해는 말아 줬으면 해. 실은 우리 관계가 좀 더 진지해지기 전에 말했어야 했어. 그리고 이건 네가 원숭이라는 사실과는 아무 상관이 없어, 전혀."

그녀는 재차 강조했다.

"나에게 너는 원숭이건 인간이건 그냥 똑같은 존재일 뿐이야. 니가 원숭이라는 걸 모르고 인간으로 알았더라도, 나는 같은 말을 했을 거야."

멍하니 서 있는 내 앞으로 얼음같이 날카로운 공기가 지나갔다. 그러나 그 순간에도 그녀는 내 오른손을 놓지 않았다.

"아무리 생각해도 우린 서로 맞지 않는 것 같아. 성격도 다르고, 가치관·인생관·세계관·비전, 다 달라. 말하자면 우리는 영혼이 달라. 연인이란 이름으로 포개기 어려울 정도로."

전혀 예상치 못한 말에 당황하지 않을 수 없었다. 차라리 원숭이라서 싫다는 게 나을 법했다. 내가 인간이라도 싫다는 말이 희망에 대한 작은 불씨마저 꺼뜨렸다.

"하지만 너의 노력은 정말 마음에 들어. 그러니 그 노력만은 계속해 줬으면 좋겠어. 그치만 아무리 생각해도 우린 맞지 않는 것 같아. 나는 비전을 함께할 사람이 필요해."

비전이니 성격이니 가치관이니 인생관이니 세계관이니… 따위의 말들은 전혀 가슴에 들어오지 않았다. 비전을 함께할 '**사람**'이라는 말만 가슴에 콕 박혔다. 나는 너무 억울해서 묻지 않을 수 없었다.

"이건 너무 갑작스럽잖아. 설마 내가 오늘 고백해서 그런 거야?"

순간 그녀는 정색했다. 그러고선 이론의 여지가 없다는 표정으로 단호하게 말했다. 눈까지 떨릴 정도였다.

"아까 말했잖아, 그것 때문은 절대 아니라고. 약속까지 했잖아, 자기 비밀 때문에 자길 버리지는 않을 거라고. 나 그런 치졸한 여자 아니야!"

그녀는 그날의 가장 진지한 표정을 내게 지어 보였다.

"정말이지, 네가 하는 그 노력들은 존경스러워. 어디에 있든 그 모습을 계속 보여 주길 바라. 언제나 자기만의 약속을 신념처럼 꿋꿋이 지켜 가는 모습을. 그리고 너를 잘 이해해 주는 사람을 만나길 바라. 아, 그리고 너를 좋아했던 마음은 정말 진심이야. 그것만은 꼭 믿어 줬으면 해."

그녀는 처음 만났을 때처럼, 한동안 내 눈동자를 말없이 바라보았다. 처음 그녀를 집 앞에 바래다주었을 때와 같은 마주침이었다. 이번에는 노래를 한 소절 부를 정도의 짧은 시간이라는 것을 감지할 수 있었다. 여전히 그녀의 눈동자 속에는 내가 있었고, 말없이 서 있는 우리 둘 사이에 바람만이 지나갔다.

11

그녀는 이내 뒤돌아섰다. 그녀의 머리 위에 걸린 둥근 달이 보였다. 마치 영화의 엔딩 장면처럼 새로운 시작을 알리는 문법 같았다. 그녀의 뒷모습은 처음 우리가 만나고 헤어지던 그날 밤처럼 아름다웠다. 다음을 기약하던 그 뒷모습처럼 발걸음에는 알 수 없는 기대가 있었다.

그녀가 한 말이 진심이었는지 아니었는지는 모르겠다. 하지만 이유를 알 수 없는 막연한 기대와 진심을 알 수 없는 위로는 솔직히 내게 힘이 됐다. 물론 그날 내가 상처를 받은 말이 없지는 않았다. 하지만 처음 본 그녀의 뒷모습과 마지막으로 본 그녀의 뒷모습은 같았고, 나는 그녀와 끝났다고 생각하지 않기로 했다. 물론 그녀 쪽에서는 어떨지 모르겠지만, 나의 사랑은 아직 끝나지 않았다. 그리고 그녀가 해준 무수한 말들 중에 가장 힘이 된 말이 있다.

"괜찮아, 니 털쯤은."

내 모든 상처의 근원이 되고, 모든 시련의 시발이 되는 털을 그녀는 괜찮다고 했다. 그 말이 어찌나 힘이 되었는지, 무수히 복기하느라 그만 그녀의 다른 말들은 죄다 잊어버렸다. 사실, 성격이나 인생관이 안 맞는다는 말이 어렴풋이 기억나기도 했지만, 애써 떠올리지는 않았다. 단지 그런 일이 있었구나, 하는 정도다.

나는 힘이 들 때마다 그녀의 말을 떠올린다. 그 말을 했을 때 그녀의 깊은 눈동자와 그때 불어온 바람의 부드러움과 온도와 습도와 청량한 공기를 폐 속에 한껏 불어넣는다. 그리고 스스로에게 말한다.

"괜찮다, 내 털쯤은."

나는 아침마다 주문을 건다. 괜찮다, 내 털쯤은.

새벽에는 더욱 일찍 일어나 면도를 하고, 8킬로미터씩 뛰던 조깅 거리를 10킬로미터로 늘렸다. 독서도 다섯 시간으로 늘렸다. 나는 좀 더 탄탄한 근육질 몸을 갖게 되었고, 나는 좀 더 해박한 지식과 어법을 구사하게 되었다. 덕분에 좀 더 많은 여성들로부터 구애를 받고 있다.

어떤 여성과 어떤 방식의 연애를 해야 할지는 여전히 고민 중이다. 저번의 고백 방식에 결함이 있는지는 여전히 모르겠다. 아마 같은 실수를 반복해도 나는 깨닫지 못할지도 모른다. 그러나 한 가지 확실한 사실은 난 여전히 그녀의 말을 믿고 있다는 것이다.

결과만 놓고 보자면, 나는 그녀의 말대로 살고 있다. 그녀의 뒷모습은 여전히 우리가 처음 만나 다음을 기약하며 헤어졌던 뒷모습과 닮아 있다. 어쩌면 나는 이미 지나간 사랑의 추억을 미화하기 위해 나 자신을 미화하는 것인지도 모르겠다. 이유야 어찌 됐건, 나와의 약속은 그녀와의 이별을 통해 나와 그녀의 약속으로 확대되었다.

오늘도 책을 펼치고 운동화 끈을 조이고 새벽녘의 차가운 공기를 마시는 것이 그녀의 말대로 내가 살아가야 할 길인지도 모른다. 어쩌면 그녀와 헤어진 후, 그녀의 부탁대로 살아가는 것이 그녀를 위한 길인지도 모른다. 그럴수록 그녀에 대한 그리움은 깊어진다.

뛸 때마다, 허리로 상체를 들 때마다, 엉덩이에 땀이 나도록 독서를 할 때마다, 그녀가 떠오르고, 그때마다 그녀는 내 속에서 더 커져 간다. 그리고 그럴수록…… 나는 좀 더 많은 여자와 세상으로부터 관심을 받게 되었다.

참 묘한 세상이다.

괜찮다. 뭐, 내 털쯤은.

이지민

2000년 장편 소설 『모던보이: 망하거나 죽지 않고 살 수 있겠니』로 문학동네작가상을 받으며 작품 활동을 시작했다. 소설집 『그 남자는 나에게 바래다 달라고 한다』, 장편 소설 『모던보이』, 『좌절 금지』, 『나와 마릴린』, 『청춘극한기』 등을 썼다.

그 남자는 나에게
바래다 달라고
한다

04

그러니까 나는 카프카만큼 나쁜 남자를 사랑했던 것이다.

카프카는 한 여자와 두 번 약혼하고 결혼은 안 했다. 바로 그런 놈을 나쁜 놈이라고 하는 거다. 여자에게 헛된 꿈을 꾸게 하는 남자는 나쁘다. 그러나 유감스럽게도 그런 이들은 대부분 카프카처럼 이 세상에 하나밖에 없는 멋진 존재들이다. 그도 그랬다. 그가 얼마나 근사한지를 설명하자니 그 많은 매력 가운데 무엇부터 꺼내야 할지 모르겠다. 하지만 훌륭한 집은 화장실만 묘사해도 얼마나 좋은지 알 수 있다고 하지 않나. 그의 매력을 알리기 위해 모든 것을 이야기할 필요는 없을 것 같다. 아마 그의 손 하나만으로도 충분하리라.

손에는 운명이 숨어 있다. 관광지의 안내도처럼 헷갈리는 손금을 두고 하는 소리가 아니다. 누군가의 손을 잡고 눈을 한번 감아 보길 권한다. 쾌활한 손도 있고, 순종적인 손도 있고, 상처받은 손도 있다.

손에는 성격이 있고 표정이 있다. 손은 끊임없이 선택을 하고 그것들이 모여 운명이 된다. 그를 처음 본 날을 기억한다. 나는 그를 보자마자 너무 놀라고 창피해 고개를 숙였다. 첫눈에 반했다는 사실을 들키고 싶지 않았기 때문이다. 내 시선이 겨우 그의 얼굴로부터 도망친 곳에 바로 그의 손이 있었다. 나는 여태까지 그렇게 멋진 손을 본 적이 없다. 발레리노의 다리를 닮은 육감적인 굴곡의 손가락, 푸른 물길이 비치는 얼음 호수 같은 맑은 손등, 설익은 토마토 껍질처럼 매끈한 선홍색 손톱. 그 모든 것이 서로를 의식하며 조용조용 움직이는데, 마치 다른 이에게는 보이지 않는 혼자만의 마리오네트를 조종하고 있는 듯이 보였다. 단지 모양만 그럴싸한 게 아니었다. 그의 손은 다정하고 관대했다. 그의 손은 가정교육을 잘 받아 구김이 없고 열등감도 없으며 농담을 이해했다. 여유롭다 보니 그의 손은 타인을 꺼리지 않았다. 특히 여자들과 친했다. 물론 그건 나중에 알게 된 사실이지만. 어쨌거나 나는 그의 손이 베푸는 친절과 호의에 넘어가지 않을 수 없었다. 무슨 수로 그런 손을 뿌리칠 수 있었겠는가. 인생을 살면서 마음에 드는 손을 만나기란 어울리는 모자를 찾는 것처럼 그리 쉽지 않은 법이다.

이해를 돕기 위해 부연 설명을 하자면 이렇다. 내가 딴생각에 빠져 담뱃재 터는 것도 잊은 채 멍하니 있을 때 살며시 내 손에서 담배를 가져가 재떨이에 가볍게 툭툭 턴 후 다시 나의 손가락 사이에 끼워 주던 세심한 그의 손, 사람 꽉 찬 엘리베이터 안에서 땀에 젖어 이마에

붉은 머리카락을 책장 넘기듯 손톱 끝으로 살짝 떼어 내 주던 착한 그의 손, 후진할 때 능숙하게 핸들을 돌리며 남은 한 손으로 내 어깨의 머리카락을 쓰다듬던 섹시한 그의 손, 어지간히 맛없던 음식점에서 식어 가는 내 하얀 밥 위에 냇가에 나뭇잎을 띄우듯 깻잎 하나를 살며시 얹어 주던 다정한 그의 손, 도넛을 먹다 슈거 파우더가 묻은 내 입가를 첫눈을 맛볼 때처럼 손가락으로 콕콕 찍어 입으로 가져가던 귀여운 그의 손…… 이제야 알겠다. 그가 혼자만 보며 갖고 놀았던 마리오네트는 바로 나였다는 사실을. 그의 장인에 가까운 손짓 아래 나는 앉았다 일어났다 웃었다 울었다 하며 살아 있는 척을 했다. 그래도 나는 행복했다. 인형은 자신과 주인을 연결해 주는 몇 개의 줄이 얼마나 가는지 알 수 없는 법이니까.

처음 만나고 한 달 동안은 정말 좋았다. 지금과 마찬가지로 백수였던 나에게 연애는 취직에 맞먹는 환희와 기대, 세상이 아직 나를 버린 건 아니라는 따뜻한 소속감을 불러일으켰다. 나는 남들 퇴근 시간이 다가오면 광화문에 있는 그의 회사 옆 스타벅스로 출근을 했다. 그 스타벅스 건물의 옥상 흡연 구역에서는 바로 옆에 붙어 있는 그의 회사 내부가 훤히 들여다보였는데 나는 혹시라도 그를 찾을 수 있을까 싶어 엉덩이를 바짝 들고 살피곤 했다. 그 안에서 나를 본 사람이 있다면 저 여자가 미쳤나 했을 것이다. 그는 회식이나 약속이 있는 날에도 꼭 짬을 내 나에게로 왔다. 그러고는 카페라테 톨 사이즈가 다 식어 갈 때까지 두 눈을 마주한 채 소곤소곤 이야기를 나누었다. 일찍 퇴근한 날도 일단 카페라테 톨 사이즈가 다 식어 갈 때까지 두 눈을 붙잡고 오늘 있었던 일을 죄다 이야기하는, 카페라테처럼 거품 많고 열량 높은 의식을 치르고 나서야 밥을 먹든가 영화를 보든가 했다. 한 달 동안 뮤지컬도 네 편이나 보았는데, 그는 마치 데이트 전문가 코스를 이수한 사람처럼 매사에 능숙했다. 그는 내가 예상했던 것보다 훨씬 완벽한 사람이었다. 성격도 좋을뿐더러 아무리 봐도 미남이었다. 큰 키에 당당한 몸매, 반듯한 이마와 쌍꺼풀 없이 시원한 눈매는 그가 카페에 들어서기만 해도 사람들이 자동적으로 '잘생긴 남자가 들어오는구나' 생각하게끔 만들었다. 그래서 종종 나는 그에게 이렇게 말하곤 했다.

"민우 씨는 현대에서 제일 잘생긴 남자예요."

'현대'라 함은 그가 다니는 회사 이름이기도 하고 내가 느낄 수 있는 지금 이 세상 이 시간 전부를 의미하기도 했다. 그는 안 그래도 여직원들이 다 그런다며 깔깔 웃음으로 받아넘겼다. 그는 결코 겸손한 법이 없었는데, 그럴 만한 자격이 충분했다. 그는 자신에게 하듯 타인에게도 사심 없는 칭찬과 긍정을 보냈다. 그는 진심으로 나를 치켜세웠다. 취직 못 한 나를 격려하고 나의 콤플렉스를 대신 내다 버려 주었다. 그와 함께 있을 때 나는 특별한 존재가 되는 느낌이었다. 정말 놀라운 한 달이었다. 그와 커피를 마시고 월남쌈을 먹고 심야 영화를 보며 서울 시내를 돌아다닌 그 한 달, 나는 서울이 공기가 참 좋다고 해서 주변을 놀라게 했고, 그 한 달, 나는 보톡스를 맞겠다고 해서 주변을 놀라게 했고, 그 한 달, 나는 된장 담그는 법을 배우겠다고 해서 주변을 놀라게 했고, 그 한 달, 나는 알레르기 때문에 입에도 안 대던 게 요리를 껍질째 먹어 주변을 놀라게 했다. 그러나 가장 놀라운 일은 그 한 달의 마지막 날에 일어났는데, 그가 카페라테 톨 사이즈의 반도 다 마시지 않았는데 대뜸 결혼하고 싶은 여자가 생겼다고 고백한 것이다. 그는 축하해 달라며 환한 미소를 지었다. 나는 더듬거리며 적당한 단어를 찾다가 포기하고 고개를 떨어뜨렸다.

　무슨 배짱으로 나는 그의 손이 나만을 위해 움직인다고 착각한 것일까. 그의 손은 컴퓨터 자판을 두드리는 일도, 머리를 긁다가 코로 가져가는 일도, 밥을 먹다 상 위의 밥알을 튕기는 일도, 핸드폰 문자 메시지를 일 분에 열 개씩 보내는 일도 얼마든지 내 허락 안 받고 할 수 있는 손이었다. 친구들에게 나는 상황을 설명했다. 모인 의견들은 내 기대와 달랐다. 정황으로 보아 그는 나를 그냥 속 깊은 이성 친구 쯤으로 여겼을 가능성이 크다는 것이었다. 그러니까 내가 데이트라고 불렀던 그 일련의 행동들은 그에게는 그저 이달의 문화생활에 불과했다는 얘기였다. 나는 억울해서 그러면 우리가 배 터지게 마셨던 그 많은 스타벅스 카페라테 톨 사이즈는 무얼 의미하냐고 따졌다. 그건 그가 그저 스타벅스 마니아라서 그렇다는 결론이 나왔다. 코카콜라처럼 성분이 비밀에 싸여 있는 스타벅스 커피에 한번 중독되면 벗어나기 어렵다는 것이 중론이었다. 반가운 소수의 의견도 있긴 했다. 그가 나를 좋아한 건 사실이며 더 깊은 사이로 발전할 가능성도 있었으나, 중요한 시점에 너무도 강력한 적수가 나타나서 그만 게임이 종료됐다는 것이었다. 한 친구가 비유하기를, 배고파서 제일 빨리 나오는 메뉴를 먹고 대충 만족하려는데 요리사가 서비스로 지나치게 훌륭한 디저트를 내놓은 거라나 뭐라나.

그에게 결혼의 환상을 불러일으킨 여자는 내가 남자라도 결혼하고 싶은 여자였다. 외국계 기업에 다니는 그녀는 오페라를 좋아하고 이태리 요리 강습을 들으며 주말에는 별장에서 야생화를 돌본다고 했다. 내가 한 번도 해 본 적 없는 일들만 하고 사는 그녀는 나에게 중요한 깨달음을 선물했다. 처음으로 그의 방식에 문제가 있다는 사실을 발견한 것이다. 그는 신문이나 우유를 끊듯 하루아침에 나를 끊어 버렸다. 그는 소비자의 권리인 양 웃는 얼굴로 통보했다. 이제는 바빠서 볼 시간이 없을 것 같다고. 나는 그에게 대한민국에서 신문 구독 끊기가 얼마나 어려운지 가르쳐 줄 필요가 있었다.

"나는 미스코리아가 아니라서 우아하게 손을 흔들며 퇴장할 수는 없어요."

입술을 깨물며 대답하는 나를 그는 멀거니 바라보았다. 다른 친구들은 모두 축하해 주는데 왜 그러느냐며 오히려 되묻기까지 했다. 나는 그들 중 여자 몇은 지금 집에서 울고 있을 거라고 일러 주었다. 그는 난처한지 연신 머리를 긁적이며 미소 지었다. 뻔뻔하고 무책임한 사람이 오히려 행복할 확률이 높다는 사실을 확인하게 되는 순간이었다. 서글펐다. 그가 특별히 어려운 남자라고 생각한 적은 없었다. 그런데 아니었다. 세상이 벽처럼 다가오는 어느 한 시절에는 남자야

말로 가장 높고 단단한 벽인 것이다. 내가 아무리 발로 차고 때리고 뛰어올라도 소용없는 일이었다. 그 대단한 벽에 오줌을 쌀 수는 없고, 대신 나는 욕을 실컷 퍼부어 주었다. 벽에 쓰는 낙서가 그렇듯 아주 유치하고 원색적인 말들이었다. 나는 그에게 '나쁜 자식'이라고 했고, '미친놈'이라고도 했고, '어디 두고 보자'라고도 했다. 합쳐서 '나쁜 자식, 미친놈, 어디 두고 보자'라는 말을 하고 또 했다. 욕을 하는데 내 귀에도 상당히 어색하게 들렸다. 만약 스스로 내 욕이 유창하고 위협적이라고 느꼈다면 그렇게 눈물을 흘리지는 않았을 것이다. 나는 내 자신이 민망하고 어이없어 울기 시작했다. 그가 정신을 차리라며 얼음물을 가지고 왔다. 얼음물이 든 잔을 건네주며 그가 나의 손을 잡았다. 차가웠다. 그의 손은 얼음도 놀랄 정도로 차가웠다. 나는 자리에서 일어났다. 그리고 뒤도 안 돌아보고 뛰기 시작했다. 아주 빠른 속도였다. 창피를 당하면 누구나 달리기를 잘하게 되니까. 그렇게 차가운 사람한테 버림받았다는 사실을 나는 다른 이들에게 들키고 싶지 않았다. 나의 초라한 현실까지 보태어 이 세상을 더욱 쓸쓸하게 만들고 싶지는 않았기 때문이다.

실연은 카페라테만 먹는 사람이 에스프레소 더블만 있는 나라에 살게 됐을 때처럼 헛물 올라오는 고통을 일으켰다. 나는 하루 종일 누워 '현대에서 제일 잘생긴 남자'를 생각했다. 별나게도 별것 아닌 질문들만 떠올랐다. 점심 메뉴는 뭐였을까. 어느 주유소에서 기름을 넣었을까. 비누 거품으로 면도를 하진 않았겠지. 개한테 구충제는 먹었나 몰라. 그러고 보니 그의 일상에 대해 그리 깊이 알지 못한다는 결론이 나왔다. 어쩌면 그가 진짜 삶은 집에 꼭꼭 숨겨 놓은 채 나를 만난 게 아닐까 하는 의심까지 들었다. 여러 이유로 그를 계속 원망했지만 그리운 마음은 여전했다. 그러나 직업도 없고 머리숱도 적은 여자의 실패한 연애가 세상의 박정스러움에 한몫을 할까 두려워 나는 꾹 참았다. 다행히 세상을 향한 나의 작은 노력은 보상을 받았다. 그와 헤어지고 나서 두 달이 지난 어느 오후였다. 그에게서 전화가 왔다. 예의 바르고 평범한 안부 전화였는데 그의 목소리를 듣자마자 내두 귀가 뽀족 섰다. 그것은 분명 애인 있는 남자의 목소리가 아니었다. 그런 거 하나는 내가 잘 알았다. 그는 그 여자와 결혼을 미루고 서로 떨어져 시간을 좀 갖기로 했다며 친절히 그간의 일을 설명해 주었다. 그리고 얼마 전 교통사고가 나서 팔이 좀 아프다면서 귀여운 목소리로 엄살을 부렸다. 나는 내 방 천장이 깜짝 놀랄 정도로 벌떡 일어났다. 그리고, 곧장 택시를 타고 그의 회사 앞으로 갔다.

"어때요? 이종 격투기 선수 같죠?"

그는 왼쪽 팔목에 바게트 모양의 깁스를 하고 있었다. 그의 얼굴은 그 바게트를 찍어 먹기 딱 좋은 누런 감자수프 같았다. 그는 지치고 힘들어 보였다. 내가 없는 사이 중요한 일이 그의 인생 위를 지나간 것 같았다. 그는 상처를 입었고 나는 그의 손을 볼 수 없게 되었다. 갑자기 초조하고 다급한 마음이 솟구쳤다. 비참하더라도 그의 옆에 있었으면 좋았을걸 후회가 들었다. 나는 다시 발동 걸린 간절한 눈빛으로 그를 보았다. 그는 웃으며 딴전을 벌였지만 역시나 부담스러워하는 눈치였다. 나는 그를 안심시키고 싶었다. 정말이지 나는 무리한 애정을 원하지는 않았다. 그저 그와 함께 있고 싶을 뿐이었다. 거절당하지 않을 핑계가 필요했다. 나는 그가 엉성하게 메고 있는 검은색 발리 서류 가방을 빼앗았다. 그리고 다짜고짜 앞장서며 단호하게 명령했다.

"그 손으로 무슨…… 가요. 내가 집까지 바래다줄 테니까."

그를 처음으로 바래다주던 날을 기억한다. 처음 학교 교문에 들어서던 날처럼, 처음 생리대를 사기 위해 약국 문을 넘던 날처럼, 처음 비행기를 타러 게이트에 발을 디디던 날처럼 내 귀에는 그날의 내 발소리가 생생하다. 우선 우리는 택시를 잡아탔다. 퇴근 시간의 시청 앞은 화장실 급한 운전자들만 모였는지 퍽 신경질적이었다. 옆에 앉은 그는 급작스러운 나의 행동이 불안했는지 계속 혼자 갈 수 있다며 나를 설득하려 했다. 나는 입 닥치라는 눈빛으로 쏘아보며 웃어 주었다. 그의 동네는 서울에 얼마 안 남은, 집집마다 마당이 있는 한적한 양옥 주택가였다. 그는 어디 카페에라도 들어가자며 동네 초입에 택시를 세웠다. 나는 진심으로 집까지 바래다주고 싶은 것이며 혹시 내가 집을 아는 것이 두려운지 날카롭게 물었다. 그는 절대 그런 뜻은 아니라며 그제야 앞장서 걷기 시작했다. 그의 동네는 싸구려 기성복 같은 아파트가 넘쳐나는 서울을 무시할 만한 자격이 충분한 오트 쿠튀르 같은 품격의 동네였다. 주유소와 은행을 지나 편의점과 빵집 사이로 들어가면 사진관과 과일 가게와 분식집과 전파사가 있고, 약국 옆 지물포를 끼고 돌면 좀 더 좁은 골목이 나타나는데 연둣빛 나무 간판을 단 꽃집이 다소곳이 앉아 있고, 그 양옆으로는 도자기를 파는 카페와 멋진 퀼트 숍이 크림색 조명을 달고서 졸고 있다. 쭉 더 걸어 올라가면 그의 단골 비디오 가게와 보일러 대리점, 남자들이 고문당하는 모양처럼 양복바지들이 거꾸로 주르르 매달려 있는 세탁소가 나타나고 다시 골목은 이어진다. 상점들은 대부분 오래된 간판을 달고 있었는데 그 동네 사람들이 얼마나 고집 있고 까다로운지 말해 주고 있었다.

"거참, 여자가 집까지 바래다주는 건 처음인데."

그는 여자 옷을 빌려 입기라도 한 것처럼 부끄러워하며 말했다. 걷다 보니 어느새 그는 어릴 때부터 살아온 이 동네의 관광 가이드가 되어 이 길 저 길을 안내하고 있었다. 나는 그와 기념사진이라도 찍고 싶었지만 사방이 어두워서 아쉬울 뿐이었다. 저쪽에 유난히 불빛이 샛노란 방범등을 향해 걷는데 어느 집 거실에서인가 푸른 텔레비전 빛이 새어 나와 그의 하얀 이마 위를 스쳤다. 골목은 조용하고 그곳에는 우리밖에 없었다. 얼룩 고양이 한 마리가 담 위에서 우아한 캣워크를 선보이고는 유유히 사라졌다.

"다 왔어요. 어쨌든 덕분에 심심하지 않게 왔네. 그런데 돌아가는 길 알겠어요? 내가 큰길까지 데려다줄까?"

레몬 같은 방범등 옆이 바로 그의 집이었다.

"저 길눈 밝아요. 별명이 걸어 다니는 네비게이터예요."

그는 이 엉뚱한 상황에 맞는 인사말을 고르느라 잠시 머무적거렸다. 나는 가방을 안겨 주며 억지로 그를 대문 안으로 밀어 넣었다. 그리고 곧바로 오던 길로 뛰어나갔다. 그날 밤 나는 초보 좀도둑처럼 그의 동네 구석구석을 헤매고 다녔다. 이층집과 골목길들은 어찌나 냉정하던지 길 잃은 나를 아는 척도 안 했다. 얼떨결에 도로 쪽으로 나오기는 했는데 마치 어두운 방에서 책을 읽다 나온 기분이었다. 그것도 아주 신비롭고 아름다운 그림 동화책을.

다음 날부터 나는 퇴근 시간에 맞춰 그의 회사 앞으로 갔다. 손을 못 쓰는 그를 대신해 커피를 주문하고 가방을 들어 주고 차비를 계산했다. 그는 나를 돌려보내려 애썼지만 매번 나한테 지고 말았다. 두 번째 갔을 때 나는 그의 동네를 사랑하게 되었다. 그의 일상과 추억들이 숨어 있는 길을 걷다 보면 나도 모르게 사립 탐정의 매서운 눈빛이 되어 전봇대 하나까지 살피곤 하였다. 픽 즐겁고 뿌듯한 뒷조사였다. 그러나 그는 여자가 바래다준다는 사실이 남자 세계에 밝혀지면 곤란을 겪게 될까 봐 그러는지 난처해하며 웃기만 했다. 그를 바래다주기 시작한 지 일주일째 되는 날이었다. 야근에 지친 그가 다리를 끌며 회사에서 나오는데 비가 쏟아지기 시작했다. 택시가 잡히지 않아 우리는 지하철을 탔다. 그의 동네에 도착할 때쯤 비는 조용히 그쳤다. 우리는 미역처럼 검게 젖어 있는 골목길을 걸었다. 집 앞에 다다르자 그가 나를 향해 돌아섰다. 그는 꽉 끼는 바지를 입을 때처럼 힘겨운 한숨을 내뱉으며 말했다.

"선숙 씨, 저번에 선숙 씨한테 욕먹고 나서 생각해 봤어요. 내 태도에 문제가 있다고 여자들한테 얘기 많이 들었거든요. 하지만 내가 그런 사람인걸요. 또 선숙 씨를 실망시킬 생각하면 나 속상해요. 앞으로 회사 일도 바빠지고 그러면 만날 시간도 없을 거고…… 이제 그만 오세요."

다정하고 차분한 어조였다. 그는 철없는 남자였다. 하지만 농담보다는 진담에 더 소질이 있었다. 그는 진심으로 나의 마음을 헤아리고 용기를 내어 말하는 것이었다. 나는 민망해 고개를 숙였다. 그는 한쪽 손을 재킷 주머니에 집어넣고 있었는데 나에게 '잘 가라'고 몰래 손짓하고 있는 것 같았다. 나는 횡설수설 떠들기 시작했다.

"같이 밥을 먹자는 것도, 영화를 보자는 것도, 여행을 가자는 것도 아니고, 그냥 이렇게 함께 걷기만 하자는 건데, 이것도 부담돼요?"

"나는 선숙 씨가 기대하는 건 줄 수 없어요. 여자를 계속 오해하게 만드는 남자는 지옥 간다고 선숙 씨가 그랬잖아요."

"인심 한번 야박하네. 이제 나랑 잠깐 걷는 것도 싫어요?"

"진짜 바빠질 것 같아서 그래요."

"아무리 바빠도 집에는 갈 거 아니에요. 길바닥에서 잘 건 아니잖아요. 민우 씨, 혼자 집에 가기 심심한 날 있지 않아요? 어렸을 때 우리는 학교 끝나면 꼭 친구랑 같이 집에 갔잖아요. 왜 어른이 되면 혼자서 집에 가야 하는 거죠? 세상이 얼마나 험악한데 왜 꼭 남자만 여자를 바래다줘야 하는 거죠? 남자는 뭐 집도 없나."

확신컨대 아마 그 시간 나는 서울에서 제일 구차한 여자였을 것이다. 그저 옆에 있게만 해 달라고 매달리는 꼴이라니. 그래도 나는 내가 자랑스러웠다. 사랑한다 말하지 않고도 그의 마음에 무거운 추를 매달 수 있었으니. 그 무렵 나는 사랑이라는 단어 자체에 환멸을 느끼고 있었는데, 내가 그를 통해 얻고자 한 것은 사랑을 포기하고도 되돌려받을 수 있는 그 밖의 어떤 것들이었다. 이를테면 기억이나 감성, 후각이나 촉각, 뭐 그런 것들. 시간이 흐른 뒤에도 데자뷰처럼 기습적으로 나를 찾아올 신비로운 어떤 감각을 나는 기다리고 있었던 것이다. 밑져야 본전이란 심정으로 떳떳하게 그에게 요구했다.

"나 지금 만족해요. 더 이상 바라지 않아요. 민우 씨한테는 하루 중 가장 의미 없다 생각되는 시간도 나한테는 귀하니까요. 언제든 허전하고 외로운 날이면 나를 불러요. 내가 집까지 바래다줄 테니. 잘 자요."

그리고 달아오른 뒤통수를 까닥이며 되돌아 걷기 시작했다. 그가 나를 부르지 않을까 기대했지만 옆집 개만 난데없이 짖어 댈 뿐이었다. 건넛집 개도 이에 화답을 하고 순식간에 온 동네 개들이 왈왈대며 반상회를 하는데 '쾅' 하고 그의 집 대문이 닫히는 소리가 들렸다. 그 소리에 눈물이 찔끔 나왔던가. 갑자기 두 배는 길어 보이는 어두운 골목을 달리기 시작했다. 불어오는 바람에 내 귀고리가 처량한 풍경 소리를 내며 흔들거렸다.

저녁 뉴스에서 내일의 날씨를 보고 있을 때였다. 여자 기상 캐스터가 손바닥으로 허공을 가리키며 고기압에 대해 설명하고 있었다.

여자는 손으로 구름을 담았다 바람을 주물렀다 아주 마음대로였다. 마치 그녀는 신처럼 보였다. 나는 그녀가 부러웠다. 신이라도 되는 듯 기상 캐스터가 우리나라를 손바닥으로 싹 지웠을 때 핸드폰이 울렸다.

"저…… 나 좀 바래다주지 않을래요?"

나는 우리 집에서 그리 멀지 않은 농수산물 시장으로 갔다. 주차장 입구에 그가 검은 비닐봉지를 들고 서 있었다. 한쪽 손의 깁스는 미술 시간 후의 지우개처럼 더러워져 있었다.

"여기서 한잔했는데. 대게가 아주 좋더라고요. 어머니 생각나서 샀는데 이놈들이 살아 움직이나 봐요."

그는 천진하게 웃으며 무시무시해 보이는 비닐봉지를 들어 보였다. 우리는 택시비가 모자랄 것 같아 버스에 올라탔다. 버스가 흔들릴 때마다 게들은 방향을 못 잡고 이리저리 방황하였다.

정류장에 내리자마자 우리는 정체 모를 강한 빛에 눈이 부셔 잠깐 멈춰 서야 했는데, 도로 옆 골프 연습장의 야간 조명 때문이었다. 조명도 밝을 뿐 아니라 달도 꽉 여문 채 환해서 밤 산책객의 시선을 붙잡기 충분했다. 우리는 나란히 서서 골프 연습장 위에 뜬 달을 구경하였다. 거대한 철근 뼈대를 감싼 초록색 그물과 그 위에 떠 있는 달의 모습은 어망에 걸려 팔짝 뛰어오르는 은빛 물고기 같았다.

"그동안 선숙 씨한테 중독됐나 봐요. 집에 혼자 오는데 허전하더라고요. 가끔 이렇게 같이 걸을 수 있죠? 우리 아직 친구 맞죠?"

꿈도 참 야무지다,고 말하고 싶었으나 나는 내색 않고 온화한 미소를 지어 보였다. 우리는 책가방을 메고 집으로 향하는 친구처럼 사이 좋게 걷기 시작했다. 그는 회계사 시험을 볼까 하는 요즘의 고민을 털어놓았고, 나는 기상 캐스터가 되면 어떨까 하고 그에게 물었다. 그는 내가 너무 솔직해서 내일의 날씨를 모른다고 말하지 못할 거라며 적극적으로 말렸다. 그날 그의 집으로 가는 길은 무척 짧게 느껴졌는데, 아마도 익숙해지기 시작해서 그랬던 모양이다. 그와 게들을 무사히 집으로 들여보낸 후 나는 처음으로 가벼운 마음으로 돌아올 수 있었다. 그와 다시 시간과 공간을 나눌 수 있게 되었다는 것만으로도 나는 만족했다. 거창하게 나를 위로하자면 그건 그와 함께 어떤 작은 우주를 공유하게 된 것이니까.

애인과 헤어지고, 의사한테 금주를 권고받고, 운전도 할 수 없게 된 남자는 어린아이나 다름없었다. 그는 많을 때는 일주일에 다섯 번이나 나를 불러냈다. 나는 전 세계에서 유일하게 기사도를 발휘하는 여자였다. 나는 그를 대신해 문을 열어 주고, 가방을 들어 주고, 핸드폰 문자 메시지를 작성했다. 그는 나에게 그날의 피곤 지수를 설명하며 택시를 잡으라고 했다. 그는 턱짓 하나로 나에게 이것저것 다 시켰다. 나는 새삼 그의 뻔뻔함에 놀랐지만 곧 이해할 수 있었다. 예쁜 여자가 그렇듯 잘생긴 남자도 관심과 배려를 받는 쪽에만 익숙하기 마련이었다. 그는 너무 늦지만 않으면 꼭 동네 입구의 과일 가게에 들르곤 했다. 그러곤 어머니에게 드릴 제철 과일을 꼼꼼히 골랐다. 나는 계절의 변화를 그 과일 가게를 통해 알았다. 내가 처음 그곳에 갔을 때에는 포도가 한창이었는데 어느 날 보니 사과가 발랄한 치어리더들처럼 삼각대형으로 쌓여 있었다. 가끔 그는 편의점에서 스포츠 로또를 사기도 했는데 돈을 벌면 내게 아르마니 슈트를 사 주겠다고 약속했다. 면접 볼 때 도움이 될 거라면서. 나는 그에게 취업은 휴업 중이라고 솔직히 말하지 않았다. 어쩌다 보니 나는 남의 사정을 깊이 살피지 않는 그의 이기적인 순수함에 동조하다 못해 그것을 동경하게 된 것 같았다. 나는 그의 동네 골목길을 걷는 게 좋았다. 정원을 가진 이 층의 양옥 주택들은 아파트와 달리 집집마다 여유로운 산소와 바람과 나뭇잎을 가지고 있었다. 그의 집도 지하 주차장과 넓은 잔디 마당을 가진 이 층 양옥 주택이었는데, 담이 꽤 높아 이 층의 불빛밖에 볼 수 없었다.

"응, 우리 아버지 서재. 내 방은 여기서 안 보여."

나는 아쉬워서 대문에 붙어 마당을 훔쳐보았다. 어둠 속에 정원수들이 웅크린 채 무리 지어 자고 있고, 흰색 철제 테이블 위에는 낙엽들이 떨어져 있었다. 비밀의 화원인 양 나는 설레어 그곳을 바라보았다. 언젠가 그가 들어가서 차라도 마시지 않겠냐고—물론 형식적으로—물은 적이 있었는데, 나는 절대 그럴 수 없다며 과하게 펄펄 뛰었다. 물론 마음이야 그를 따라 영원히 그 안으로 들어가 살고 싶었으나 그럴 수 없었다.

친구들은 나를 이해하지 못했다. 도대체 무슨 의미가 있느냐며 한심해했다. 이미 끝난 남자와, 그것도 얼굴값 하기로 소문난 얄미운 남자랑, 만나서 밥을 먹는 것도 아니고, 잠을 자는 것도 아니고, 그냥 단지 집까지 걸어가기만 한다니. 여자 망신이라고, 당장 그만두라며 친구들은 혀를 찼다. 한 친구는 내 손을 잡고 진지하게 물었다.

도대체 너는 지치지도 않느냐고.

나는 대답했다.

집으로 가는 길은 으레 지치기 마련이라고.

어쩌면 자신이 사랑하는 방식을 이해하는 것이 사랑의 전부인지도 모르겠다. 이미 상대는 정해졌고 마지막은 어차피 알 수 없다. 그 불안한 과정을 견디거나 즐기거나, 선택은 각자의 몫인 것이다. 사실 나도 나의 판단에 확신이 넘치는 것은 아니었다. 단지 그를 바라보는 것으로 만족한다, 이것은 내가 할 수 있는 최고의 위선과 가식의 말이었다. 그러나 그런 한심한 연애를 펼치고 있는 나였지만 한 가지는 자신할 수 있었다. 적어도 나는 나 자신의 위선은 알고 있었다. 행복한 연애와 편한 연애를 착각할 염려는 없었던 것이다. 물론 그도 마찬가지였다. 그는 생각보다 영리한 사람이었다. 주위의 우려와는 달리 나의 어설픈 행위의 가치를 발견한 사람은 바로 그였으니까.

그날, 항상 가던 길로 걷고 있는데 그가 갑자기 오늘은 다른 길로 가 보자며 내 손목을 잡아끌었다. 나는 그를 따라 처음이라 더 길게 느껴지는 어느 골목으로 들어갔다. 그가 멈춰 선 곳은 놀이터 옆으로 난 작은 오르막길 앞이었다. 어디선가 한 번은 본 듯한 평범한 길이었다. 그는 어느 집 대문 앞 계단에 털썩 앉았다. 나도 그 옆에 앉았다. 자정이 넘은 시간이라 지나가는 사람도 없고 집집마다 불이 꺼져 있어 골목길은 어두웠다. 근처 고양이들이 금방 짝짓기를 마쳤는지 뜨겁고 아쉬운 울음소리가 담을 타고 울려 퍼졌다. 어디선가 아름다운 향기가 날아왔다. 그 향기가 어디서부터 날아오는지 궁금해 나는 그가 바라보는 쪽으로 고개를 돌렸다. 그는 건너편 집을 바라보고 있었다. 오래된 돌담에 곡선 장식의 하얀 철제 대문과 그 위로 아련한 크림 빛깔의 조명등을 갖춘 아주 멋진 집이었다. 그는 마치 영화 속 장면에 푹 빠진 사람처럼 그 집을 멍하니 바라보았다.

"아는 사람 집이에요?"

"어때요? 우리 동네에서 가장 예쁜 집인데…… 옛날부터 집에 들어가기 싫은 날이면 괜히 빙 돌아서 이 집 앞을 지나곤 했어요…… 내가 어렸을 때부터 저렇게 하얀색 페인트칠이 돼 있었는데, 한 번도 더러워진 모습을 본 적이 없어요. 이렇게 저 대문을 보고 있으면 저 집 사람들은 지금 무얼 할까 자꾸 상상하게 되더라고요. 왠지 저 집 사람들은 세상 밖으로 한 발자국도 움직이지 않고, 저 집 안에서 그 모습 그대로 영원히 있을 것 같더라고요."

"첫사랑이 살던 집이구나?"

"에……옛?"

내가 대뜸 묻자 그가 놀라서 말을 더듬었다. 나는 눈에 불을 켜고 다시 그 집을 바라보았다. 첫사랑의 추억을 되돌리기에 그보다 더 완벽한 장소는 없을 듯했다. 살다 살다 집에 질투를 느끼기는 처음이었다. 도도하고 청순한 어떤 소녀를 닮은 그 집의 머리끄덩이를 잡고 내숭 떨지 말라고 혼내 주고 싶었지만 일단 참기로 했다. 그는 진심으로 미안한 미소를 지으며 내 시선을 피했다. 그가 당황하는 모습은 처음이었다. 그 순간 우리 앞으로 한 소년이 지나갔다. 짝사랑하는 소녀의 집 앞을 서성이는 그 짙은 갈색 머리의 소년은 바로 그였다. 다시는 가질 수 없는 소년의 분홍빛 뺨과 달콤한 땀내가 밴 하얀 목덜미를 그는 마냥 그리워하며 바라보았다. 그제야 나와 그, 그리고 소년이 왜 이곳에 있는지 이유를 알 것 같았다. 우리는 기억 속으로는 걸을 수 없다. 그러나 그 기억을 간직한 길 속으로는 걸을 수 있다. 나는 질투를 멈추고 주변을 바라보았다. 그는 어느 순간 무척 슬펐을 것이다. 넓은 줄만 알았던 골목길이 좁아 보이기 시작하면서 우리는 어른이 되니까. 어른에게만 시간이 빠르게 느껴지는 이유는 어린아이처럼 많이 걷고 달리지 않기 때문이다. 걷지 않으니 추억이 없고 그래서 늙는 것이다. 바람과 공기의 입자 속에 숨은 시간의 힘을 느끼기 위해 여기까지 온 그를 나는 흐뭇하게 바라보았다. 나는 확신할 수 있었다. 행여 그가 이 동네를 떠난다 해도 그리움은 놓지 못할 거라고. 나는 그의 가슴속 지도를 들여다보았다. 거기에는 그가 지나온 수많은 길들이 있었다. 그중에는 첫사랑 소녀에게 가는 이 길도 선명하게 그려져 있었다. 그리고 그 옆에는, 자세히 들여다보면 실처럼 아주 가느다란 어떤 길도 존재했다. 내가 그를 바래다주던 어느 밤의 평범한 그 길이.

연인을 집까지 바래다주는 행위의 역사는 확실히 결혼보다는 오래됐다. 오랜 세월 인종과 언어를 넘어, 온 인류가 쭉 행해 온 이 관습의 목적은 단 하나였을 것이다. 남자가 여자를 집까지 바래다준다, 이 행위의 의미는 '너를 무사히 집에 들여보내겠다'가 아니라 '언젠가 너와 함께 집으로 들어가야겠다'이다. 나도 그랬다. 아니다. 그렇지 않다. 돌이켜 보면 언젠가 우리가 헤어지리라는 사실을 나는 알았던 것 같다. 나는 알았다. 그가 내 얼굴과 이름을 어느 날 갑자기 밥 먹다가도 잊어버릴 수 있다는 것을. 그러나 나는 그리 슬퍼하지 않을 것이다. 사람들이 죽을 때까지 반복하는 일, 먹고 자고 머리를 자르고 돈을 버는…… 그중의 하나가 집으로 돌아가는 일이라는 걸 나는 알고 있었다. 집은 바뀌어도 집으로 돌아가는 일은 사라지지 않는다. 세상 속에서 어떤 영광과 고통을 맛보았든 우리는 매일 집으로 돌아가야 한다. 그 수많은 나날 중 단 한 번은 기억하지 않을까. 언젠가 이 그림자처럼 나를 집까지 바래다주던 한 여자가 있었다는 사실을.

가장 기억에 남는 날이 있다. 깁스는 풀었지만 그는 여전히 엄살을 떨며 내게 가방을 들게 했다. 나는 가을이 두려웠다. 그 계절이 오는 건 괜찮지만 가는 건 아팠다. 점점 낮이 짧아지는데 잔 속의 커피가 줄어드는 것처럼 마음은 아쉽고 입맛은 씁쓸했다. 우리는 별 얘기 없이 그냥 컴컴한 길을 걷고 있었다. 어느 집 열린 대문 사이로 갈치 굽는 냄새와 저녁 뉴스의 시그널 뮤직이 흘러나왔다. 그때 갑자기 누군가 뒤에서 내 눈을 가렸다. 아니, 그런 줄 알았다.

"어? 뭐지?"

그가 멈추며 내 어깨를 잡았다. 극장 안에 들어섰을 때처럼 급작스러운 어둠이 앞을 가로막았다. 우리는 조심스레 발을 내디디며 주위를 살폈다. 온 동네가 정전이 된 것이었다. 바로 옆집에서 가족들이 서로 이름을 부르며 허둥대는 소리가 들려왔다.

"어머, 나 정전 되게 좋아하는데. 시험 전날 되면 꼭 정전되길 빌었어요. 못 봐도 핑계 댈 수 있게."

"선숙 씨는 천재지변을 즐기는 스타일이구나."

나는 눈가리개를 쓴 술래처럼 그 어둠에 깜박 속아 주고 싶었다. 설령 보인다 해도 내가 손을 휘저으며 헤매는 척해야 모두 즐거울 수 있을 테니까.

"우리 무사히 집에 갈 수 있겠죠?"

"당연하죠."

우리는 서로의 팔을 꼭 잡고 다시 걷기 시작했다. 내가 뭔가를 밟자 그는 개똥이 확실하다며 나를 놀렸다. 우리는 별것 아닌 일에도 소리를 지르며 깔깔 웃었다. 어느새 집집마다 창밖으로 촛불의 노란빛이 새어 나오고 있었다. 온 동네가 때 이른 하나의 거대한 크리스마스트리가 되어 버린 듯했다. 밤하늘은 더 이상 뿌연 회색빛이 아니었다. 아주 깊은 푸른빛이었다. 그의 손이 나의 손을 찾았다. 그의 손은 차갑지도 뜨겁지도 않았다. 갑자기 그토록 좋아하던 그의 손이 어떻게 생겼는지 생각나지 않았다. 나는 그의 손을 보기 위해 멈칫하다 그만 그의 발을 밟고 말았다.

"미안해요. 있는지 몰랐어요."

"아니, 나한테 발이 있다는 사실을 몰랐단 말이야?"

그는 웃으며 놀렸지만 나는 웃을 수 없었다. 정말로 그에게 발도 있다는 생각은 한 번도 못 했으니까. 그는 이인삼각 경기를 할 때처럼 나와 속도를 맞추기 위해 옆에 바짝 붙어 서서 한 발 한 발 차분히 내디뎠다. 불현듯 아직 한 번도 보지 못한 그의 발이 너무도 보고 싶어졌다. 그의 손처럼 아름다울까. 그의 손처럼 친절할까. 그의 무게를 감당하느라 얼마나 지쳐 있을까. 이제 곧 집에 도착하면 편히 쉴 수 있겠지. 나는 깨달았다. 매일 밤이 아쉽기만 한 나의 발걸음을 지켜본 이는 그도 아니고, 그의 손도 아니고, 바로 그의 두 발이었음을.

그에게서 전화가 왔다. 이제 다시 운전을 할 수 있다고. 그러니 앞으로는 바래다주지 않아도 될 것 같다고. 나는 '알았다'고 대답했다. 겨울이 시작되고 있었다. 여자 기상 캐스터는 털모자를 쓰고 나와 손짓 몇 번으로 동해안에 첫눈이 내리게 했다. 그는 정말로 나를 찾지 않았다. 나도 그를 찾지 않았다. 그가 그리울 때면 그의 동네에 가 볼까도 생각했지만 의미 없는 일이었다. 모든 것이 엉망이었다. 나는 사랑했으나 사랑받지는 못했다. 나는 열심히 공부했으나 돈은 벌지 못했다. 나는 정답은 풀었으나 문제는 알지 못했다. 나는 뒤처져서 세상을 바라보았다. 사람들은 나를 이해하지 못했지만 나는 그들을 이해했다. 나는 그들의 염려를 덜어 주고 싶었다. 한 사람이 살아가는 방법은 결국 그 사람만의 특허품이라는 것을 그들에게 꼭 알려 주고 싶었다.

성질 급한 여자들이 애꿎은 토끼털 잠바를 입고 나오는 계절이 되었다. 나는 낡은 모직 재킷을 입고 11월 오후의 신사동 가로수길을 걷고 있었다. 광고 회사에 다니는 선배한테 일거리를 부탁하고 돌아오는 길이었다. 나는 발에 걸리는 낙엽들을 아그삭아그삭 밟으며 걸었다. 사전이나 찬송가를 한 장 한 장 찢을 때와 비슷한 소리가 나서 기분이 좋았다. 어느 카페 앞, '오늘의 메뉴'를 써 놓은 칠판 옆에서 검은 에이프런을 두른 요리사가 담배를 피우고 있었다. 나는 그 옆에 서서 메뉴를 한 번 쭈욱 소리 내어 읽은 다음 몸을 돌렸다. 이상했다. 내 앞에 펼쳐진 상황이 쉽게 받아들여지지 않았다. 건너편 거리에 낯익은 모습이 서 있었다. 그였다. 짙은 회색의 트렌치코트를 입은 그가 두 손을 주머니에 폭 담근 채 상점 앞을 기웃거리고 있었다. 그가 내 쪽으로 돌아섰을 때 나는 손을 흔들었다. 이름을 부르려는데 갑자기 장난기가 발동했다. 나는 길을 건너지 않고 그를 미행했다. 차가운 바람 사이로 환한 햇살이 쏟아지자 그는 눈을 찡그리며 하늘을 올려다보았다. 햇살을 고깔모자처럼 머리에 쓰고 그는 다시 걷기 시작했다. 나는 건너편에서 그를 따라 걸었다. 마치 냇가에 종이배를 띄우고 그것을 놓칠세라 뛰어가는 아이처럼 나는 조바심을 내며 쫓아갔다. 토요일이었다. 데이트가 있는 게 분명했다. 그는 상점들을 일일이 구경하며 산책하듯 걸었다. 떡집 앞에 한참을 서 있더니 플랫 슈즈 상점 앞에서는 실실 웃기도 하고 빈티지 로봇과 인형을 파는 가게 앞에서는 심각하게 고개를 갸웃거리기도 했다. 그는 카드 인사말처럼 예쁜 간판들을 읽으며 혼자 놀고 있었다. 산부인과를 지날 때에는 지나가는 임산부의 배를 유심히 쳐다보기도 했다. 데이트는커녕 하도 심심해서 하늘에서 바위라도 떨어지기를 기다리는 것 같았다. 서먹했다. 낯선 동네에서 그를 만나면 안 된다는 법도 없는데 나는 서운했다. 뭐랄까, 그 기분은, 제일 좋아하는 티셔츠라 아까워 입지도 않았는데 친구가 똑같은 옷을 입고 나타났을 때 느꼈던 낭패감과 비슷했다. 갑자기 도로에서 실랑이하는 소리가 들렸다. 승용차끼리 가벼운 접촉 사고가 일어난 모양이었다. 지나가던 행인들이 하나둘씩 모여들었다. 빠르기도 하지. 그는 벌써 도로로 나가 진지하게 사고 현장을 관찰하고 있었다. 차들이 멈춰 선 사이로 나도 몰래 끼어들어 갔다. 그와 나는 두 차선을 차지하고 서로 얽혀 있는 세 대의 승용차를 사이에 두고 마주 서게 되었다. 웨이터를 부르듯 이름을 부르면 금방 알아볼 수 있는 가까운 거리에 우리는 있었다. 나는 그를 보았고 그도 나를 보았다. 그러나 그곳에 내가 있다는 사실을 그는 알지 못했다. 앞에서 팔짝팔짝 뛰는데도 그는 눈길조차 주지 않았다. 처음에는 장난을 치는 거라 생각했다. 그런데 아니었다. 그는 정신을 온통 차 주인들의 말다툼에 빼앗기고 있었다. 슬슬 오기가 솟았다. 이렇게 뜨거운 눈길로 쏘아보고 있는데 설마 끝까지 저러지는 않겠지. 그런데 그랬다. 내가 눈두덩에 경련이 일 정도로 노려보는데도 그는 꼼짝하지 않았다. 나쁜 자식. 여기 좀 보란 말이야. 내가 여기 있잖아. 나는 속으로 숫자를 세었다. 서른을 셀 때까지 나를 보지 못하면 나도 더 이상 그를 보지 않겠다고. 다시는. 일 분의 반은 생각보다 짧았다. 나는 뒷걸음질 쳐 그곳에서 도망치기 시작했다. 눈물이 나왔다. 시원하고 싱거운 눈물이었다. 일 분의 나머지 반을 세면서 나는 그가 나를 알아보지 못한 이유를 깨달았다. 그에게 나는 언제나 집으로 가는 길 위에서만 존재하기 때문이었다. 섭섭할 까닭이 없었다. 오히려 홀가분하기도 했다. 나는 그를 떠나보내기로 결심했다. 나의 종이배는 어떻게 됐을까. 나뭇가지나 바위에 걸리지 않고 무사히 물살을 헤쳐 바다에 이르렀을까.

그를 마지막으로 만난 날은 첫눈이 온 다음 날이었다. 즉, 기다리던 일이 별거 아니라는 현실을 깨닫게 되는 그런 날이었다. 우리는 카페라테를 마시며 날씨 이야기를 나눴다. 그가 뜸을 들이더니 입술에 우유 거품을 달고서 고백했다. 다시 그 여자와 만나게 됐다고. 결혼도 곧 있으면 하게 될 것 같다고. 입을 다물면서 그는 눈을 감았다. 내가 의자라도 집어 던질까 마음의 준비를 하는 것 같았다. 나는 꼭 결혼하기를 바란다고 진심으로 축하해 주었다. 내 말이 떨어짐과 동시에 그는 입술을 핥으며 환하게 웃었다. 역시 나밖에 없다며 치켜세우는데, 역시 그다웠다. 많은 남자들은 대개 자신이 뻔뻔하면서도 귀여운 줄 아는데 그나 되니까 봐줄 만한 일이었다. 나는 오늘이 우리가 마지막으로 보는 날이 될 거라고 그에게 알려 주었다. 그는 그럴 필요까지는 없다며 손사래를 쳤지만 속으로 믿는 것 같지도 않았다. 헤어질 때가 되자 그가 잠시 기다리라고 하더니 세종로 주차장에 세워 두었던 차를 몰고 나왔다. 오랜만에 보는 그의 차는 그새 조금 늙은 것 같기도 했다. 그가 오늘만큼은 꼭 나를 바래다주고 싶다며 차에 태우려 했다.

우리는 한참을 차 앞에서 옥신각신했다. 나는 오늘도 역시 내가 바래다주겠다고 고집을 피웠다. 결국 나의 성화에 떠밀려 그는 차를 두고 가야만 했다. 우리는 다른 날과 다름없이 골목길을 걸었다. 그의 집 앞에 다다랐을 때 나는 악수를 청했다. 그는 힘없이 손을 내밀며 물었다.

"왜 내가 바래다준다니까 싫다고 한 거야?"

나는 웃으며 대답했다.

"나만의 기쁨을 뺏기고 싶지 않아서."

나는 등을 돌려 어제 눈이 왔다는 사실을 기억하지 못하는 골목길을 걸어 나왔다. 그리고 정말로 다시는 그를 만나지 않았다. 간혹 그의 새 집이 궁금하기도 했지만 그를 찾지는 않았다. 나는 끝까지 '신사'다운 행동을 지키고 싶었다. 나의 에스코트가 필요 없어진 그의 삶에 섭섭함을 느낄 이유는 없었다. 나의 정성과 노력을 무시하는 인생의 어느 한 시절이 있듯 그런 남자도 있기 마련이므로.

어쨌거나 세상에는 또 하나 나와는 상관없는 삶이 만들어졌다. 그것을 흔히 이별이라고 말하지만 슬퍼할 일은 아니라고 본다. 아무리 멋진 밤을 보냈어도 집으로 돌아가는 일을 우리의 삶에서 영원히 멈출 수 없듯, 우리의 사랑과 우정 역시 그러하리라는 것을 알기에.

정세랑

2010년『판타스틱』에「드림, 드림, 드림」을 발표하며 작품 활동을 시작했다. 소설집『옥상에서 만나요』,『목소리를 드릴게요』, 장편 소설『덧니가 보고 싶어』,『지구에서 한아뿐』,『재인, 재욱, 재훈』,『보건교사 안은영』,『피프티 피플』,『시선으로부터,』등을 썼다. 창비 장편소설상, 한국일보문학상을 수상했다.

웨딩드레스 44

그 드레스는 2013년 7월, 캐나다데이 세일 기간에 밴쿠버의 작은 창고에서 픽업되어 한국으로 수입되었다. 신인 디자이너의 드레스라 할인 폭이 컸다. 가격표에 붙은 가격은 15000달러, 최종 할인가는 3500달러였다. 사이즈는 4. 하지만 살짝 크게 나온 데다가 끈 조임으로 조절할 수 있어서 55에서 77까지 입었다.

1

드레스는 한참을 선택받지 못했다. 화려하지 않은, 기하학적인 선의 드레스였다. 수제 레이스도 비즈나 시퀸도 없어서 마치 종이접기로 만든 것처럼 보였다. 숍에서 괜히 들여왔나, 하고 후회를 할 즈음 첫 번째 여자가 그 드레스를 골랐다.

"영화나 드라마에서 보면 드레스를 입고 나올 때 특수 효과 넣어 주잖아요. 갑자기 더 예뻐 보이게. 그거 거짓말인 거 알고 있었지만 정말 아무 효과 없네. 그냥 나네요."

여자는 화장도 머리도 하지 않고 찾아와서는 아주 건조한 표정으로 거울 속의 자신을 바라보았다.

"아까 것 다시 입어 보시겠어요?"

"아뇨, 이걸로 정할게요."

"최초로 입으시는 거예요. 아시죠? 드레스 수명은 일곱 번 안팎이 끝인 거."

숍에서 강조했지만 여자는 특별히 인상 깊어 하는 것 같지 않았다.

2

"세게 조이지 말아 주세요. 쉽게 기절하는 편이라……"

두 번째 여자는 긴장하면 종종 미주 신경성 실신을 하는 체질이었다. 그래서 드레스를 볼 때 디자인도 디자인이지만, 코르셋 부분이 얼마나 숨 쉬기 편할지를 따졌다. 여자에게 조이는 옷은 도움이 될 리 없었다. 상대적으로 가슴통이 여유 있게 나온 수입 드레스 위주로 찾다가 그 드레스를 골랐다. 그럼에도 그렇게 편하진 않았다.

몇 번의 위기가 있긴 했지만 기절하지 않고 무사히 식을 치렀다. 식이 끝난 뒤 드레스를 벗으며 들이켠 숨이 달콤했다. 이제 살겠다, 여자가 자기도 모르게 중얼거리자 도우미 분이 웃었다.

후에 드레스와 코르셋을 입은 여자들이 나오는 영화를 볼 때마다 숨은 쉬고 있는 건지 신경이 쓰여서 내용에 집중할 수가 없었다. 배우들은 저걸 얼마나 오래 입고 견뎌야 했을까, 정말 저 시대에 살았던 사람들은 대체 어떻게 살았을까, 자꾸 딴생각을 했다.

한 명이 기절하는 장면이 나오자 여자는 그럼 그렇지, 하고 납득해 버렸다.

3

결혼할 계획이 그다지 없었는데, 스카프를 잃어버리는 바람에 결혼하게 되었다.

평범한 스카프가 아니었다. 운명의 스카프였다. 세 번째 여자는 그 스카프를 한 날이면 칭찬을 잔뜩 받았다. 색상과 무늬, 크기와 소재가 여자에게 완벽하게 어울렸다. 바탕색은 하늘색이었다. 어떤 모양으로 매도 톡톡하게 살아 있었다. 원피스에도 블라우스에도 티셔츠에도 다른 매력으로 어우러졌다. 그래서 외근처가 여러 군데였던 날, 어디서였는지도 모르게 그 스카프를 잃어버리자 매우 상심하고 말았다.

똑같은 스카프를 다시 사려고 했지만, 구매한 지 3년이 지난 후였으므로 백화점에서도 인터넷 쇼핑몰에서도 구할 수가 없었다. 같은 무늬의 다른 색상은 남아 있었는데 그건 여자가 원하는 스카프가 아니었다. 해외 직구 시도는 실패했다. 여자는 결국 포기했고 옷장을 다섯 번 열면 세 번 한숨을 쉬었다.

포기하지 않은 건 여자의 남자친구 쪽이었다. 여러 통의 국제 전화와 간절한 이메일들로 남자는 똑같은 스카프를 구매하는 데 성공했다. 한 달 동안 온 유럽 사람들을 귀찮게 하며, 남자는 자신이 여자를 얼마나 사랑하는지도 깨달았다. 서울의 야경이 잘 보이는 곳에서, 밤바람에 스카프를 펼치며 프러포즈했다.

여자에겐 다른 계획이 많았다. 하고 싶은 일들이 많았고, 해외 연수도 계획되어 있었다.

"네가 원하는 대로 살게 해 줄게. 그러기 위해 끝까지 노력할 거야."

그 말을 믿을 수밖에 없었다.

"근데 왜 스카프가 두 장이야?"

"혹시나 또 잃어버리면 속상할 테니까."

"너무하잖아. 날 뭘로 보는 거야."

남자는 여자가 감동해서 울 줄 알았는데 전혀 울지 않아서 조금 섭섭했지만 넘어가기로 했다.

여자가 그 드레스를 고른 이유는 아무 장식이 없기 때문이었다.

여자는 하늘색 스카프를 거즈로 덮고 조심스럽게 다려, 벨트 모양으로 접었다. 드레스와 스카프는 원래 세트였던 것처럼 어울렸다.

4

네 번째 여자는 결혼 한 달 전부터 남자친구와 함께 살기 시작했다. 전셋집을 구하면서 날짜가 애매하게 떴던 것이다. 휴가도 내지 못하고 두 번의 이사와 결혼 준비를 하기란 쉽지 않았다.

산을 마주한 낮은 층인 게 문제였던지, 어느 날 지네가 들어왔다. 힘들게 한 마리를 잡았는데 이후로 계속 보였다. 집주인은 알아서 방역 업체를 부르라고 했다. 업체는 어딘가에 틈새가 있으니 잘 관찰하여 발견하라고 충고하고는 붕산만 뿌린 후 돌아갔다. 그러거나 말거나 남자친구는 청첩장을 나눠 준다는 핑계로 새벽까지 들어오지 않는 날이 더 많았다. 여자는 눈에 보이지 않을 때에도 지네의 존재를 느낄 수 있었다. 아침에 신발을 털어 보고 싶었다. 하는 수 없이 일부러 야근을 했고, 일찍 퇴근한 날은 카페에 가서 시간을 보냈다. 집에서는 잠만 겨우 얕게 잤다. 잠결에도 입을 벌리고 자지 않으려 곤두선 노력을 하면서…… 그 큰돈을 들인 집에 들어가기 싫다니 어처구니없는 상황에 화가 났다. 지네 독은 별로 독하지도 않다며 여자에게만 해결을 미룬 남자에게도 화가 났다. 그런 상태에서 자잘한 결혼 준비를 혼자서 맡아 하다가, 결혼식 이틀 전에 터지고 말았다.

"지난 한 달 같은 날들이 이어지느니 여기서 멈추는 게 낫겠어."

남자는 그제야 부산스럽게 집의 틈새 몇 군데를 찾아내 막았다. 엉성하게 실리콘을 쏘았다. 여자는 잠을 깊게 자지 못해 상한 얼굴로 드레스를 입었다.

5

다섯 번째 여자는 어렸다. 스물세 살이었다. 모든 것은 어른들이 결정했다. 나이 차가 많이 나는 남자 쪽 집안에서 서둘렀는데 흔히 말하는 '알아주는 집안'이었으므로 여자의 부모는 졸업도 하지 않은 딸의 결혼에 동의했다.

"어리고 깨끗하지."

그런 말을 들었을 때는 기분이 이상했다. 피부 이야기를 하는 걸까,

그게 아니라면…… 마음속에서 의문들이 부글거렸지만 아직 표면까지 떠오르진 않았다.

6

여섯 번째 여자의 목덜미에는 타투가 있었다. 아래에서 위로 향하여 머리 쪽을 가리키는 화살표와 '나이트메어 머신'(Nightmare Machine)이라는 장난스러운 문구였는데, 숍에서 시험 삼아 머리를 업스타일로 틀어 올리자 아주 잘 보였다. 여자를 지켜보던 남자 쪽이 돌연 비난을 해 왔다.

"너는 그거 할 때 결혼할 생각은 하나도 안 했냐? 진짜 보기 싫어. 철들었으면 레이저로 지우든가 했어야지."

스물다섯 살에 한 타투였다. 한 번도 후회한 적이 없었다. 원래는 업스타일을 하지 않거나 파운데이션으로 가릴 셈이었지만, 남자의 갑작스러운 짜증에 그 온건한 계획들을 버리기로 마음먹었다.

"내 몸에서 제일 마음에 드는 부분이야. 지금은 너보다 마음에 들거든?"

2주 동안의 팽팽한 신경전 끝, 식장에 들어가기 직전에 여자는 마지막으로 거울을 돌아보았다. 역시나 멋진 타투였고 드레스와도 잘 어울렸다. 내 몸은 내 거야. 결혼을 한다고 해도 내 몸은 내 거야. 내 마음대로 할 거고 다들 보라고 해.

44명의 여자 중에 가장 멋진 워킹으로 입장했다.

7

어느 쪽 친구가 더 많이 오는지 내기를 했다. 신랑 쪽도 자신이 없지 않았는데 신부의 압승이었다. 사진을 두 번에 나눠 찍어야 할 정도였다. 일곱 번째 여자는 사람을 좋아했고 파티를 좋아했고 결혼식도 해 본 중 가장 큰 파티라고 생각했다. 드레스는 그 파티에 잘 어울렸다.

부부는 스무 번가량 집들이를 했는데, 집들이를 끝내고 나니 다음 이사가 찾아왔을 정도였다.

8

여덟 번째 여자는 칼럼니스트였다. 여자는 결혼해서 사는 삶에 어느 정도 익숙해졌을 때 혼잣말을 했다.

"이제 환멸에 대해서는, 웬만큼 쓸 수 있겠군."

9

대학원생과 시민 단체 활동가였던 아홉 번째 커플은 원래 혼인 신고만 하고 살려고 했다. 둘 다 식에 대한 환상이 전혀 없었고 실용적인 성격이었다. 그간의 저금으로 작은 빌라를 구해 깔끔하게 꾸몄다. 만족스러웠다.

그러나 그렇게 2년을 사는 동안 양가에서 폭격이 끊이지 않았다. 어떻게든 식은 꼭 해야 한다는 것이었다. 여자의 어머니가 울고 남자의 아버지가 소리를 질렀다. 두 사람은 지고 말았다. 두 사람이 상의 해서 생략했던 그 모든 과정을 결국 다 해야만 했다. 자포자기 상태로 드레스를 골랐다.

여자는 고전 문학 전공자였는데, 고전 문학 속 영웅들이 대다수 고 아인 것에 대해 다시 생각해 보았다. 고아들만이 진정으로 용감해질 수 있다고 말이다.

10

위약금을 물고 드레스 대여를 취소했다. 혼전 건강 검진에서 발견 된 질병 때문이었다.

11

열한 번째 여자는 최대한 많은 것을 누리고 싶었다. 웨딩 플래너의 제안들을 웬만해선 거절하지 않았다.

12

열두 번째 여자는 최대한 아무것도 하고 싶지 않았다. 심지어 결혼 반지조차 원하지 않았다. 평소에 가느다란 실반지도 할까 말까 했다. 돌출된 부분이 있는 반지는 세수할 때 얼굴을 긁고, 니트의 올을 잡아 챌 터였다. 내내 빼고 있다가 외출할 때 특별히 찾아 낄 것 같지도 않 았다. 취향과 성향의 문제였다.

"하지만 다이아는 꼭 했으면 좋겠구나."

시어머니로서는 며느리 될 열두 번째 여자가 도무지 이해가 되지 않았다. 살면서 다이아를 살 수 있는 기회는 흔히 없을 텐데 말이다. 열두 번째 여자는 취향은 확고했지만 고집은 세지 않았으므로 적당히 타협하기로 했다. 열심히 조사해 종로에서 가장 저렴한 가게를 찾아냈다.

"제일 작고, 제일 등급이 낮은 다이아몬드면 돼요."

종로의 귀금속점 사장은 열두 번째 여자가 사정이 꽉꽉한 신부일 거라고 오해해 버렸다. 그리하여 여자가 반지를 찾으러 왔을 때, 두 단계 등급이 높은 다이아로 만든 반지를 자랑스럽게 내놓았다.

"그렇게 등급이 낮은 다이아는 국내에서 도저히 찾을 수가 없었어요."

여자는 어떤 오해가 있었는지 금방 간파했고, 반지를 찾으러 간 날 옷차림이 소박해 보여서 민망함을 덜었다고 안도했다.

여자가 그 드레스를 고른 것도 반짝이지 않아서였다.

13

열세 번째 여자는 신부 대기실에 들어온 사촌 언니를 반겼다. 사촌 언니는 팔짱을 끼고 사진을 찍으면서 속삭였다.

"결혼 생활 안에서 너를 변호해 줄 사람은 없어. 너밖에 없어. 그게 안 되면 언니한테 전화해."

사촌 언니는 변호사였다. 열세 번째 여자는 의아했으나 이후 이어진 결혼 생활에서 언니의 말뜻을 이해했다. 열세 번째 여자 말고는 아무도 열세 번째 여자의 안위를 고려하지 않았다. 수없는 요구를 해 올

뿐이었다. 스스로를 지킬 사람은 스스로밖에 없었다.

다행히 아직 사촌 언니의 도움이 필요하지는 않다.

14

열네 번째 여자는 재혼이었다. 한 번만 더 해 보기로 했고, 꽤 희망
적이었다. 성격이 잘 맞는 사람과는 어떻게 다를지 확인하고 싶었다.
각자의 성격은 결혼이라는 기계를 굴러가게 하는 핵심 부품과 비슷
하지 않을까, 짐작했다. 애초에 맞지 않으면 굴러가지 않는다. 작동
하지 않는다. 이번에는 굴러가야 할 텐데.

아니면 뭐 어쩔 수 없지만. 작업복을 입듯 드레스를 입으며 여자는
가볍게 생각했다.

15

"언니, 결혼 생활은 어때요?"

"굴욕적이야."

친한 후배가 물어 왔을 때 그렇게 대답한 열다섯 번째 여자는 놀라
고 말았다. 반사적인 대답일 뿐이었는데 그 대답을 곱씹으니 불명확
했던 감정들이 갑자기 명확해졌다.

"가장 행복한 순간에도 기본적으로 잔잔하게 굴욕적이야. 내 시간,
내 에너지, 내 결정을 아무도 존중해 주지 않아. 인생의 소유권이 내
가 아닌 다른 사람들에게 넘어간 기분이야."

"하지만 형부가 잘해 주잖아요? 좋아 보였는데."

"남편이 문제가 아니야. 내가 제도에 숙이고 들어간 거야. 그리고 그걸 귀신같이 깨달은 한국 사회는 나에게 당위로 말하기 시작했지."

"당위로요?"

"응, 갑자기 모두가 나에게 '해야 한다'로 끝나는 말들을 해. 성인이 되고 나서 그런 말 듣지 않은 지 오래되었는데 대뜸 다시."

"예를 들면요?"

"남편과 나는 같은 시험에 붙었잖아. 그런데 가족들이 내게만 '정시 퇴근하며 몇 년만 다닐 직장을 들어가야 한다'고 말해. 우리 업계에 그런 곳이 어디 있다고? 왜 나한테 그렇게 말해도 된다고 생각하지? 굴욕적이야."

거기까지 말하고 열다섯 번째 여자는 입 밖으로 말해서 더 분명해지는 것들을 잠시 가만히 헤아렸다.

16

열여섯 번째 여자는 그 드레스를 입고 알코올 중독자와 결혼했다. 남자가 계단에서 굴러떨어져 머리가 깨지고, 치료를 받았다 재발하고, 픽치기를 두 번 당해 한 번은 입원하고, 두 번째 치료가 실패하고, 겨울에 길에서 자다가 입이 돌아가서 세 번째로 입원했을 때 더 이상은 못하겠다고 생각했다. 사람이 아니라 병 탓인 걸 알면서도 더 이상은.

"아마 다음에 소식을 들으면 부고겠지."

이혼 수속이 끝나고 여자가 말했다. 남자는 대답하지 않았다.

결혼 생활은 지옥이었지만 그 말은 진심이었다.

17

열일곱 번째 커플은 애주가들이었다. 술값을 아끼려 결혼했다. 여전히 식비보다 주류비가 많이 들지만 집은 따뜻하고 안전하고, 서로 밖에 다른 술친구는 특별히 원하지 않는다. 두 사람은 근사한 주류 장식장도 샀다. 온도를 칸칸이 맞출 수 있다. 애주가일 뿐 폭음은 하지 않고, 애초에 튼튼한 간을 타고났다. 튼튼한 간의 유전자를 언젠가 아이들에게 물려줄 것이지만 임신 중 금주해야 할 걸 생각하면 여자는 아직 엄두가 나지 않는다.

18

청첩장을 주는 날이었다. 친구 다섯 명을 불러 저녁을 사 줬는데 한 사람은 동성애자였다. 갑자기 그 애가 불쑥 말했다.

"나는 이제 결혼식 안 가. 축의금도 안 낼 거야."

반쯤 웃으며 한 말이었지만 진심이 섞여 있었다.

"그래도 오긴 와야지."

"야, 넌 내지 마. 아님 기분만 내게 오천 원만 내."

집에 오는 길에 열여덟 번째 여자는 세상이 얼마나 불공평한지를 심각하게 생각했다. 축의금 같은 사소한 문제부터 시작해 훨씬 큰 문제로 이어질 것이다. 결혼은 겉의 포장을 걷어 내면 결국 법의 문제, 제도의 문제, 보호의 문제이니 말이다. 여자의 친구는 너무나 불공평한 상황에 놓여 있었다. 혼인평권에 관련된 뉴스를 따라 읽을 때마다 한숨이 나왔다.

"생활 동반자법이 빨리 통과되어야 할 텐데. 다들 살고 싶은 사람이랑 상쾌하게 살면 얼마나 좋아."

결혼한 지 가장 오래된 친구가 말했을 때였다.

"근데…… 나는 사실 결혼이 하고 싶어. 그 사람이랑 보란 듯이 식도 올리고 싶어. 가족들이랑도 교류하고."

동성애자인 친구가 머쓱해하며 털어놓았다.

"뭐? 왜? 결혼 완전 피곤하고 촌스러운데. 싫은 친척이 두 배로 생기는 거라고."

기혼자들의 반응은 하나같았다.

"몰라, 내가 촌스러운 환상이 있나 봐. 나도 좀 해 보고 싫어하든가 할게. 보호도 좋고, 시스템 안에 들어가는 것도 좋지만 일단 외치고 싶어. 우리 둘이 계속 함께하기로 정했다고. 그 결정으로 우리 둘이 고립되는 게 아니라 연결망 속에 놓이고 싶고."

"그렇구나, 내가 잘못 생각했다."

처음 말을 꺼낸 친구가 고개를 끄덕였다.

"내가 내 특권을 못 봤네. 결혼 제도가 산산이 무너져 내리고 교체되길 바랐는데 복에 겨운 소리였네…… 언젠가 결혼이, 아무도 안 해도 되지만 모두가 할 수 있는 그런 게 되면 좀 다를 수도 있겠다. 미안해."

"네가 왜 미안해?"

"몰라, 미안해."

결혼식 날 신부 대기실에 있을 때, 다른 친구들은 왔는데 그 친구는 나타나지 않았다. 그게 신경 쓰였다. 친구의 부담을 감지한 지 좀 되었다. 변화가 없는 사회는 아니지만, 변화가 느린 사회라서 친구가 지쳐 간다는 걸 느끼고 있었다. 오지 않는다 해도 섭섭해하지 말아야지. 여자는 마음먹었다.

친구는 사진을 찍을 때에 나타났다.

"늦어서 미안."

"아니야, 와 준 것만 해도 고마워."

잠깐 손을 잡았다 놓았다. 장갑 위로 감촉이 오래 남았다.

19

프리랜서인 여자는 출근하는 남편 앞에서 문어 춤을 추었다.

"비켜. 이 다코야키야."

"뭐라고, 어떻게 그렇게 한마디로 나를 토막 칠 수 있어?"

남편이 퇴근할 때는 어떤 춤을 출지 고민해 볼 참이었다.

20

결혼한 지 3년이 되었을 때, 스무번 째 여자는 자기도 모르게 생각했다. 내가 내 부모에게 속았나? 이것이 당연한 삶이라고 오랫동안 속아서 똑같은 삶의 궤도를 선택해 버렸나?

21

결혼한 지 3년이 되었을 때, 스물한 번째 여자의 남편은 빈정거렸다.

"그렇게 매사 우울해서 어떻게 사니? 차라리 약을 먹어라, 응?"

여자는 대수롭지 않게 받아쳤다.

"내 우울은 지성의 부산물이야. 너는 이해 못 해."

22

"이렇게 추운 날에는 발가벗고 안고 있는 게 최곤데."

여자는 실수로 너무 크게 말해 버렸다. 골목에 둘만 있는 줄 알고서. 지나가던 사람이 흠칫했고, 두 사람은 얼굴이 화끈거렸다. 번화가에서 멀지 않은 어두운 골목이었다.

"그럼 우리 결혼할까?"

"결혼하고 무슨 상관이야?"

"그래도 결혼하면 굳이 애써 만나지 않아도 겨울 내내 껴안고 있을 수 있지 않을까?"

"그럴까?"

그래서 두 사람은 결혼을 했다. 여자는 전자책 유저였고 남자는 스님처럼 옷이 없었다. 덕분에 아주 작은 집에서 매일 껴안고 있을 수 있었다.

맨살과 맨살 사이의 온기, 그것을 위해.

23

결혼의 여러 가지 속성에 대해 미리 알았던 편이지만, 이토록 빚잔치가 될 줄은 상상하지 못했다. 빚을 기억하느라 드레스의 디자인 같은 것은 하얗게 잊고 말았다.

24

"어머, 임신한 거야?"

엠파이어 라인의 원피스를 입었을 뿐인데 거래처 사람이 물어 왔다. 결혼하고 해를 넘기자, 여자는 그런 질문들을 빈번히 받기 시작했다. 사람들이 얼마나 쉽게 선을 넘는지 새삼 놀라웠다. 당신은 나에게 그런 질문을 던질 만큼 가깝지 않아요, 하고 대답하고 싶은 걸 매번 참았다. 사실 아무도, 가족도 그만큼 가깝지 않다고 여겨 왔다. 여자는 타고난 개인주의자였다. 그런 여자에겐 일가친척들이 덕담이랍시고 명절마다 하는 말들이 징그럽게만 느껴졌다. 왜 다른 사람의 생식과 생식기에 대해 그렇게 편하게 이야기하는 것인지 기이할 정도였다.

더 좌절할 때는 젊은 세대의, 충분히 개인주의자가 될 기회가 있었던 세대의 사람이 비슷한 말들을 할 때였다. 오래간만에 만난 친구가 기성의 언어를 그대로 답습하여 여자의 프라이버시를 심각하게 침해하는 말들을 할 때, 여자는 마음속 리스트에서 그이의 이름을 지웠다. 너는 이제 그만 만나야 하겠구나, 질린 채 생각했다.

친척도 친구도 아무도 만나고 싶지 않았다. 사람들이 이래서 이

민을 가는 걸까? 눈을 뜨면 모르는 사람들로만 가득한 도시였으면
했다.

25

마트 앞에서 크게 싸웠다.

"와, 홈패션 배우고 싶어. 수강료도 안 비싸고 좋다."

여자가 마트 문화 센터의 수업 소개 게시판을 보다가 말했을 때, 남
자가 쏘아붙였다.

"요리부터 배워."

한 번은 그냥 넘어갔다.

"쉽게 하는 이탈리아 요리, 이거 배울까?"

"좀! 한식부터 배워 좀! 밑반찬부터."

두 번은 넘어갈 수 없었다. 둘 다 일하는데 식사 준비를 여자가 하
는 건 여자의 자발적인 기여일 뿐이었다. 남자가 뭔가 크게 착각하
고 있는 게 분명했다. 차분하게 반박해야 했지만 여자도 쌓였던 게 많
았다.

"다시 말해 봐, 씨발 새끼야."

격론 끝에 남자는 마트 앞에서 울었다. 여자는 별로 미안하지 않
았다.

26

남자가 잠결에 실수로 여자를 때렸다. 팔꿈치로 눈두덩을 힘껏 친

것이다. 여자는 멍이 들었다.

"미안해, 정말 미안해. 좀비 꿈을 꿨어."

남자는 공포 영화를 잘 못 보면서도 즐겨 보는 편이었다. 이해할 만
한 일이었지만 여자는 화가 났다. 3일쯤 화가 풀리지 않았다.

4일째가 되어서야 여자는 깨달았다. 여자는 화가 난 것이 아니었
다. 두려운 것이었다. 그때까지 인식하지 못했지만 두 사람 사이엔
압도적인 힘의 차이가 있었다. 나중에 남자가 머리를 다치거나 치매
에 걸리면 어떡하지? 성격이 변해서 때리고 목을 조르면 어떡하지?
최악의 상상들이 연이었다.

27

여자의 친척이 성당에서 하는 예비부부 수업을 추천했고, 곧이어
남자의 친척이 절에서 하는 수업을 추천했다. 종교가 없는 여자는 당
황스러웠다.

"네? 결혼을 절대 안 하실 분들이 결혼에 대해 하는 말을 들으러 가
라고요?"

어렸을 때부터 저런 애였지,라는 뒷말을 듣고 말았지만 여자로서
는 도무지 납득되지 않았다.

28

평소에 입던 잠옷들을 다 빨아서, 오래 입지 않았던 노란 티셔츠를
꺼내 입었다. 남자가 멍한 얼굴로 말했다.

"어렸을 때 제일 좋아했던 인형이 노란 하마 인형이었는데……"

여자는 저도 모르게 남자의 등짝을 후려쳤다. 남편을 때리면 안 되는데 연상 작용이 너무 기분 나빴다.

29

한 이불을 덮고 자는 것에 처절하게 실패했다. 결혼 두 달 만의 일이었다.

"안 되겠다. 이불은 각자 덮자."

둘 다 돌돌 말고 자는 스타일이라 어쩔 수 없었다.

"우리는 한 이불 덮는 사이가 아니네."

농담을 했지만 여자는 솔직히 침대도 따로 쓰고 방도 따로 쓰고 싶었다. 가벼운 수면 장애가 있기 때문이었다. 옆에 누운 사람의 체온이 건강에 좋다는 기사를 보고 포기했다.

30

여자와 남자는 손에 꼽히는 요리 학교에서 만나 결혼했다. 지인들은 두 사람에게 초대받기만을 손꼽아 기다렸다. 둘은 손님들 앞에서 요리 경연을 했다.

31

주말이 좋았다. 따뜻한 빵 위에 차가운 잼.

마음도 몸도 한껏 이완되었다.

32

두 사람은 결혼 전에 임신 중단 시술을 받은 적이 있다.

33

남편이 문득 임신 중단 시술을 받은 적이 있냐고 물어 왔다.

34

어릴 때부터 성실했던 서른네 번째 여자는, 결혼 적령기에 곁에 있던 사람과 쫓기는 마음으로 결혼했다. 몇 년이 지나고서야 이 숙제는 사실 하지 않아도 되는 숙제가 아니었을까, 의문이 찾아왔다. 다섯 살 아래 여동생과 통화하다가 여자는 그런 이야기들을 했다.

"스무 살 넘으면 어른인데 아이 같은 마음으로 살았던 것 같아. 입을 모아 내가 부족한 존재라 해서 정말 부족한 줄 알았어. 결혼을 해야 어른 취급 받는 건 진짜 이상하지 않니? 그래서 착각한 게 아닐까, 꼭 해야 하는 숙제로. 너는 나처럼 생각하지 마. 요즘 비혼 이야기 많이 나오는 거 반갑고, 나도 이런 시대를 기다릴걸 그랬다 싶어."

"언닌 해치워 버려서 쉽게 말하는 거야."

"그래? 속 편한 소린가?"

"모르겠어. 나도 이 생각 저 생각 많이 하는데, 사회가 완전히 기혼자 중심인걸. 1인 가구를 악당 취급할 정도잖아?"

"바뀔 수도 있어. 생각보다 빨리."

"어쨌든 지금은 숙제를 해 오지 않은 학생에게 지나치게 가혹한 옛

날 선생님 같아."

"손바닥을 때리려나?"

"뺨을 안 때리면 다행이지."

35

서른다섯 번째 커플은 신혼 내내 저녁마다 나라 걱정을 했다.

"신혼부부가 나라 걱정하느라 섹스할 시간이 없네."

"이게 출산율 저하의 이유군."

36

차를 타고 가다가 라디오에서 가부장적 문화에 대한 이야기가 나왔다. 운전을 하던 남자가 여자에게 물었다.

"그래도 당신은 나랑 결혼해서 다행이지? 나는 전혀 가부장이 아니잖아."

"글쎄."

"나처럼 가부장이 아닌 사람이 어딨다고?"

"당신 한 사람으로 결정되는 게 아니야. 예를 들어 지난 제사 때 생각해 봐. 나는 조퇴하고 가서 아홉 시간 일했지. 당신은 퇴근하고 와서 한 시간, 절 몇 번 하고 과일 집어 먹고 사촌 동생들이랑 논 게 다잖아."

"그럼 두 사람 다 조퇴했어야 했다고?"

"내 말은 그런 시간들이 계속, 평생에 걸쳐 쌓인다는 거야. 쌓이다

보면 큰 차이가 나는 거고. 따져 보면 이상하지 않아? 당신 할아버지 제사잖아? 난 만난 적도 없는 분이야. 왜 효도를 하청 주는데?"

"하청이라고까지 말하면……"

"아홉 시간 일한 며느리들은 제사 지낼 때 아무도 절도 안 하고 뒤에 멀뚱멀뚱 서 있지."

"몇 년 전에 며느리들도 절하는 걸로 바꿀까 했었는데 큰어머니 무릎도 안 좋으시고……"

"어쨌든 그게 가부장제야. 당신 눈에는 안 보여도 내 눈에는 보여. 내 눈에만 보이는 게 아주 많아."

두 사람은 말없이 라디오 패널들이 하는 이야기를 들으며 집으로 돌아갔다.

37

평생 결혼은 하지 않고 연인으로 살려고 했다. 하지만 한 사람이 유학을 가게 되면서 배우자 비자를 받기 위해 혼인 신고를 할 수밖에 없었다. 그러자 엄마가 그간 어떻게 참았는지, 식까지는 바라지 않으니 촬영만이라도 하라고 집요하게 설득했다. 효도하는 셈 치고 드레스를 빌려 대충 촬영을 했다. 엄마는 그 사진을 단체 채팅창에 뿌리는 모양이었다.

출국 전 송별회 겸 친구들을 만났는데, 그 사정을 토로하니 다들 결혼 축하를 해 와서 떨떠름했다. 하려고 한 게 아니야, 축하를 받으려고 한 게 아니야, 설명하기도 좀 그랬다.

그런데 한 친구가 슬며시 속삭였다. 여자와 비슷하게 오래 동거 중인 친구였다.

"야, 나도 공무원 아파트 당첨 확률 높이려고 곧 신고할 거야."

"너도?"

"심란해하지 마. 실리가 걸려 있었잖아."

우리가 어쩌다가, 하고 둘이서만 웃었다.

38

여자의 아버지는 국회 의원이었다. 남자의 아버지는 장군이었다. 축의금을 내기 위한 줄이 식장이 있는 층을 넘어 회전 계단을 타고 이어졌다. 화환이 쏟아지듯 들어와서 리본을 떼고 꽃을 치우고 리본을 떼고 꽃을 치우고를 몇 번이나 반복했다. 꽃은 어딘가에서 재사용될 것이었다.

신부 대기실에 앉아 있는데 문이 잠깐 열렸을 때 밖에서 누가 하는 말이 들리고 말았다.

"이런 결혼식은 처음 봐. 양쪽 집안 다 한 재산 챙기겠구먼."

그런가, 그게 본질인가. 여자는 아득하게 생각했다. '화환은 정중하게 거절합니다'라는 문구를 청첩장에 쓰려 했을 때 아버지가 지우게 한 게 새삼 다시 떠올랐다.

39

사랑했고, 사랑하는 사람들이 가장 편하게 함께 있을 수 있는 방법이라 결혼했다. 두 사람 다 이타적이고 온유한 성격이었다. 그래서 다른 사람들이 견디기 힘들어하는 결혼의 어떤 부분들도 상대적으로 쉽게 견뎠다.

다만 여자에겐 새로운 두려움이 생겼다. 여자는 지나칠 정도로 자주 남자의 죽음에 대해 떠올렸다. 남자의 기분 좋은 팔도, 피부도 언젠가 죽어 없어질 거란 게 이상했다. 이 아름다운 몸이 썩게 된단 말인가? 어떻게 그런 일이 벌어지지? 스스로의 죽음에 대해서는 자연스럽게 받아들인 편이었는데 남자의 죽음에 대해선 좀처럼 그러지 못했다. 가끔 남자가 깊이 잠들어 느리게 숨을 쉬면, 코밑에 손을 대어 보곤 했다. 잠버릇이 시끄러운 사람이었다면 더 안심했을 것이다.

"왜 그런 생각을 하는지 모르겠네. 아주 나중의 일일 거야."

남자가 말했다.

"자기는 왜 그런 생각을 안 해? 불행은 보이지 않는 모퉁이 너머마다 서 있다가 지나가는 사람을 놀래키고, 인생은 그 반복일 뿐이라고 누가 그랬어. 그 말이 맞는 거 같아. 우리 둘은 이제 불행 공동체가 된 거라고."

"평안하게 끝까지 잘 사는 사람들도 없진 않잖아?"

"그런 경우라 해도 평균 수명을 고려해서 일곱 살쯤 어린 남자를 사랑할걸."

여자는 푸념했고, 교통사고 블랙박스 영상을 보지 못하는 사람이 되었다.

"하여간 어두운 생각 좀 하지 마."

남자는 간단하게 말했다. 여자는 그럴 수 있으면 좋겠다고 여겼지만 쉽지 않았다. 어두워. 사랑은 어두워. 가족이 된다는 건 어두워. 어두운 면은 항상 있어. 아이를 낳으면 설마 그 아이의 죽음까지 두려워하게 되는 것일까? 여자는 잠이 오지 않는 밤이면 누운 채로 늘어날 두려움을 재어 보았다.

40

마흔 번째 여자는 폐백이 점점 길어지자 조바심이 났다. 하객들에게 아직 인사를 하지 못했는데 예상 시간을 넘겨 계속되었다. 여름이었다. 관리를 안 했는지, 식장에서 빌려주는 장옷과 머리 장식엔 수백 명의 몸 비린내가 배어 있었다. 속이 안 좋아졌다. 여자는 절을 하고, 덕담을 듣고, 대추와 밤을 받아 내고…… 그것을 수십 번 반복했다. 덥고 메슥거려서, 안 그래도 지쳐 있었는데 쓰러지기 직전이 되어 버리고 말았다.

하지 말걸. 폐백 같은 거 하지 말걸. 드레스만 입고 끝낼걸. 이게 아닌데. 내가 이걸 왜 한다고 했더라? 사람들은 이제 다 갔겠지? 동창들도, 직장 동료들도, 가까운 사람들도, 어려운 사람들도 모조리 가 버렸을 것이다. 연회장에 제대로 인사를 오지 않은 여자를 욕했을지도 모른다. 여자는 낙심하고 말았다.

문득 상에 잔뜩 차려진 음식 모형들이 기이하게 느껴졌다. 모형을 앞에 두고 나는 진짜 이걸 왜 하고 있지? 전통 혼례를 선택한 것도 아닌데 어정쩡하게 왜? 제일 좋아하는 소설이 『필경사 바틀비』면서!

결혼을 통해 스스로에게 관습에 순응하는 면이 있다는 걸 인정한 여자는, 애써 '이것이 관습일 뿐인가?' 검토하는 사람이 되었다. 의미를 두지 않는 행동은 되도록 하지 않는 사람이.

41

스팀다리미가 고장 나서 다림질을 하는 동안 자꾸 물이 샜다. 그저 물이 샜을 뿐인데, 왈칵 울고 말았다. 다리미에 조그맣게 '이 제품은 누수 방지 테스트를 통과한 제품입니다'라고 쓰인 스티커가 붙어 있는 게, 그렇게 서러웠다.

"호르몬 때문인가?"

여자는 달력을 쳐다보았다. 물이 새는 다리미가 인생에 대한 은유처럼 느껴졌다. 눈물 방지 테스트를 통과한 인생입니다, 그런 스티커가 붙어 있어도 끝내는 울게 된다.

42

국제결혼이었다. 혼인 신고 서류를 갖추는 게 어쩌나 복잡한지 고생고생을 했다. 겨우 그 지난한 과정을 끝내고 나니 가족들이 귀국해식을 올리라고 난리였다. 어머니가 다니던 커다란 성당에서 식을 올리게 되었다. 한마디도 알아듣지 못하는 남자를 데리고 교리 수업을 들어야 했기에 남자에게 소곤소곤 통역해 주려 했는데, 뒷자리 커플이 "쉿!" 하는 바람에 약간 빈정이 상해 버렸다.

식 당일은 드레스를 입고 무릎을 꿇었다 일어섰다 하는 게 여간 힘든 게 아니었다. 굳을 대로 굳은 남자는 일어설 때마다 여자의 드레스를 정리해 주었다. 의식적으로 하는 행동이 아닌 것 같았다. 긴장 상태에서 무심결에 여자를 살피고 있었다. 여자는 그게 무척 고마웠다. 남자의 나라가 아니었다. 남자의 언어가 아니었다. 남자의 종교가 아니었다. 남자의 가족과 친구들은 아주 적은 수가 참석해 있었다. 한국에서의 결혼은 오로지 여자를 위한 것이나 다름없었다. 남자는 그 와중에 여자의 드레스 자락을 챙겼고, 여자는 사랑을 느꼈다.

그래서 남자가 결혼 서약의 "I will honor you"를 "I will horror you"로 잘못 읽었을 때도 좋지 않은 예감 같은 건 느끼지 않았다. 너는 나를 무섭게 하지 않아. 너는 나를 언제까지고 무섭게 만들지 않을 거야.

애초에 영어권 외국인이 아닌데 영어로 서약을 하게 한 쪽이 나빴다고, 웃어넘겼다.

43

커피를 좋아했다. 커피를 마시면 기운이 나고 세 배 정도 똑똑해지는 기분이었다.

새벽 4시에 일어나 미용실에 갔다가 식장으로 이동하느라, 결혼식 날 아침엔 커피를 한 잔도 마시지 못하고 말았다. 아, 누가 커피 한 잔만 줬으면. 하지만 커피는 이뇨 작용을 활발하게 만들 거고, 드레스를 입었다 벗었다 하며 화장실에 가기는 귀찮았다. 여자는 꾹 참으려 했다.

"신부님께는 다과와 음료를 제공합니다. 지금 가져다 드릴까요?"

예식장 직원이 들어와 단순한 메뉴판을 보여 주며 물었다.

"에스프레소요."

여자는 자기도 모르게 유혹에 넘어가 대답했다. 다과는 일괄로 마카롱과 에클레르가 나오는 모양이었다. 마침내 직원이 쟁반을 들고 나타났을 때는 식이 시작하기 30분 전이었다. 여자는 그 작은 에스프레소 잔을 향해, 구원을 향해 손을 뻗었다.

여자가 고려하지 못했던 것은 장갑이었다. 장갑이 지나치게 마찰이 없는 소재였다. 작은 에스프레소 잔이 뱅글, 손가락 사이에서 돌아 드레스의 왼편 엉덩이에서 허벅지까지 커피가 쏟아지고 말았다. 도우미 분이 비명을 질렀다.

대기실의 모두가 한꺼번에 달라붙어 물수건으로 처치하고, 다행히 준비되어 있던 처리제를 바르고, 허리 뒤에 달린 장식을 앞으로 옮겨 달았다. 티는 났지만 어쩔 수 없었다.

"그놈의 커피."

포토그래퍼는 여자를 한 방향에서만 찍어야 했다.

44

드레스는 특수 세탁을 거쳐 지난 재난의 흔적을 거의 지울 수 있었지만 그래도 그림자처럼 희미하게 남은 부분이 있어서, 본식 드레스로는 수명을 다했다는 판정을 받았다. 바로 폐기된 것은 아니고 드레스 까페로 헐값에 재판매되었다.

3만 원 안팎의 대여비를 내고 한복이나 이브닝드레스, 웨딩드레스를 입어 볼 수 있는 카페는 등장한 지 꽤 되었다. 한동안 유행이 주춤하는 듯싶더니, 외국인 관광객들이 한복을 입고 근처의 고궁에서 사진을 찍는 게 코스로 정립되어 근래 이용객이 더 늘었다. 실내 스튜디오도 한층 화려해졌다. 조명을 활용한 가짜 창문, 시트지로 만든 대리석 기둥, 사시사철 꽃이 핀 매화나무, 조선 시대 풍의 경대, 스티로폼 기와를 얹은 한옥 담.

대개는 한복을 고르기에, 드레스는 한구석에서 선택을 받지 못하고 숨이 죽은 채 걸려 있기만 했다. 그 드레스를 고른 건 방학을 맞아 친한 친구들과 함께 사진을 찍으러 온 고등학생이었다.

"와, 이것 봐. 예뻐."

"그거 입게?"

"응, 우리 친척 언니 얼마 전에 결혼했는데 이거랑 비슷한 거 입었다?"

"그럼 다 같이 웨딩드레스 입을까?"

드레스 카페 직원이 착용을 한 명 한 명 도와주었다. 드레스에 비해 몸피가 작아서 약간 헛돌았지만 끈 없는 브라를 몇 개 받쳐 넣으니 지

탱이 되었다.

"나 꼭 이런 드레스 입고 결혼할 거야."

"우리 결혼할 나이까지 계속 이대로면 좋겠다. 부케는 다른 친구들 주지 말고 꼭 우리끼리 주기로 하는 거 어때?"

"나는 절대 결혼 안 할 건데?"

그때까지 친구들의 결정을 따르던 한 명이 말했다.

"절대 안 한다고?"

"절대 절대 안 한다고?"

"그럼 네가 마지막으로 받고 끝내 버리면 되잖아."

"그러네. 간단하네."

네 사람은 깔깔 웃으며, 수명이 다한 웨딩드레스들을 입고 탈의실을 나섰다.

백수린

2011년 『경향신문』 신춘문예에 단편 소설 「거짓말 연습」이 당선되며 작품 활동을 시작했다. 소설집 『폴링 인 폴』, 『참담한 빛』, 『여름의 빌라』, 중편 소설 『친애하고, 친애하는』, 짧은 소설 『오늘 밤은 사라지지 말아요』 등을 썼다. 젊은작가상, 문지문학상, 이해조소설문학상, 현대문학상을 수상했다.

폭
설

그녀가 열한 살이었을 때 엄마는 그녀를 떠났고, 모든 것이 바뀌었다. 그렇게 말할 때마다 엄마는 그녀를 떠난 것이 아니라 아빠를 떠난 것이라고 정정했지만 열한 살은 그런 것을 구분할 수 있는 나이가 아니었다. 지금은 이혼율이 꽤 높아졌지만 그때만 해도 엄마, 아빠가 이혼한 아이는 전교에 그녀 하나였다. 당시 그녀가 다니던 학교는 대규모 아파트 단지 한가운데에 위치한 신생 초등학교였다. 서울의 인구 문제 해결 차원에서 베드타운처럼 조성되었던 그 지역에는 대부분 비슷한 경제력과 학력을 가진 부모들이 모여 살았다. 그 동네에 사는 젊은 아버지들은 의사이거나 약사, 아니면 서울에 본사를 둔 대기업이나 은행의 직원이었고, 엄마들은 대체로 학군이나 부동산 시장에 관심이 많은 가정주부였다. 같은 초등학교를 나와, 별다른 이변이 없으면 한 블록 떨어진 중학교를 다니게 되어 있던 아이들은 비슷비슷한 학원에 몰려다녔다. 그런 동네였기 때문에 그녀 부모의 이혼 소식이 몇 개월 지나지 않아 굉장한 가십거리로 전락한 것은 어찌 보면 당연한 일이었다. 그녀는 엄마와 아빠가 이혼한 이후 어디를 가더라도 수군거리는 소리를 들어야 했다. 슈퍼나 미용실에서 친구들 엄마를 만나 인사하고 돌아서면 항상 그녀의 뒤통수에 대고 "쟤가 걔야" 하며 낮게 속삭이는 목소리가 들려왔다. 그전까지는 활발한 편이었던 그녀가 초등학교 졸업 즈음을 기점으로 지극히 내성적으로 변한 것은 아마도 그 영향이었을 거다. 사람들은 부모의 이혼에도 불구하고 학업에 충실하고, 엄마를 대신해 집안일을 열심히 돕고, 어른들에게 예의 바르게 대하는 그녀를 보며 철이 들었다고 칭찬했다. 하지만 사실 그런 행동들이 결국 자신을 보호하기 위한 방편이었을 뿐이라는 것을 그녀는 이제 안다. 그녀는 누구의 입에도 오르내리지 않기 위해, 안 그래도 활활 타오르는 소문들에 풀무질할 거리를 제공하지 않기 위해, 필사적으로 몸을 숨기면서 그 시간을 버텼다.

엄마와 아빠의 이혼 사유에 대한 다양한 추측들, 사실은 별 관심도 없으면서 그녀를 향해 던지던 동정 어린 위로들, 견고한 벽처럼 그녀를 옴짝달싹 못하게 한 모든 말들 중에서 그녀를 가장 괴롭힌 것은 엄마에 대한 안 좋은 소문들이었다. 소문 속에서 엄마는 가정이 있는 남자를 유혹해 불륜을 저지른 부도덕한 여자였다가, 결혼하고도 옛 애인과 부적절한 관계를 유지해 온 불성실한 아내였고, 남자에 눈이 멀어 가정을 내팽개친 이기적인 엄마였다. 자세한 사정을 모르면서도 이혼하자마자 사람들이 아빠는 빼놓고 엄마에 대해 수군거리기 시작한 것은 아마도 그녀의 엄마가 그곳에 사는 다른 여자들과 달랐기 때문일 거다. 엄마는 달랐다. 여러 면에서. 그녀의 엄마가 남들과 다르다는 건 검은 강물 위를 부유하는 사금처럼, 창백한 겨울밤에 댕겨진 불꽃처럼, 명백한 사실이었다.

그녀의 엄마는 특별했다. 엄마의 특별함은 외양에서부터 두드러졌는데, 우선 엄마는 미인이었고, 대학원에서 독문학을 공부하고 싶었지만 임신 탓에 일찍 결혼한 터라 또래 엄마들보다 젊고, 날씬했다. 뿐만 아니라, 엄마는 다른 엄마들이 엄두도 내지 않는 차림새를 즐겨 했다. 민소매 셔츠나 미니스커트를 입었고, 눈에 띄는 귀걸이를 착용했으며, 새빨간 립스틱을 바르고 학부형 모임에 나타나기도 했다. 하지만 그녀가 기억하는 한 엄마의 특별함은 그런 것들로는 충분히 설명되지 않는다. 그녀의 엄마는 첫눈이 오면 수업 중에 찾아와 집에 일이 있다는 핑계로 그녀를 조퇴시켜서 바다에 데려갔고, 비가 오는 날에는 집 안 가득 탱고 음악을 틀어 놓고 그녀와 춤을 췄다. 엄마와 함께했던 그 모든 일들은 그녀에게 애틋한 기억으로 남아 있지만 천둥번개가 치거나 아빠가 야근해서 엄마와 같이 잘 때마다 그녀를 재우기 위해 엄마가 이야기를 들려주던 그 밤들만큼 그녀에게 근사한 기억은 없었다. 그 이야기들은 대개 『백설 공주』나 『잠자는 숲속의 미녀』 같은 것들이었는데, 엄마가 들려주는 이야기 속의 공주들은 원작과 달리 왕자의 도움을 받지 않고도 행복하게 잘 살았다.

그녀는 그런 엄마의 특별함을 사랑했다. 그것은 그녀가 기억하는 한 아빠도 마찬가지였다. 엄마가 사계절 내내 미풍에도 빛깔을 달리

해 반짝이는 잎이었다면 그녀의 아빠는 조용하고 균형 잡힌 나무 같은 사람이었다. 야근이 많은 직업 특성상 평일에는 아빠를 보기가 어려웠지만 대신 주말에는 언제나 아빠와 함께 시간을 보낼 수 있었다. 아빠는 그들과 함께 장을 봤고, 그녀에게 자전거와 롤러스케이트 타는 법을 알려 주었고, 엄마가 습관처럼 창밖을 내다보며 상념에 빠져 있으면 그 옆에서 조용히 야구 중계를 보았다. 기억 속 그녀의 가정에는 아무런 문제도 없었다. 그렇기 때문에 그녀가 열한 살이 된 그해, 엄마가 그녀를 앉혀 놓고 더 이상 엄마와 아빠는 함께 살지 않기로 했으니 누구와 살지 선택하라고 그녀에게 말했을 때 그녀는 엄마가 무슨 말을 하는 것인지 좀처럼 이해할 수가 없었다.

그녀의 엄마는 그해 가을 집을 떠나 미국으로 갔다. 열한 살은 많은 일들을 이해할 수 없는 나이였지만, 동시에 관계를 깨뜨리고 떠나는 사람이 엄마이고, 관계를 유지하려 노력했으나 결국 남겨진 사람이 아빠라는 것 정도는 눈치챌 수 있는 나이이기도 했다. 그녀가 아빠 곁에 남은 것은 그 때문이었다. 엄마가 떠난 밤, 아빠가 그녀를 끌어안았을 때, 그녀는 그때 처음으로 어른들은 눈물을 흘리지 않고서도 울 수 있다는 사실을 알았다.

엄마가 재혼한 것은 그해 겨울이었다. 굳이 결혼을 다시 하고 싶지는 않았지만 영주권인가 시민권인가 때문에 어쩔 수 없는 선택이었다고 엄마는 훗날 그녀에게 말했다. 결혼식조차 없는 행정적인 결혼이었다고도 말했다. 어쨌거나 그녀는 엄마의 재혼 소식을 들은 날 쓸쓸히 식탁에 앉아서 소주를 마시던 아빠를 기억했다. 엄마가 집을 떠난 이후 외가 쪽 식구들은 자주 만나지 않았다. 그녀의 졸업식이며 입학식마다 엄마를 대신해서 찾아온 것은 친할머니나 고모였다. 안개꽃 사이로 장미가 듬성듬성한 꽃다발을 들고 사진을 찍은 후 그녀는 아빠와 친할머니, 고모와 함께 돈가스나 함박스테이크를 먹었다. 친가 쪽 식구들과의 식사는 번번이 엄마를 흉보는 것으로 끝났기 때문에 그녀는 그 시간이 싫었지만 아빠를 위해 내색하지 않았다. 엄마는 그녀의 졸업식과 입학식에 찾아오지 않았지만 대신 초콜릿이나 향수, 책가방 같은 선물을 보내왔다. 그녀는 아빠가 친할머니나 고모를 옆에 세워 놓고 찍어 준 사진 속에서 자신만 도려내어 엄마에게 우편으로 보냈다. 빨갛고 파란 줄무늬의 국제 우편 봉투. 그땐 아직 이메일이 생활화되기 전이었으므로 그녀는 때마다 국제 우편 봉투에 By Airmail이라고 볼펜으로 꾹꾹 눌러쓴 다음 우표를 붙여 엄마에게 편지를 보냈다.

엄마가 재혼해 사는 곳은 시카고 근교의 글렌뷰라는 백인 중산층이 모여 사는 도시였다. 그녀는 열두 살이 되던 해 여름 방학 때 그곳으로 엄마를 보러 갔다. 평소에는 아빠와 한국에서 지내더라도 여름 방학 때만큼은 엄마와 지내는 것으로 어른들끼리 합의한 결과였다. 그녀가 열두 살이었을 때는 부모가 이혼한 아이도 흔치 않았지만, 방학 때 미국에 가는 아이도 흔하지 않았다. 비행기를 처음 타는 거였던 데다가 LA에서 환승해야 했기 때문에 출국 날이 다가올수록, 그녀는 국제 미아가 되는 것이 아닐까 불안해 잠을 잘 수가 없었다. 일 년 만에 엄마를 만나 그런 이야기를 했을 때, 엄마는 "니가 내 딸인데 국제 미아가 될 리가 있냐"라며 그녀의 볼을 꼬집었다. 엄마와 재회한 것은 눈부신 여름이었고, 그녀는 엄마가 운전하는 차를 타고 글렌뷰로 향했다. 엄마는 반가웠지만 차창 밖의 크고 높은 건물은 생경하고, 운전하는 엄마도 엄마의 벽돌색 마즈다 왜건도 낯설어서 이상하게 자꾸 울고 싶은 기분이 들었던 것을 그녀는 기억한다. 흰 토끼를 따라 굴속으로 빨려 들어갔다가 순식간에 몸이 작아져 버린 앨리스처럼 모든 것이 어리둥절해 그녀는 자꾸 엄마를 쳐다봤다.

엄마가 사는 집은 그림책에서 본 것 같은 잔디밭이 딸린 이층집이었다. 엄마의 집 주변으로 비슷비슷하게 생긴 이층집들이 울타리를 사이에 두고 늘어서 있었다. 그들은 현관문을 열고 집 안으로 들어섰다. 한국 집의 몇 배나 되어 보이는 커다란 집은 채광이 좋아 온통 환했다. 집에서 그녀를 기다리고 있던 엄마의 새 남편이 그녀의 짐을 받아 들었다. "처음 보지? 이쪽은 케빈이야." 엄마는 모르지만 그녀는 케빈을 본 적이 있었다. 그것은 아직 열 살이었던 그녀가 엄마 몰래 학원을 땡땡이치고 인적이 드문 후문을 통해 아파트 단지 안으로 들어왔던 어느 평일 오후였다. 그녀는 그날 엄마와 케빈을 봤다고 누구에게도 말하지 않았는데, 학원 빠진 것 때문에 혼날까 두려워서만은 아니었다. 그녀는 케빈을 처음 보는 게 아니라고 말하는 대신 어색하게 헬로,라고 말하며 고개를 숙였다.

엄마가 그해 여름 바란 것은 무엇이었을까? 그녀가 케빈과 사이좋

게 지내는 것? 엄마의 딸이 아무런 결핍감을 느끼지 않고 잘 크고 있음을 눈으로 확인하는 것? 엄마가 그녀를 버리고 갔지만 그녀는 엄마를 예전과 동일한 크기와 양으로 열렬히 사랑하고 있다는 증거를 발견하는 것? 엄마가 바란 것이 무엇이었는지는 몰라도 그녀가 그해 여름 원했던 것은 분명히 있었다. 하지만 처음부터 그것이 무엇이었는지 정확히 알지는 못했다. 다만 그녀는 일 년간 받아야 하는 사랑을 한 달 안에 미리 당겨 받으려는 사람처럼 엄마의 뒤꽁무니만 쫓아다녔다. 엄마 역시 함께 있는 동안만큼은 그녀에게 최선을 다하려 애썼다. 그들은 매일매일 함께 시카고 곳곳을 돌아다녔다. 링컨 스퀘어 같은 곳에 가서 볼링을 치거나 전시회를 볼 때도 있었지만 그들은 주로 멕시코 이민자들이 몰려 사는 필센이나 동남아 이민자들 지역인 아가일 일대를 돌아다녔다. 그 지역에서는 그녀가 그때까지 한 번도 맡아 본 적 없는 향신료 냄새가 났고, 낯선 높낮이의 언어가 들려왔다. 엄마는 비록 백인들이 모여 사는 글렌뷰에 거주하지만 그녀에게 미국이 다양한 인종들이 섞여 사는 나라라는 것을 보여 주고 싶어 했다. "세상은 다양한 사람들이 서로 도우면서 사는 곳이란 걸 아는 사람으로 네가 크면 좋겠어." 엄마는 고수와 박하가 잔뜩 들어간 베트남 국수의 국물을 떠먹으며 그녀에게 그렇게 말했다. "너는 그런 세상을 이루는 작은 일부란 걸 잊지 말렴."

엄마는 그녀가 미국에 오던 여름방학 때마다 적어도 한 번 이상 시카고 인근을 벗어나 더 멀리 가는 여행을 계획했다. 시카고에서는 케빈이 그들과 함께할 때도 많았지만 그 여행에는 엄마와 그녀 단둘뿐이었으므로 그녀는 여행을 기다렸다. 그들은 과일과 햄에그샌드위치, 감자칩 따위를 싸서 차에 탔다. 운전하는 엄마의 모습은 정말 생경했다. 한국에 있을 때 그녀의 엄마에게는 면허증이 없었다. 엄마는 음악을 크게 틀고 선글라스를 낀 채 차를 몰았다. 열어 놓은 창문을 타고 바람이 불어와 엄마의 머리카락이 물결치듯 너울댔다. 미국에서 보냈던 첫 번째 여름, 그들은 이른 아침에 출발해 여섯 시간이 넘도록 남서쪽으로 달려서 마크 트웨인 국유림에 갔다. 다른 것은 다 잊어버렸지만 가도 가도 끝이 없이 펼쳐진 옥수수밭과 드넓은 하늘, 그리고 다섯 시간을 달려야만 겨우 빠져나갈 수 있는 한 주^州의 광활함에 압도당했던 사실은 오랫동안 그녀의 기억에 각인되어 있었다.

엄마는 숲을 좋아했고 그녀의 눈에는 다 똑같아 보이는 나무들을 잘 구별하곤 했는데, 그것은 외할아버지의 영향이었다. 그녀의 외할아버지는 시골의 농업 학교를 나와 임업직 공무원으로 평생을 살았다. 느지막이 숲에 도착한 엄마와 그녀는 광채에 휩싸인 나무들 사이를 걷거나, 일제히 날아오르려는 나비 떼처럼 군락을 이룬 색색의 야생화들을 보며 오후를 보냈다. 날씨가 맑아서 하이킹하러 온 사람들이 종종 눈에 띄었지만 동양인은 거의 없었다.

얌전히 있을 때보다 까불거릴 때를 엄마가 더 좋아했기 때문에 그녀는 야생 조랑말처럼 여기저기를 뛰어다녔다. 작은 보트를 타는 사람들이 저멀리 보이는 커다란 호숫가에 이르렀을 때 엄마는 한쪽에 자리를 잡은 후, "이거 좀 먹어" 하며 배낭에서 붉고 탐스러운 사과를 꺼내어 그녀에게 건넸다. 그녀는 엄마 옆에 쪼르르 달려가 털썩 주저

앉았다. 수면에 반사된 초록빛이 여린 눈꺼풀을 간지럽게 어루만지는 호숫가에 앉아서, 그녀는 같은 종의 나무들은 뿌리를 통해 서로 양분을 나눠 주며 배려를 해 준다거나, 그렇지만 다른 종의 나무들과는 서로 더 많은 빛과 물을 차지하기 위해 치열하게 다툰다거나 하는 유의 이야기들을 들었고, 새끼 새처럼 엄마가 주는 것들을 받아먹었다. 그날 다시 글렌뷰로 돌아가기에는 시간이 촉박했으므로 그들은 세인트루이스에서 하룻밤을 잤다. 돌아가는 차 안에서 엄마는 또 커다랗게 음악을 틀었다. 지나가는 차를 어쩌다 한 번씩 겨우 볼 수 있는 넓고 넓은 땅을 그들은 달리고 또 달렸다. 엄마와 둘만 있는 동안 그녀는 엄마와 아빠가 이혼했다는 사실을 까맣게 잊었다. 그렇지만 까무룩 잠이 들었다가 깨어 도착한 글렌뷰의 집에서 그들을 맞이하러 나온 것은 케빈이었고, 엄마의 남편이 아빠가 아니라 케빈이라는 사실은 변함없는 현실이었다.

아빠가 엄마를 밤마다 때렸거나 엄마와 할머니 사이에 심각한 고부간의 갈등이 있었다면, 아니면 아빠가 누군가의 빚보증을 잘못 서 줬거나 사채를 써서 집을 날렸다면, 엄마가 그녀를 떠날 수밖에 없었던 까닭에 대해서 그녀가 납득하기가 훨씬 쉬웠을 거라고 그녀는 오랫동안 생각했다. 하지만 엄마가 그녀를 떠난 이유는 그런 것들이 아니었다. "엄마가 아빠 아닌 다른 사람을 사랑하게 되었단다." 엄마는 떠나기 전 그녀에게 분명히 그렇게 말했다.

엄마는 대체 언제 케빈과 사랑에 빠진 걸까? 그 당시 그녀가 케빈에 대해서 아는 것은 많지 않았다. 케빈이 아빠의 회사에서 삼 년 동안 같이 근무한 동료였고, 회사에서 주최한 연말 파티에서 케빈과 엄마가 처음 만났다는 이야기를 그녀가 듣게 된 것은 훨씬 많은 시간이 지난 이후였다. 만약 케빈이 엄마의 남편만 아니었다면 그녀는 좀 더 케빈에게 우호적으로 대할 수 있지 않았을까? 케빈은 좋은 사람이었고, 아이를 잘 다룰 줄 알았고, 그녀의 아빠와는 다른 종류의 다정함, 예를 들면 아침을 먹는 도중 식빵에 눈, 코, 입을 뚫어서 보여 준다든지, 그녀가 거실로 오면 뉴스를 보고 있다가도 은근슬쩍 만화 영화가 나오는 채널로 바꿔 놓고 눈을 찡긋한다든지 하는 종류의 다정함을 가지고 있었다. 케빈은 미트볼스파게티나 맥앤치즈 같은 것을 만들 줄 알았고, 고장 난 변기를 능숙하게 고칠 수 있었으며, 엄마가 흥얼거리면서 유리창을 닦으면 그 옆에 서서 엉덩이를 흔들며 춤을 출 줄 알았다. 그녀는 영어를 거의 할 줄 몰랐기 때문에 케빈과 의사소통을 제대로 할 수 없었지만 그는 인내심을 가지고 그녀에게 이런저런 질문들을 하곤 했다. 한 달의 시간이 흐른 후 그녀가 약간이나마 영어로 대화를 주고받을 수 있게 된 것은 전적으로, "즐거웠니?" 하고 물으며 과장되게 웃는 표정을 지어 보인다거나 "지난밤 잘 잤니?" 같은 걸 물으며 자는 시늉을 하던 그의 덕이었다. 그렇지만 케빈은 그녀의 아빠가 아니었기 때문에 그가 엄마의 뺨에 입을 맞추거나 손을 잡으면 그녀는 케빈이 미웠고, 엄마와 케빈의 오붓한 사이를 방해하는 혹이 된 것 같은 기분에 쉽게 사로잡혔다.

하지만 그녀가 기억하는 한 미국에서 보낸 두 번의 여름 동안 그녀를 지배했던 감정은 행복감이었다. 그녀는 엄마가 그리웠고, 엄마와 함께 매일매일 붙어 있을 수 있다는 사실에 취해 다른 감정들을 돌아볼 겨를이 없었다. 그러나 한 달은 금세 흘렀고, 그녀는 한국으로 돌아가야 했다. 학교에 갔다가 엄마가 없는 텅 빈 집에 홀로 돌아와, 할머니가 이 주일에 한 번씩 냉장고에 쟁여 놓고 가는 반찬들을 꺼낸 뒤 찬밥을 전자레인지에 돌려 홀로 저녁을 먹는 일상이 또다시 시작되었다. 매일같이 엄마와 붙어 있던 날들과 혼자 지내야 하는 날들의 간극은 시차보다 더 적응하기 어려웠다. 빨리 여름이 되었으면 좋겠다고 생각했지만 시간은 더디게 흘렀고, 여름만을 기다리는 시간은 아무도 찾아가지 않는 행운의 편지처럼 초라했다. 내가 미국에서 엄마와 같이 산다고 하면 어떻게 될까? 가끔 그런 질문을 스스로에게 던지는 날이 늘어났는데 그럴 때마다 그녀는 죄책감에 휩싸였다. 그 증상은 두 번째 여름의 끝에 더욱 심해졌다. 엄마 역시 노골적으로 그녀와 함께 살고 싶은 티를 내기 시작했다. 엄마는 그녀가 미국의 이웃집 아이들과 친구가 되기를 바랐고, 영어를 배우기를 바랐다. 일 년 사이에 엄마는 미국 생활에 좀 더 적응해 있었고, 영어도 더 능숙해져 있었다. 그녀는 엄마가 이웃의 친구들과 시간을 보내는 동안 그 집의 아이들과 마당에 놓인 트램펄린 위에서 뛰었고, 원반을 던졌고, 술래잡기를 했다. 엄마와 헤어지는 공항에서는 어김없이 울었다.

그러나 한 번 더 해가 바뀌자 부풀어 올랐던 거품이 일순 꺼지는 것처럼 순식간에 무엇인가가 가라앉아 버렸다. 그해 그녀는 또래 아이들처럼 인근의 여자 중학교에 입학했는데 그곳에서는 누구나 촌스러운 붉은색 체크무늬 교복을 입고 귀밑 이 센티미터까지 오는 단발머리를 해야만 했다. 그녀는 아빠를 닮아서 얼굴형이 둥근 편이었기에 단발머리로는 자르기가 싫었다. 이 주일에 한 번씩 국제 전화를 걸어오는 엄마는 그런 규율이 구시대적 유물이라며 혀를 쯧쯧 찼다. 입학식 하루 전날까지 머리를 자르지 않은 그녀를 미용실에 끌고 간 것은 아빠였다.

어쩌면 그것이 시작이었을까? 그녀는 어른이 되고 난 이후에도 중학교 시절을 회상할 때마다 그때가 그녀 인생의 암흑기였던 것 같다고 말하곤 했는데 이유는 정확히 알 수 없었다. 중학교 생활을 잘해나가기 위해서는 튀지 않는 것이 무엇보다 중요했지만 그녀는 자주 다른 아이들과 자신이 다르다고 느꼈고, 그 탓에 쉽게 주눅이 들었고, 불행하다고 생각했다.

발육이 늦은 편이었던 그녀가 브래지어를 착용하기 시작한 것은 1학년 중간고사가 지난 이후였다. 가슴 멍울의 통증 탓에 엎드려 잘 수 없게 된 지는 한참 지났지만 언제부터 브래지어를 해야 하는지 몰랐기 때문이었다. 그녀에게 브래지어를 착용해야 될 것 같다고 말해준 사람은 그녀의 반을 담당하던 영어 선생이었다. 영어 공부를 열심히 한다는 이유로 예뻐하던 선생이 어느 날 그녀를 교무실로 부르더니, 내일부터는 브래지어를 하고 왔으면 좋겠다고 말했다. 그녀는 브래지어 치수와 컵에 대한 개념도 당시엔 없었다. 하지만 영어 선생은 어떤 브래지어를 어떻게 구입하라고 알려 주는 대신 브래지어를 착용하더라도 블라우스 속에 반드시 러닝셔츠를 입으라는 사실을 알려 주었다. 브래지어가 비치면 너무 야해서 이웃 학교 남자애들이 너를 술집 여자처럼 볼 텐데, 그런다면 러닝셔츠를 안 입은 그녀의 책임이라고도 말했다. "쟤가 엄마가 없잖아." 교무실을 빠져나오기 전에 그녀는 영어 선생이 누군가에게 하는 말을 들었다. 그녀는 술집 여자로 오해받기 싫었으므로 러닝셔츠를 잊지 않고 언제나 챙겨 입었다.

열세 살에서 열네 살로 넘어갈 무렵부터 그녀의 몸은 빠르게 변했고 그녀는 신체에 일어나는 변화들이 두려웠다. 그녀는 열세 살의 가을부터 열네 살의 봄까지 십 센티미터도 넘게 자랐고, 그 바람에 무릎이 아프고 엉덩이의 살이 텄다. 어느 날은 화장실에서 오줌을 누고 일어나다가 몸에 자란 음모를 발견하고 소스라치게 놀란 적도 있었다. 그녀는 자신에게 일어나는 변화에 대해서 누군가와 상의하고 싶었지만 엄마는 너무 멀리 있었다. 친구들이 그런 일들을 모두 엄마와 공유하지 않는다는 사실을 알면서도 그녀는 당혹감을 느낄 때마다 이 모든 것이 엄마가 그녀 곁에 있어 주지 않기 때문이라고 생각하기 시작했다.

그해 여름 그녀와 재회한 엄마가 그녀를 보며 놀란 것은 당연한 일이었다. 물론 엄마는 그녀에게 이런저런 변화가 생겼다는 것을 전화로 들어 알고 있었다. 하지만 훌쩍 커 버린 데다가 머리카락이 턱없이 짧아지고 가슴이 봉긋해진 그녀와 오헤어 공항에서 실제로 마주했을 때 엄마는 한동안 말을 잃었고, 잠시 후 폭소를 터뜨렸다. 엄마의 웃음에 악의가 없다는 것은 알고 있었다. 하지만 당시 그녀는 자신의 몸이 창피했다. 그녀는 아빠를 빼다 닮았기 때문에 엄마처럼 미인도 아니었고, 미성숙과 성숙이 공존하는 몸은 어딘지 불균형했다.

그녀는 미국에 머무는 내내 엄마와 자주 다퉜다. 엄마는 그녀에게 신발 끈을 똑바로 묶으라든가, 채소를 먹으라든가, 밥을 먹으면 이를 닦으라고 끊임없이 잔소리했는데, 그녀는 엄마가 자신을 아이 취급하는 것 같아서 짜증이 났다. 미국에 머무는 내내 그녀는 어디를 가든 항상 엄마와 동행해야만 했다. 자동차를 운전하는 고등학생 남자들과 화장하고 플라스틱 귀걸이를 매단 채 시내를 배회하는 그녀 또래의 미국 아이들과 달리, 그녀는 촌스러운 단발머리에 안경을 쓰고 있었다. 당시는 미국 경제의 호황기였고 엄마 말대로 미국에는 다양한 인종의 사람들이 어울려 살았지만, 아무리 채널을 돌려 봐도 그녀가 보는 텔레비전 속 어떤 드라마에서도 아시아계 여자 주인공이 백인이나 흑인 남자와 사랑에 빠지지는 않았다.

지금은 그녀가 이름을 잊어버린, 케빈의 흑인 친구 가족과 공원에 영화를 보러 간 것은 7월의 마지막 주 토요일이었다. 여름밤 시카고에는 커다란 스크린이 설치되어 무료 영화를 관람할 수 있는 공원들이 많이 있었다. 그들은 음료수와 초콜릿, 작게 썬 멜론과 커다란 비치 타월을 가지고 공원에 갔다. 공원은 여름밤을 즐기려는 사람들로

만원이었고, 풀밭 여기저기에는 그녀보다 조금 더 나이가 많아 보일 뿐인 어린 연인들이 서로 부둥켜안은 채 진하게 입을 맞추고 있었다. 그녀가 키스하는 사람들을 현실에서 본 것은 그때가 처음이었다. "저 집도 재혼 가정이야." 그녀의 엄마가 영화가 시작하기 전에 흑인 부부를 눈으로 가리키며 속삭이듯 말했다. 엄마는 한국과 달리 미국에는 이혼 가정도 재혼 가정도 아주 많다고 했다. 그녀를 향해 몸을 숙인 엄마의 얇은 민소매 셔츠 안으로 가슴골이 보였다. 엄마는 러닝셔츠를 입지 않았고, 태어나서 처음으로 그녀는 엄마와 케빈이 서로 입술을 부비는 모습을 상상했는데, 구역질이 났다. 그 여름밤, 어른들은 맥주를 마셨고, 그녀는 어린 흑인 아이와 잔디밭에 타월을 깔고 나란히 앉아 소다수를 마셨던 그 밤, 공원에서 상영되던 영화가 가족용 코미디 영화여서 엄마는 많이 웃었다.

엄마는 한국에 있을 때보다 더 행복해 보였다. 적어도 그날의 그녀 눈에는. 그리고 행복한 엄마를 보자 반사적으로 아빠가 떠올랐다. 그녀가 엄마와 함께 있는 동안 혼자 현관문을 열고 집에 들어가 혼자 형광등을 켜고, 또 혼자 텔레비전을 틀 아빠가.

열두 살에 처음 미국을 방문한 이후 엄마는 한결같이 원한다면 언제든 함께 미국에 살 수 있다고 그녀에게 말했다. "사람들은 누구나 자신의 삶을 선택하며 사는 거야." 그녀의 입에 묻은 크림을 닦아 주거나, 어깨에 다정히 팔을 두르면서. 열두 살의 그녀는 엄마를 사랑하는 마음만으로 가득했기에 엄마가 하는 모든 말들을 믿었다. 하지만 사춘기에 접어든 그녀는 모든 사람이 엄마와 아빠 중 한 명을 선택해야만 하는 상황에 처하지 않는다는 사실을 알 만큼은 영리해졌다. 오랜 시간이 흐른 후 그녀는 어쩌면 미국에 갈 때마다 자신이 원했던 것은 엄마의 불행한 모습을 보는 것이 아니었을까 하는 생각을 했다. 엄마가 사라지고 난 이후 그녀에게 생긴 커다란 구멍처럼 엄마에게도 메워지지 않는 구멍이 생겼음을 확인하고 싶었던 것일지도. 그녀는 엄마가 한순간 잘못된 선택을 했지만 실은 그녀를 떠난 것을 후회하고 있기를 바랐다. 그렇지만 어느 순간, 엄마 역시 선택을 했다는 것이, 그 선택의 순간에 그녀는 우선순위에서 밀렸다는 것이, 세상의 모든 엄마들과 달리 엄마는 자식보다 자신을 더 사랑한다는 것이 그녀에게 명확해졌다. 그녀는 열네 살의 여름 방학을 끝으로 더 이상 미국에 가지 않기로 결심했다.

그녀가 엄마를 보러 가지 않았기 때문에 그 후로는 엄마가 그녀를 보러 한국에 왔다. 엄마는 외갓집에 한 달가량 머물면서 그녀를 데리고 영화관이나 백화점 같은 데를 갔다. 엄마는 그녀의 옷을 골라 주었고, 필요한 책을 사 주었고, 고등학생 때는 한의원에 데려가 녹용이 들어간 보약을 지어 주기도 했다. 하지만 엄마가 베푸는 모든 것들이 그녀에게는 엄마라면 누구나 자식에게 당연히 해 줘야 하는 일일 뿐이었다. 해를 거듭할수록 엄마는 허리와 배에 조금씩 군살이 붙었고, 눈가에 주름이 선명해졌다. 엄마가 만드는 한국어 문장에는 언젠가부터 영어 단어가 반드시 섞여 있었다. 엄마는 시카고 근처의 대학에서 청강을 시작했는데, 어느 해인가는 엘프리데 옐리네크의 「벽」 같은 작품으로 리포트를 썼다고 자랑스럽게 말하기도 했다. 하지만 그녀가 성인이 된 후에는 엄마가 한국에 오는 횟수가 줄었고 그녀가 엄마를 보는 시간 역시 빠르게 줄어들었다.

그녀와 아빠가 서울로 이사한 것은 그녀가 고등학교에 입학하기 직전이었다. 그곳에서 그녀는 고등학교를 다녔고, 대학교를 졸업했다. 이십 대 초반에 그녀는 계단에서 헛발을 디뎌 굴러떨어질 것만 같은 두려움에 자주 휩싸였고 또 그만큼 자주 계단 앞에 걸어가는 사람을 그녀가 밀어 넘어뜨릴 것만 같은 충동에 사로잡혔다. 언젠가 더 이상 그런 공포를 견딜 수 없어져 찾아간 심리 상담가는 테이블 건너편에 앉아 언제부터 그런 마음을 느꼈나요, 하고 그녀에게 물었다. 언제부터였던가? 그녀의 심리 상담가는 세상의 모든 심리 상담가가 그러듯 그녀에게 엄마에 대한 이야기를 끌어내기 위해 노력했다. 하지만 그녀는 엄마에 대해 아무런 이야기도 하지 않았고, 상담은 별다른 성과 없이 끝났다.

그녀가 엄마를 보기 위해 한 번 더 미국에 간 것은 상담을 받고 한참의 시간이 더 흐른 후였다. 그 무렵 그녀는 이십 대 후반에 들어서야 처음 사귄 애인과 몇 개월 만에 이별한 상태였고, 여자라는 이유로 입사 동기 중에서 유일하게 계약 해지 통보를 받아 괴로운 시기를 보내고 있었다. "삼십 세에 접어들었다고 해서 어느 누구도 그를 보고 더 이상 젊지 않다고 말하지는 않으리라."* 그녀의 스물아홉 번째 생

* 잉게보르크 바흐만, 『삼십세』, 차경아 옮김, 문예출판사, 1995.

일에 맞춰 보내 준 엄마의 카드에는 틀림없이 그런 문장이 적혀 있었다. 하지만 서른이라는 숫자는 그녀를 조급하게 했다. 그녀가 엄마에게 여행을 떠나자고 제안한 것은 그런 시기를 통과하던 어느 날이었다. 그녀가 그런 제안을 한 것은 어쩌면 엉망진창이 되어 버렸다고 생각되는 자신의 삶을 조금이라도 고쳐 보고 싶은 마음에서였을 것이다. 아니면, 엄마에게 위로가 받고 싶었거나.

이유야 어쨌든 그녀는 그렇게 십오 년 만에 다시 오헤어 공항에 내렸다. 공항은 예전만큼 그녀를 두렵게 하지는 않았다. 시카고의 가을은 처음이었지만 그곳의 높은 건물들도 더 이상 위협적으로 보이지 않았다. 엄마와 케빈은 예전의 그 집에 그대로 살고 있었다. 머리숱이 많이 없어진 케빈과 낡은 포치만이 세월이 흘렀음을 알게 해 줄 뿐이었다. 몇 년 만에 만난 엄마는 청바지에 점퍼를 걸치고 있어서 나이보다 젊어 보였다. "머리가 많이 짧아졌구나." 엄마가 처음 건넨 말은 그것이었다. 엄마와 그녀는 시카고에서 하룻밤을 보낸 뒤 옐로스톤 국립 공원까지 차를 몰고 가기로 되어 있었다. 옐로스톤 국립 공원까지 가 보지 않겠느냐고 제안한 것은 엄마였다. "여행을 할 거라면 더 늙기 전에 딸이랑 한 번 더 로드 트립을 하고 싶구나." 엄마가 말했다. 더 늙기 전에. 엄마는 그렇게 말했다. 이제는 그녀 역시 운전할 수 있었으므로 불가능한 거리는 아니었다. 그들이 계획한 것은 중간에 래피드시티에서 하루 정도 머물며 도시를 둘러본 뒤, 그랜드티턴 국립 공원에서 하루 더 숙박을 하고 나서 옐로스톤 공원까지 가는 여정이었다. 여름마다 그녀가 묵었던 이 층의 방에는 예전에 없던 다리미판이 놓여 있었다. 고작 하룻밤만 자면 되는데도 그날 밤 그녀는 그 방에서 잠을 설쳤다. 엄마를 만나러 가면서 그녀는 기대한 것이 많았다. 엄마에게 물어보고 싶은 것들이, 들려주고 싶은 이야기들이 많이 있었다. 어쩌면 엄마와 나도 이제 좋은 친구가 될 수 있지 않을까? 앞으로의 삶을 생각하면서 그녀가 막연히 느끼는 불안감, 공포, 두려움을 해소할 수 있게 될지도 몰랐다. 몇 시간씩 운전하며 엄마와 붙어 있어야 한다는 사실이 부담스럽기는 했지만 한편으로는 그렇게 같은 공간에 계속 있는 일이 필요할지도 모른다는 생각이 들기도 했다. 엄마역시 그런 생각으로 로드 트립을 제안한 것일 수도 있다고 그녀는 생각했다.

그들은 다음 날 일찍 출발했다. 엄마의 마즈다 왜건은 이제 한없이 낡아 있었다. 먼저 운전대를 잡은 것은 엄마였다. 내비게이션에 목적지를 찍고 그들은 시카고를 벗어났다. 그녀는 엄마가 어쩐 일로 여행을 가자고 제안했는지를 물어 오길 바랐다. 그러면 좀 더 수월하게 그녀의 감정에 대해서 말할 수 있을 것 같았다. 하지만 엄마는 그런 질문은 하지 않았다. 대신 엄마는 고지서조차 읽을 줄 모르는 이민자 여성들과 그 아이들에게 영어를 가르쳐주고 크리스마스에는 한 편의 연극을 공연하는 단체에서 몇 년째 희곡을 쓰는 봉사 활동을 하고 있다고 이야기하기 시작했다. 생김새와 피부색이 제각각인 아이들과 연극을 하는 엄마의 모습을 그녀는 좀처럼 상상할 수 없었다. 그녀와 엄마는 주의 경계를 넘어 계속 달렸다. 대체로 날씨가 맑았고, 여행은 순조로울 것 같았지만, 땅이 넓은 탓인지 가끔씩 예측할 수 없이 하늘은 바뀌어 돌연 소나기가 쏟아질 때도 있었다. 그녀는 엄마에 대해 아는 것이 거의 없었다. 그녀는 아빠와 결혼을 결심할 때의 일화라든가, 엄마의 유년 시절이 알고 싶었다. 하지만 며칠간의 여행 내내 그런 대화를 시도할 용기는 나지 않았다. 엄마의 어린 시절에 대해서 들려 달라고 그녀가 청한 것은 광활한 화산 고원 지대인 옐로스톤 공원에 도착하고 나서였다. 꿩처럼 생긴 그라우스와 멸종 위기에 처했다는 검은 버펄로가 떼 지어 지나가는 대자연 앞에 서자 그녀에게 그동안 없던 용기가 생겼다. 그녀는 외할아버지와 외할머니가 서로 얼굴도 모른 채 혼인을 했고 아무런 애정도 없이 살았다는 이야기를 그곳에서 처음 들었다. 그렇다고 둘의 사이가 나빴던 것은 아니었다고 엄마는 말했다. 외할아버지와 초등 교육도 채 마치지 못한 외할머니 사이에 접점이 없었을 뿐이었다. 외할머니가 외할아버지와 평생 입도 한 번 맞춰 보지 못한 채 아이를 일곱이나 낳았다는 것도 그녀는 그때 들었다. "그게 말이 돼?" 그녀가 놀라 묻자 엄마는 "얘는, 애를 입으로 낳니?" 하고 재미있는 농담이라도 하는 듯이 웃었다. 그 모습을 보며 그녀는 다른 엄마들에게서 볼 수 없는 엄마의 이런 외설스러움을 자신이 경멸해 왔다는 것을 깨달았다. 엄마는 대체 왜 다른 엄마들처럼 평범할 수가 없었던 걸까? 엄마가 외갓집에 머물며 한국에서 지내던 언젠가, 외할머니와 엄마 그리고 그녀 이렇게 셋이서 고기를 먹으러 간 날이 떠올랐다. 외할머니는 석쇠 위의 고기가 구워질 때마다 허겁지겁 고기를 집어다가 엄마와 그녀의 밥 위에 올렸다. 외할머니는 체구가 작고 살집이 전혀 없었다.

그녀와 엄마는 옐로스톤 공원 안에서 사흘을 머물렀다. 엄마는 아침 일찍 일어나 그녀를 깨웠고, 아침을 먹었고, 그다음에는 테이블 위에 지도를 펼쳐 놓은 후 가 보고 싶은 곳을 형광펜으로 표시했다. 엄마와 그녀는 지도에 표시한 대로 축축한 대지를 누볐다. 도로 위를 가로지르는 엘크 떼, 화산 탓에 보랏빛 연기가 부드럽게 흐르는 침엽수림, 폭발하는 용암처럼 창공을 향해 치솟고, 치솟다가, 기어이 더 치솟는 간헐천의 물줄기.

"정말 놀랍지 않니?"

엄마는 감탄 어린 얼굴로 태초의 대지를 닮은 풍경을 향해 달려갔다. 중력에 자유로워 보이는 새처럼 엄마는 언제나 주저함이 없었다. 항상 신중하고, 조심하고, 몸을 사리는 것은 그녀였다.

"이런 걸 보면 인간들의 삶이나 고민은 다 하찮게 느껴지지?"

엄마가 곁으로 다가오는 그녀를 향해 물었다. 하지만 엄마는 여행 내내 그녀의 삶에 대해서는 아무것도 묻지 않았다. 그녀가 어떻게 살고 있는지, 어떻게 살아왔는지는 전혀 알고 싶지 않은 것 같았다. 왜 엄마는 나에 대해 궁금한 게 없는 걸까? 자신이 엄마의 인생에 아무런 의미도 없는 건 아닌지, 그녀는 기이하게 생긴 분천탑과 신비로운 빛깔의 온천수가 흐르는 거대한 계단식 지형 앞에서 사진을 찍는 가족 단위 여행객들을 마주칠 때마다 자문했다. 그녀는 혹시 임신 때문에 학업을 중단하고 결혼해야 했던 일로 엄마가 자신을 원망하거나, 아빠를 빼닮아서 미워하는 것은 아닐까 두려웠다. 아니면 엄마는 그녀가 아빠와 살기로 결정했기 때문에 그녀를 비난하는 것일지도 몰랐다. 하지만 애당초 가족의 불행에 원인을 제공한 것은 엄마였다. 엄마가 아빠에게 이혼을 요구했을 때, 이모와 외할머니조차 엄마 편을 들어 주지 않았다는 사실을 그녀는 나중에 누군가를 통해 들었다. 그녀는 여행의 마지막 날 숙소에서 쉽게 잠들지 못하고 뒤척였다. 엄마는 낮게 코를 골고 있었는데 그녀는 엄마가 잘 때 코를 곤다는 사실조차 알지 못했다. 나는 대체 왜 이렇게 멀리까지 날아온 걸까? 그녀는 이불을 끌어당겼다.

다음 날, 그들은 래피드시티로 돌아가기 위해 북쪽 매머드 핫 스프링스 쪽 출구로 나가기로 결정했다. 먼저 엄마가 운전하고 중간 지점에 이르면 그녀가 교대할 계획이었다. 창밖으로는 비가 부슬부슬 내리기 시작했다. 그녀는 무리 지어 있으나 동시에 각자 홀로 서 있는 침엽수들이 그들을 덧없이 스쳐 지나가는 풍경을 보았다. 엄마가 그녀에게 이런저런 말을 붙여 왔지만 그녀는 건성으로 대꾸했다. 그녀가 깜박 잠이 든 것은 엄마가 걸어 놓은 시디 속의 가수가 Like a baby stillborn/Like a beast with his horn/I have torn everyone who reached out for me*라고 읊조리기 시작할 즈음이었다. 한 삼십 분 잤을까? 그녀가 다시 눈을 떴을 때 도로는 말 그대로 눈에 완전히 뒤덮여 있었다. "이게 대체 어찌 된 일이야?" 그녀는 놀라서 엄마를 바라봤다. 분명히 그들은 조금 전까지만 해도 눈 한 점 볼 수 없는 길을

* Leonard Cohen, 〈Bird On The Wire〉에서.

달리고 있었는데. 백발의 보초병처럼 눈을 뒤집어쓴 숲을 걱정스럽게 바라보며 그녀는 이게 어떻게 된 상황인지를 이해하려고 애썼다. "갑자기 아까부터 눈이 퍼붓더라고. 그래도 조금만 더 가면 금세 언제 눈이 왔나 싶은 지대가 나타날 거야." 엄마가 태연한 목소리로 말했다. "스노 체인은 있어? 이렇게 계속 가다가 사고 나는 거 아냐?" 불안해하는 말투에 엄마는 걱정하는 그녀가 우습다는 듯이 머리를 쓰다듬더니 "사고가 왜 나. 이런 게 다 여행의 재미지. 걱정하지 마" 하고 말했다. 다행히 눈은 더 이상 내리지 않았다. 주변을 살펴보니 눈길이기는 해도 움직이지 못할 정도로 보이지는 않았다. 날은 흐렸지만 아직 해가 하늘 끝에 걸려 있었다. 어쩌면 정말 엄마 말대로 조금만 지나면 다시 눈이 없는 지대가 나타날지도 몰랐다. 미국은 크고 넓으니까. 하지만 그렇게 생각하는 순간 덜컹, 하더니 몸이 앞으로 기울었다. "무슨 일이야?" 그녀가 놀라서 소리를 질렀다. 차가 눈에 박혀 버린 거였다. "도로에 움푹 파인 곳이 있었나 봐." 차에서 내려 살펴보고 돌아온 엄마가 말했다. "백 미터만 가면 돌아가든 앞으로 가든 가능할 것 같아." 하지만 엄마의 말과는 달리 차는 눈 속에 푹 빠져 버렸고 꼼짝하지 않았다. 그들이 빠진 지점은 숲 가장자리에 붙어 있는 어느 국유림 도로였으므로 주변에는 지나가는 차도 없었고, 인가도 없었고, 사람도 전혀 없었다. 그들의 차는 구릉 위에 멈춰 섰는데, 엄마 쪽으로는 회백색 호수가 얼음처럼 빛나고 있었고 그녀 쪽으로는 거대한 산이 솟아 있었다. 그들은 도움을 청할 사람이 있을지 찾기 위해 밖으로 나갔다. 그곳이 마침 트레일이 시작하는 지점이었는지 도로 한쪽으로 눈 덮인 표지판이 서 있었다. 'Beartooth Lake Trail'이라는 이름이 적힌 표지판이었는데, 그것을 보자 그녀는 곰이 나오면 어쩌나 덜컥 겁이 났다. 지대가 높아 도로 아래가 훤히 내려 다보였다. 호수 저편으로도, 도로 아래로도 불빛은 전혀 없었다. 기후 탓인지 아니면 그들이 너무 외진 곳에 있는 탓인지 휴대전화 신호마저 잡히지 않았다.

도움을 청할 사람은 어디에도 없는 것 같았다.

그녀는 차 뒤로 가서 바퀴 주변의 눈을 손으로 팠다. 차를 밀어 봤지만 갇힌 것처럼 꿈쩍도 하지 않았다. 눈은 멎었지만, 바람이 심하게 부는 탓에 쌓인 눈가루가 날아와 얼굴을 때렸다. 바람에 숨쉬기도 어렵고 앞이 보이지 않았다. 하는 수 없이 그들은 차로 돌아와 잠시 앉아 있다가 바람이 잦아들 때면 나가서 눈을 치우거나 후진을 시도해 보았고, 바람이 심하게 불면 차 안으로 다시 들어와서 숨어 있기를 반복했다. 장갑이 없어서 손이 꽁꽁 얼었고, 얼음 결정 섞인 바람이 할퀴는 탓에 볼이 쓰라려 왔다.

우리는 어쩌다 이런 곳에 버려진 걸까.

버려졌다고 생각하자 익숙한 서글픔이 그녀에게 밀려왔다.

자동차의 배터리가 방전될까 봐 시동을 끌 수가 없어서 기름이 조금씩 줄어 갔다.

"근데, 넌 왜 연애를 안 하니?"

엄마 역시 무서웠기 때문에 아무 말이나 꺼낸 것일까? 아니면, 지나치게 무서워하는 그녀의 주의를 분산시키기 위해 태연을 가장했거나? 하지만 엄마의 그 질문은 그때까지 가까스로 눌러 왔던 그녀의 감정을 건드렸다.

"엄마한테는 세상에서 연애가 가장 중요해?"

"가장 중요한지는 모르겠지만 적어도 취업보다야 연애가 훨씬 중요하지. 사랑받고 사랑하는 법을 배우는 건데."

엄마는 정말 모르는 걸까?

서서히 드리우는 어둠의 장막 위로 눈송이가 돌풍을 타고 솟구쳐 오르다가 떨어지기를 반복했다. 그녀는 엄마에게 제대로 사랑을 받지도 못한 사람이 누군가를 사랑하는 법을 배우긴 했겠느냐고 말하기 시작했다. 그럴 생각이 아니었는데 한번 말을 꺼내자 감정이 걷잡을 수 없이 고조되었다. 그녀는 엄마가 얼마나 이기적인 사람인지를 비난하기 시작했다. 엄마의 그 대단한 사랑이 그녀와 아빠를 얼마나 고독하게 만들었는지에 대해서 퍼부었다. 이제 와 엄마가 아무리 노력한다 해도 어떤 것들은 이미 그녀 안에서 훼손이 되어 버려 두 번 다시 돌이킬 수 없을 것이라고도 그녀는 울음을 삼켜 가며 말했다.

만약 엄마가 화를 냈다면, 변명을 했다면, 평소에 늘 그러듯 엄마라고 해서 모든 것을 희생해야 하는 것은 아니라고 당당한 얼굴로 말했다면, 그녀는 엄마에게 마음껏 더 화를 냈을 것이다. 비 오는 하굣길, 모든 엄마들이 우산을 가지고 아이를 찾으러 올 때마다 그녀가 내리는 비를 바라보며 엄마와 아이들이 손을 잡고 하나둘 사라지는 풍경을 어떤 마음으로 바라봤는지, 처음 생리를 시작했던 날, 생리대를 어떻게 사용하는지 물어볼 사람이 없어서 그녀가 얼마나 외롭고 당황스러웠는지 같은 것들에 대해 퍼부으면서. 그렇지만 그 순간 엄마는 그냥 앉아 있었다. 아랫입술을 문 채 유리 파편 같은 눈송이가 황량한 도로 위에서 소용돌이치는 모습을 바라보면서. 눈을 깜빡이지 않으려고 노력하면서. 저 멀리서 그들을 구조해 주기 위해 차 한 대가 헤드라이트 불빛을 밝히며 달려올 때까지.

트럭의 헤드라이트 불빛을 그녀보다 먼저 발견한 것은 엄마였다. "추우니까 너는 안에서 기다려." 엄마가 차 문을 열고 바람에 눈가루가 나부끼는 바깥으로 나갔다. 어떻게 그들의 존재를 발견했는지 모르지만 그들을 구해 주기 위해 어디선가 온 구조대가 큰 삽을 들고 트럭에서 내렸다. 한참 주변의 눈을 치운 뒤, "액셀을 밟아!" 엄마가 소리를 질렀다. 엄마가 사내들과 차를 뒤에서 미는 사이 그녀는 운전석으로 건너가 액셀러레이터를 밟았다. 차가 미끄러지듯 순식간에 자리에서 벗어났다. 구조대는 그들을 구해 주고 유유히 사라져 버렸고, 그들은 다시 달리기 시작했다. 차도 없고, 인가도 없고, 그날따라 날이 흐린 탓에 달도 보이지 않아 어느새 어둠의 바다 깊숙이 가라앉아 버린 밤길. 달린 지 십 분도 지나지 않아 눈이라고는 찾아볼 수도 없는 도로가 나타났다. 마치 여름밤처럼. 그러자 눈발에 젖은 머리카락을 손가락으로 정리하며 창밖을 바라보던 엄마가 "봐, 정말 거짓말처럼 눈이 없는 길이 나왔지?" 하고 웃었다. 아무 일도 없었다는 듯. 그들은 그날 밤 결국 래피드시티까지 가지 못하고 중간에 길을 빠져나가 다른 도시에서 하룻밤을 함께 보내게 될 거였다. 비록 그것은 예정에서 벗어나는 것이었으나 그 도시에도 따뜻한 물이 나오고 폭신한 침대가 갖춰진 숙소는 있을 거였다. 하지만 그 밤 그 도로는 한 치 앞을 내다볼 수 없을 만큼 아직 어두웠고, 헤드라이트 불빛에 간신히 의지해 달리는 암흑 저 멀리로 여우와 사슴 따위가 겁도 없이 자꾸 도로 위로 뛰어들었으므로 그녀는 운전하는 내내 두려웠다. 혹시 그녀의 부주의로 여린 짐승을 치기라도 할까 봐. 그날 밤, 눈에 빠진 차 안에서 엄마에게 퍼부었던 말들 대신 오래전 학원 갔다 오는 길, 엄마와 케빈이 함께 있는 것을 처음 봤던 날에 대해 말했더라면 우리의 관계는 어떻게 달라졌을까? 그녀는 가끔 생각했다. 그녀가 엿봤던, 그날 밤의 그녀보다 겨우 네댓 살 더 많았을 뿐이었던 엄마의 얼굴, 사랑에 빠져 버린 그 여자의 얼굴이 실은 얼마나 아름다웠는지에 대해서 말했더라면. 하지만 그 밤 그녀는 끝내 그런 이야기를 하지 못했다.

그녀가 엄마에 대한 이 모든 이야기들을 그에게 처음으로 털어놓은 것은 상서로운 눈이 내린다던 소설小雪의 밤이었다. 그 밤, 열한 시간의 진통 끝에 아이를 낳은 그녀는 주체할 수 없는 호르몬 때문에 한번 시작한 이야기를 멈출 수 없었다. 농밀한 어둠 속에서 그의 옆얼굴 윤곽이 간신히 보였다. "그래서 이제는 엄마를 이해할 수 있게 됐어?" 긴 시간 동안 그녀 옆에 누워 이야기를 듣던 그가 그녀 쪽을 향해 돌아누웠다. 그녀는 그것에 대한 답을 말하는 대신 그저, 우리는 침묵 속에서 어둠의 도로를 달릴 뿐이었어,라고 말했다. 그리고 드문드문 불빛이 켜진 인가가 있는 곳으로 마침내 접어들었을 때, 두껍게 내려

앉은 침묵을 깨고 엄마가 이렇게 말했다고도. "짐승을 한 마리도 치지 않고 빠져나올 수 있었으니 우린 참 운이 좋구나."

권여선

1996년 장편 소설『푸르른 틈새』로 상상문학상을 받으며 작품 활동을 시작했다. 소설집『처녀치마』,『분홍 리본의 시절』,『내 정원의 붉은 열매』,『비자나무 숲』,『안녕 주정뱅이』,『아직 멀었다는 말』, 장편 소설『레가토』,『토우의 집』,『레몬』등을 썼다. 오영수문학상, 이상문학상, 한국일보문학상, 동리문학상, 동인문학상, 이효석문학상을 수상했다.

07

봄밤

"산다는 게 참 끔찍하다. 그렇지 않니?"

영선은 이렇게 말하고 영미를 돌아보았다. 영미는 운전대를 잡고 눈을 가늘게 뜬 채 앞만 바라보고 있었다. 영선이 잠시 기다렸지만 대답이 없었다.

"지난번 면회에서 걔가 우리를 아주 잡아먹으려고 했을 때부터 알아봤어야 하는 건데. 다른 사람은 몰라도 수환이까지 잊어버리다니, 걔가 어떻게 수환이를……"

말하는 도중에 영선은 차가 갑자기 속도를 내는 걸 느꼈다. 커브를 돌 때 그녀는 중심을 잡지 못해 다급히 창문 위 손잡이를 부여잡았다.

"영미야! 속도 좀 늦춰!"

속도는 조금 늦춰졌지만 영선에게는 여전히 빠른 것처럼 생각되었다. 국도 변 나무들이 휙휙 지나갔다. 영선은 가슴에 손을 얹었다.

"아이고, 하나님 아버지! 얻어 타고 다니는 내가 무슨 말을 하겠니?"

영선이 보란 듯이 안전벨트를 바짝 조여 맸지만 영미는 여전히 눈을 가늘게 뜬 채 앞만 응시하고 있었다.

"너도 낼모레면 환갑인데 운전할 때 그렇게 흥분하는 거 아니다."

영선은 마지막으로 이렇게 오금을 박은 뒤 열선이 켜진 좌석에 몸을 기댔다. 기대도 하지 않았는데 영미가 불쑥 말을 꺼냈다.

"뭘 더 바라겠어?"

영선은 영미를 힐끗 보고 잠시 생각에 잠겼다. 그리고 고개를 끄덕였다.

"그래, 네 말도 맞다. 차라리 잘된 일인지도 모르지. 어쨌든 더는 나가서 술 먹고 돌아다니진 못할 테니까."

"내 말은, 언니하고 나하고……"

영미의 말에 영선이 좌석에서 몸을 일으켰다.

"그래, 우리가 뭐? 앞으로 우리가 어떻게 해야겠니? 영경이 아파트도 팔아 버리는 게 좋겠지? 물려줄 자식도 없는 거나 마찬가지니까."

영미가 답답하다는 듯 고개를 빠르게 저었다.

"우리가 뭐 어떻게 할 건 하나도 없고, 어쨌든 우리는 이렇게 멀쩡히 살아 있으니 됐지 않냐고. 뭘 더 바라겠냐고."

영미의 말을 끝으로 차 안은 엔진 소리와 스쳐 가는 바람 소리 외엔 조용했다. 바깥공기는 아직 쌀쌀한데 차창으로 쏟아져 들어오는 봄볕은 따스했다.

수환과 영경은 12년 전 마흔셋 봄에 작은 웨딩홀에서 처음 만났다. 수환은 신랑의 고등학교 동창이었고 영경은 신부의 대학교 동창이었다. 신랑 신부가 마흔을 훌쩍 넘긴 나이인데다 쌍방이 모두 재혼이었기에 식은 매우 조촐하게 진행되었다. 하객은 양쪽을 합쳐 50명이 넘지 않았다. 중년의 신랑 신부는 신혼여행도 떠나지 않았다. 그들은 마치 재혼의 목적이 거기 있기라도 한 듯 식이 끝나자마자 양쪽 친구들을 자신들의 집에 모아 놓고 술을 퍼마시기 시작했다. 술자리는 다음 날 새벽까지 이어졌다.

　새벽에 수환은 술이 억병으로 취한 영경을 업어서 집까지 바래다주었다. 다음 날부터 그들은 매일 만나 함께 저녁을 먹고 술을 마셨다. 수환이 술을 잘 마시지 못했으므로 술자리는 늘 영경이 만취해서 뻗는 걸로 끝났다. 그러면 수환은 첫날 그랬던 것처럼 영경을 업어 그녀의 아파트까지 데려다주었다. 그 번거로운 과정은 일주일 만에 수환이 옥탑방을 정리하고 영경의 아파트로 들어오면서 자연스레 해결되었다. 그 후 그들은 딱 한 번 빼고는 떨어져 살아 본 적이 없었다.

　면회실로 들어선 영경은 소파에 혼자 앉아 있는 기순을 발견하고 그쪽으로 휠체어를 밀고 갔다. 영경은 수환이 탄 휠체어를 기순의 소파 옆에 고정하고 자신은 기순과 마주 보는 자리에 앉았다.

　"어여 와라, 어여 와."

　틀니를 하여 발음이 정확하지 않은 기순의 말을 알아듣기 위해 수환은 그쪽으로 상체를 기울였다.

"밥은 먹었냐?"

기순이 어물거리는 소리로 물었다.

"먹었지, 그럼."

수환이 말했다.

"밥은 잘 주냐?"

"그럼, 잘 주지."

기순이 이번엔 영경을 보았다.

"아가, 너도 밥은 먹었냐?"

"네, 먹었어요."

"그래, 아가, 너는 몸이 약해서 밥을 많이 먹어야 한다."

영경의 귀에 정확히 그렇게 들린 건 아니었지만 대충 그런 말일 터이므로 영경은 고개를 끄덕였다.

"네, 어머니."

수환이 천천히 주변을 돌아보았다.

"형은?"

기순은 잘 알아듣지 못했다.

"뭐라고?"

수환이 목소리를 높였다.

"형은? 형은, 어디, 갔냐고?"

"응. 네 형은 담배 피우러 나갔어. 곧 들어올 거야. 아직도 못 끊고 저런다."

수환은 수철이 곧 들어오지 않으리라는 것을 알고 있었지만 아무 말도 하지 않았다. 기순은 드디어 때가 왔다는 듯 검버섯으로 뒤덮인 두 손으로 수환의 왼손을 꼭 붙들고 울기 시작했다.

"아이고, 수환아, 우리 수환이, 불쌍한 우리 수환이……"

기순은 한동안 울었다. 수환은 기순에게 손을 잡힌 채 영경을 보았다. 영경은 멍한 눈빛으로 기순의 머리 위 허공을 쳐다보고 있었다.

"우리 엄마, 기운 빠지신다. 그만해."

수환이 슬그머니 손을 뺐다. 기순이 주머니에서 거즈 손수건을 꺼내 눈곱을 닦으며 말했다.

"내가 밥만 끓여 먹을 수 있으면 요 근처에 방 얻어 가지고 살면서 매일 와서 너를 이렇게 만져 볼 것을."

"말도 안 되는 소리 하지 마. 형이 그러라고 하겠어?"

"네 형이 말도 못 꺼내게 해."

시무룩하던 기순이 갑자기 눈을 번득이며 말했다.

"이게 다 환이 네가 쇠를 많이 만져 이렇게 된 거다."

뻔한 레퍼토리였지만 수환은 진지하게 대꾸했다.

"그건 아니라니까."

"뭐가 아니야? 젊어서부터 쇠 깎고 불질을 해서 그런 거야."

기순이 분연히 말했다.

"아니야. 그래서 생기는 병은 따로 있고 나는 그 병이 아니라니까."

"다들 그러더라. 몸에 쇳독이 올라서 병이 난 거라고. 안 그러면 젊은 나이에 왜 이런 병에 걸려?"

"엄마, 나 안 젊어."

수환은 웃으며 영경을 보았다.

"쉰다섯이 왜 안 젊어? 공장 차려 놓고 쇠 만지고 불질 안 했으면 네가 왜 이런 병에 걸려? 눈에 아다리 걸려 가면서 그 힘든 일 해서 다 남 좋은 일만 시키고. 아이고, 내가 그년을 어디서라도 만나면 요절을 내도 시원찮다만은."

기순의 분명치 않은 넋두리를 들으며 수환은 계속 영경을 바라보았다. 영경은 똑같은 표정이었다. 수환이 가장 잘 알고 있고 가장 두려워하는, 넋이 나간 듯 텅 비어 있는 가면의 표정……

수철은 오전 면회 시간이 다 끝나 갈 때쯤에야 들어와 말없이 기순의 뒤에 서 있다가 면회 종료 벨이 울리자 다시 울먹이기 시작하는 기순을 일으켜 세웠다. 무표정하게 앉아 있던 영경도 벨 소리를 듣자 놀라서 자리에서 일어났다. 수철이 기순을 데리고 면회실을 나갔고, 영경이 수환의 휠체어를 밀고 그 뒤를 따랐다. 본관의 현관 입구에서 수환은 환갑 넘은 형이 여든 넘은 노모를 10년도 더 된 낡은 자동차의 뒷좌석에 태우고 요양원 정문을 빠져나가는 걸 바라보았다.

수환에게 류머티즘 관절염으로 의심되는 증상이 나타난 것은 3년 또는 3년 반 전이었다. 그러나 신용 불량 상태로 15년 가까이 살아온 수환은 건강 보험에 가입되어 있지 않았으므로 곧바로 병원에 가 볼 수 없었다. 어쩔 수 없는 일 앞에서 누구나 그러하듯, 수환도 크게 염려하지 않고 사태를 낙관하는 걸로 영경과 자신의 불안을 잠재웠다. 1년쯤 지나자 수환은 도저히 더는 그렇게 버틸 수 없다는 판단을 내렸다. 그는 오래전에 영경을 처음 만났던 그 자그마한 웨딩홀에서 재혼한 고등학교 동창에게 전화를 걸었다. 건강 보험증을 빌려줄 수 없겠냐는 그의 부탁에 친구는 낄낄 웃으면서 요즘은 보험증 같은 건 필요 없고 병원에 가서 이름과 주민 번호만 대면 된다면서 흔쾌히 자신의 주민 등록 번호를 알려 주었다.

동네 병원 의사는 간단한 검사를 한 후 수환에게 당장 큰 병원에 가 보는 게 좋겠다고 말했다. 하지만 큰 병원에 가면 백발백중 복잡한 검사와 수술을 받아야 할 텐데 친구의 건강 보험으로 그렇게 할 수는 없었다. 수환은 동네 병원에서 해 줄 수 있는 처치와 처방은 없는지 물었다. 의사는 간단한 파라핀 치료와 일반적인 류머티즘 약을 처방할 수는 있지만 이미 비틀리기 시작한 관절 상태로 보아 큰 효과를 기대하기는 어려울 거라고 말했다. 하지만 수환은 당분간 그렇게라도 치료를 받아 보기로 했다. 처음에는 증상이 한결 완화되는 느낌이 들었다. 하지만 몇 달 뒤에는 상태가 걷잡을 수 없이 악화되었다.

영선과 영미는 혼자 면회실로 들어오는 영경을 보고 나란히 소파에서 일어났다. 영경은 그들 맞은편 소파에 앉아 탁자 위에 펼쳐진 음식을 흘깃 보더니 말없이 창문 쪽으로 고개를 돌렸다. 영경의 비참한 몰골에 영선과 영미는 어찌해야 좋을지 몰라 서로 얼굴을 마주 보았다. 먼저 말을 꺼낸 건 영미였다.

"뭐 좀 안 먹을래, 막내야?"

영경은 고개를 저었다.

"수환 씨는 어때?"

"그냥 그래."

영경은 창밖을 보며 건성으로 대답했다.

"더 나빠지진 않았어?"

영경은 그거 아주 훌륭한 질문이라는 듯 고개를 돌려 두 언니들을 차례로 보았다.

"어떻게 더 안 나빠지겠어? 원래 나빠지기 시작하면 걷잡을 수 없는 병이라는데."

그 병에 대해서라면 듣기도 지겹다는 듯 영선이 체머리를 흔들자 영경은 그걸 놓치지 않았다.

"큰언니는 그럴 거면 여기 뭐 하러 왔어?"

영선이 황급히 표정을 바꾸었다.

"뭐 하러 오긴? 널 보러 왔지."

영경이 웃었다.

"큰언니도 늙었는지 연기에 진실성 없는 거 티 나."

"그러지 마, 영경아. 언니도 정말 네 걱정 많이 해."

영미가 말했다.

"작은언니, 그러니까 제발 집에서 걱정만 하라고. 이렇게 와서 벌서지들 말고."

"영경이 너 진짜 점점."

영선이 혀를 찼다.

"큰언니, 말씀 한번 잘하셨어. 내가 진짜 점점 뭐?"

"여기 직원한테 들었는데 너 지난번에 나가서 일주일이나 있다가 들어왔다며? 들어온 지 보름밖에 안 됐다며? 보름 만에 벌써 이러는 거니? 네가 그렇게 끔찍이 생각하는 수환이를 봐서라도 이러면 안 되는 거 아니니?"

영경이 다시 창 쪽으로 고개를 돌리자 영선과 영미는 다시 얼굴을 마주 보았다. 영미가 그러지 말라는 눈짓을 하자 영선이 마지못해 고개를 끄덕였다. 영경이 넋두리하듯 중얼거렸다.

"보름밖에, 보름밖에라. 그게 아닌 거거든, 내 지랄병은. 보름씩이나인 거거든."

영경은 잠시 입을 꾹 다물고 있다 갑자기 무슨 좋은 생각이라도 떠오른 듯 언니들 쪽으로 고개를 돌렸다.

"가만있어 봐."

영경의 말에 영미가 몸을 앞으로 내밀었다.

"왜, 막내야? 얘기해."

"그러니까……"

영경이 낮게 으르렁거렸다.

"내가 일주일 나가 있었고 들어온 지 보름 됐으면, 언니들은 대체 얼마 만에 온 거니?"

영미가 죄인처럼 손을 모았다.

"막내야, 그동안 내가 좀 아팠어. 그래서 못 왔어. 큰언니는 와 보고 싶어 했는데 내가 운전을 못해서 그렇게 됐어. 미안해."

영경이 하하 웃었다. 영미와 영선도 덩달아 억지로 미소를 지었다.

"늘 그랬지. 그때도 그랬지. 늘 언니들은 옳고 이유가 있지. 그만 가세요들."

영경이 자리에서 벌떡 일어서자 영미가 덩달아 일어서려다 얕은 비명을 터뜨리며 무릎을 움켜쥐었다.

"막내야, 잠깐만. 막내야, 그러지 마. 큰언니도 많이 늙었어. 힘든 걸음 한 거야."

"네, 그러셔요? 작은언니 그 무릎으로 운전하느라 얼마나 힘드셨어요? 그 차에 실려 오느라 큰언니는 또 얼마나 힘드셨어요? 어쩌다 생각나면 몰려와서 사람 더 돌게 만들지 말고 그만 가시라고요. 여기가 도시락 싸 가지고 소풍 오는 데는 아니……"

영경이 목이 막혀 말을 멈추자 영미의 눈시울이 붉어졌다.

"작은언니, 가! 큰언니, 가! 가라고! 욕 나오기 전에."

영경의 개 쫓는 듯한 말투와 손짓에 놀라 영선이 가슴에 손을 얹고 탄식했다.

"아이고, 하나님 아버지! 저런 게 학교에서 애들을 가르쳤다니."

면회실 문을 향해 걸어가는 영경의 귀에 영미의 가느다란 외침이 들려왔다.

"막내야, 기도해! 언니도 기도할게. 하나님은 너를 사랑하셔! 영원히……"

건강 보험에 가입하기 위해 수환은 영경과 의논하여 신용 회복 절차를 밟기로 했다. 그는 자신이 진 빚이 얼마인지는 대충 알고 있었지만 갚아야 할 빚이 얼마인지는 전혀 알지 못했다. 세월은 양면을 가지고 있어, 세월이 많이 흘러 이자도 그만큼 엄청나게 불어났겠지만 또 세월이 많이 흘러 빚이 이미 불량 채권이 되어 버렸을 가능성도 높았다. 수환은 후자의 경우를 바랐지만 여러 가지 복잡한 법적 문제가 얽혀 있어 그의 부채 액수는 거의 탕감되지 않았다.

수환은 영경과 다시 의논해 신용을 회복하는 대신 파산을 신청하기로 했다. 파산 신청을 해도 건강 보험에는 가입할 수 있다고 했다. 파산 선고가 내려진 후 그들은 혼인 신고를 하고 같은 건강 보험증을 갖게 되었지만 그동안 수환의 증상은 급속히 악화되었다. 마침내 수환이 종합 병원의 진료를 받을 수 있게 되었을 때는 염증이 척추까지 침범해 혼자서는 제대로 걸을 수 없는 상태였다. 게다가 병원에 입원하자마자 기다렸다는 듯 온갖 합병증이 발병했다.

1년 전에 수환은 영경과 의논하여 병원 치료를 포기하고 노인과 중증 환자들을 전문으로 돌봐 주는 지방 요양원에 입주했다. 시설이 괜찮은 곳이라 입주금이 적잖게 들었지만 다행히 그 정도는 영경의 저금으로 충당할 수 있었다. 영경은 서울 아파트에, 수환은 지방 요양원에 각자 두 달 정도 떨어져 지냈는데, 그게 그들이 12년의 동거 생활 중 유일하게 떨어져 살아 본 시기였다.

영경은 병실 창가에 서서 본관 뒤뜰을 내려다보고 있었다.

"기분 안 좋아?"

병상에 비스듬히 누운 수환이 물었다.

"아니야."

영경은 고개도 돌리지 않고 말했다.

"면회는 잘했어? 언니들은 어떠셔?"

"뭘 어때? 늘 그렇지."

"건강하시지?"

"내가 알 게 뭐야? 건강하겠지."

"왜 남 말 하듯 해? 언니들도 나이가 있으신데 어디 건강하시기만 하겠어?"

"그래, 작은언니도 무릎이 많이 아픈 것 같더라. 큰언니야 늘 심장이 안 좋은 데다 머리도 아프고 백내장에 뭐에 여러 가지로 복잡하게 아프지. 근데 우리 주제에 그런 거 걱정할 때니?"

수환은 할 말이 없었다. 영경은 뒤뜰 쪽으로 휠체어를 밀고 가는 늙은 여자의 뒷모습을 내려다보았다. 휠체어에 탄 사람은 보이지 않았지만 아마 늙은 남자일 거라고 그녀는 생각했다.

"내 안부도 전해 주지. 언니들이 뭐라셔?"

수환이 잠긴 목소리로 물었다.

"뭐래긴 뭐래? 늘 똑같은 소리지."

"우리 엄마도 늘 똑같은 소리 하시잖아?"

"그 소리랑 그 소리가 같니?"

"우리 형을 봐. 부모하고 형제는 다른 거야."

"우리 환이 도가 트셨구나."

"기분 안 좋네, 우리 빵경이."

"아니야."

"그럼 나 봐야지."

"당신이 자꾸 모르는 소리를 하니까……"

영경이 돌아섰다.

"그러다 또 울겠네."

수환이 뻣뻣한 손을 움직여 가까이 오라는 손짓을 하자 영경은 그의 병상 옆으로 와서 눈을 내리깔았다. 오전 면회 때 기순이 붙들고 울던, 제멋대로 자란 관목처럼 굽고 휜 그의 손가락 위로 눈물이 후드득 떨어졌다.

"이거 슬퍼서 우는 거 아닌 거 알지?"

영경이 말했다.

"난 슬퍼도 못 우는 거 알지?"

수환이 말했다.

"참 장한 커플이다, 우리."

"맞아. 당신 참 장해. 오래 버텼어. 다녀와라."

영경의 젖은 눈에 퍼뜩 생기가 돌았다.

"정말 괜찮겠어?"

"난 괜찮아."

영경이 더는 묻지 않고 단호한 어조로 말했다.

"다행이다."

"다행이지. 우리 빵경이, 걱정 말고 다녀와."

영경이 눈물을 뚝뚝 흘렸다.

"나 정말 안 나가겠다는 말은 못 하겠어, 환아."

"그래, 다녀오라니까. 너무 오래 있지만 말고."

영경이 눈물을 훔치며 빠르게 말했다.

"오래 안 있어. 사흘, 아니 이틀. 환아, 그 정도면 충분해. 이틀만 있다 들어올게. 딱 두 밤 자고 들어올게, 환아."

그 말을 듣고 수환은 환하게 웃으려고 했다.

수환과 영경이 떨어져 지낸 두 달 동안 수환의 증세도 눈에 띄게 나빠졌지만 영경의 증세는 더욱 나빠졌다. 두 달 후에 영경은 아파트를 반월세로 놓고 받은 보증금으로 자기 몫의 입주금을 내고 수환이 있는 요양원으로 들어왔다. 영경의 병명은 중증 알코올 중독과 간경화, 심각한 영양실조였다. 그렇게 류머티즘 환자와 알코올 중독 환자의 위험한 동거가 이곳 요양원에서 시작되었다. 요양원 직원들은 유난히 의가 좋고 사랑스러운 대신 화약처럼 아슬아슬한 그들 부부를 '알류 커플'이라 불렀다.

서로 떨어져 살지 않기 위해 영경이 요양원에 들어왔지만 그 때문에 그들은 이후로 만남과 헤어짐을 반복하지 않으면 안 되었다. 요양원에서는 절대 술을 마실 수 없도록 되어 있었다. 몰래 술을 먹다 두 번이나 걸린 영경은 마지막으로 한 번만 더 적발되면 당장 퇴원 조치하겠다는 경고를 받았다. 그래서 영경은 구토와 불면, 경련과 섬망 증상에 시달리다 더 이상 견디기 어려우면 외출증을 끊어 요양원 밖으로 나가 술을 마시고 돌아오곤 했다. 남편인 수환이 그걸 제지하려는 강력한 의지를 보이기는커녕 본인인 영경의 의사를 최우선으로 존중 했으므로 담당의도 어쩌는 수가 없었다. 영경은 처음엔 당일에 들어 왔지만 곧 이틀이 지나 들어왔고 때로는 사흘 만에 들어오기도 했는 데, 지난번엔 오후에 면회 온 영선의 말대로 일주일 만에 들어왔다.

질병이 다른 만큼 수환과 영경은 담당의도 각기 달랐다. 그러나 두 의사가 한결같이 주장하건대 '알류 커플'은 급작스럽게 악화될 가능 성이 높은 고위험 질환을 앓는 환자군에 속했다. 그래서 그들 부부는 요양원 별채가 아닌, 중증 환자들을 위한 본관 병동의 숙소에 입주해 있었다.

외출하기 전에 영경은 숙소에서 간단히 가방을 챙긴 후 수환의 담 당의를 만나 보러 갔다. 마침 의사는 자리를 비우고 없었다. 영경은 기다리려다 슬그머니 돌아섰다. 수환의 상태에 대해 좋지 않은 소리 를 듣는 걸 견딜 수 없었다. 어차피 들어도 소용없는 일이었다. 수환 이 허락한 한, 그녀가 오늘 외출하는 건 해가 뜨고 해가 지는 것처럼, 아니 그보다 더 굳건하고 완강한 사실이라 도저히 변경될 수 없었다. 영경은 빠른 걸음으로 자신의 담당의를 만나러 갔다. 외출하기 위해 서는 수환의 담당의는 만나지 않아도 되지만 자신의 담당의는 반드 시 만나야 했다.

영경의 담당의는 늘 하나 마나 한 소리를 늘어놓았다. 환자 본인의 의지로는 안 되는 일이다, 남편이든 형제든 누군가를 보호자로 내세 워 강제 입원을 해야 한다, 보호자의 동의 없이는 나갈 수 없도록 통제를 해 놓고 치료를 해야 한다, 이렇게 들락날락해서는 아무 효과가 없다 등등 귀에 못이 박이도록 들어 온 얘기였다. 영경은 늘 그랬듯이 생각해 보겠다고 말했다. 의사는 한숨을 쉬고 외출증에 사인을 해 주었다. 영경은 오늘따라 담당의가 왠지 자신에게 적대적이라는 생각을 했지만 어쩌면 그건 자기 병의 또 다른 증상일 수도 있다고 생각했다.

영경이 병실로 돌아왔을 때 수환은 잠자는 듯 보였다. 그러나 영경이 살그머니 다가가 손을 잡자 수환은 눈을 떴다.

"가는 거야?"

"아니."

"그럼 안 가?"

"아니, 좀 이따 막차 시간에 맞춰 나가려고. 그전에 책 좀 읽어 줄까 해서."

"그래."

"괜찮아?"

"응, 괜찮아. 읽어 줘."

영경은 가방에서 책과 안경을 꺼냈다. 아주 오래된 세로쓰기의 『부활』이었다.

"아까 재밌는 데를 읽어서 당신한테 읽어 주려고 접어 놨지."

"그래, 잘했다."

영경은 왼손으로 오른쪽 팔꿈치를 받쳐 떨리는 손으로 안경을 끼고 책을 수환의 옆구리 쪽 시트에 비스듬히 걸쳐 놓았다. 그리고 책의 접어 놓은 부분을 펼쳤다.

"어떤 정치범에 대한 톨스토이의 설명이야."

"응."

영경은 손을 더듬어 다시 수환의 손을 잡고 책을 읽기 시작했다.

"노보드보로프는 혁명가들 사이에서 대단한 존경을 받고 있었으며 또 훌륭한 학자이고 아주 현명한 인물이었음에도 불구하고 네흘류도프는 그를 도덕적 자질로 봐서 일반 수준보다 훨씬 하위의 혁명가 부류로 간주했다."

영경은 계속 읽어 나갔다. 이름도 발음하기 어려운 노보드보로프라는 혁명가는, 톨스토이에 따르면, 이지력은 남보다 뛰어나지만 자만심 또한 굉장하여 결국 별 쓸모 없는 인간이라는 것이었다. 그 까닭인즉, 이지력이 분자라면 자만심은 분모여서 분자가 아무리 크더라도 분모가 그보다 측량할 수 없이 더 크면 분자를 초과해 버리기 때문이라는 것이었다.

책을 다 읽고 난 영경이 수환을 보았다.

"분자, 분모. 머리에 쏙 박히는 설명이네."

수환이 말했다.

"그렇지? 가끔 톨스토이에게 반하게 되는 이유가 이런 대목 때문인 것 같아."

영경은 여전히 수환의 손을 잡은 채 한 손으로 안경을 벗으려고 했다. 손은 안경테를 잡을 듯 말 듯 허공에서 파들거렸다. 며칠 전에 심한 사지 경련을 일으킨 후로 그녀는 아직까지 손을 떨고 있었다. 그녀가 잡아채듯 안경을 빼며 말했다.

"내가 생각해 봤는데 이 비유는 모든 사람에게 적용시킬 수 있을 것 같아. 분자에 그 사람의 좋은 점을 놓고 분모에 그 사람의 나쁜 점을 놓으면 그 사람의 값이 나오는 식이지. 아무리 장점이 많아도 단점이 더 많으면 그 값은 1보다 작고 그 역이면 1보다 크고."

"그러니까 1이 기준인 거네."

수환이 말했다.

"그렇지. 모든 인간은 1보다 크거나 작게 되지."

"당신은 너무 똑똑해서 섹시할 때가 있어."

영경이 씩 웃었다.

"그래? 너무 간헐적이라 탈이지. 그런데 우리는 어떨까? 1이 될까?"

"모르지."

수환의 말에 영경이 중얼거렸다.

"내 병은 내 분모의 크기를 얼마나 측량할 수 없이 크게 하고 있을까?"

"그렇지 않아. 당신은 아직도 분모보다 분자가 훨씬 더 큰 사람이야."

"과연 그럴까?"

영경이 쓸쓸하게 웃었다.

"과연 그래."

"근데 환아, 나는 사람들이 내 병을 병으로 보지 않는다는 느낌이 들어. 의사들까지도 그런 것 같아. 그럴 때면 심하게 위축돼. 당신은 어때? 1이 될 것 같아?"

"그건 당신이 정해 줘."

"알았어. 다녀와서 정해 줄게."

"그래, 그렇게 해."

수환은 이렇게 말했지만, 실은 자신의 병이야말로 분모를 무한대로 늘리고 있어서 자신의 값은 1보다 작은 건 물론이고 점점 0에 수렴되어 가고 있는 중이라고 생각하고 있었다. 아니, 꼭 병 때문만은 아닐지도 몰랐다. 그는 마흔세 살에 영경을 만난 후로 취한 영경을 집까지 업어 오는 일 말고 영경에게 해 준 것이 거의 없었다. 그러니 분모가 이토록 확 늘어나기 전에도 이미 분자의 숫자마저 미미했던 것이다. 그러나 지금 그런 말을 영경에게 하는 건 좋지 않을 것 같았다. 영경이 기꺼운 마음으로 외출할 수 있게 해 주는 게 그나마 자신의 분자를 조금이라도 늘리는 일이라고, 영경에게 자신의 존재감을 조금이라도 크게 만드는 일이라고 수환은 생각했다.

수환은 스무 살에 첫일을 시작해 10년 넘게 선반, 절단, 용접, 제관 등 쇠 다루는 모든 기술을 익혔다. 서른셋에 친구와 작은 규모의 철공소를 차려 공업사 수준으로 키워 내는 데 성공했다. 한때 공장이 쌩쌩 돌아갈 적엔 제법 돈을 벌기도 했지만 거래처의 횡포로 갑작스레 판로가 막히는 바람에 부도를 맞았다. 위장 이혼을 제안한 아내는 이혼하자마자 자기 명의로 변경된 집과 재산을 모조리 팔아 잠적해 버렸다. 듣기로는 외국에 나갔다고 했지만 알 수 없는 일이었다. 다행히 자식은 없었다. 서른아홉에 신용 불량자가 된 그는 지금껏 변변한 돈벌이를 해 본 적이 없었다. 단순 영업직, 택배, 대리운전 등 닥치는 대로 일을 했지만 한동안은 일을 놓고 공황 상태에 빠진 적도 있었고, 한 달 정도 노숙 생활을 한 적도 있었다. 이후로 알음알음 선배나 친구가 하는 사업을 도와주며 생계를 유지했다. 친구의 재혼식에서 영경을 만나기 전까지 수환은 언제든 자살할 수 있다는 생각을 단검처럼 지니고 살았다. 그 날이 무뎌지지 않도록 밤마다 자살할 시기를 저울질하며 마음을 버리는 힘으로 하루하루를 버텼다.

영경은 스물세 살에 중등 교사 임용을 받아 국어 교사로 20년을 재직한 후 마흔셋에 퇴직했다. 서른둘에 결혼을 했고 1년 반 만에 이혼했다. 전남편은 이혼하자마자 다른 여자와 재혼했다. 그는 자기 부모의 반대를 무릅쓰고 백일 된 아들의 양육을 영경이 맡는 데 동의했다. 다만 한 달에 한 번씩 자기 부모에게 아이를 하루 정도 맡길 것을 요구했고 영경도 거기에 합의했다. 아이가 돌을 앞두고 있던 어느 날 아이를 데려간 예전 시부모로부터 앞으로는 자기들이 손자를 키울 테니 걱정하지 말라는 연락이 왔다. 전남편 부부와 예전 시부모는 그녀 모르게 은밀히 준비해 아이를 데리고 이민을 떠나 버렸다. 경찰에 납치 신고를 하고 소송을 준비하는 영경에게, 영선은 그럴 것 없다고, 차라리 잘된 일이니 내버려 두라고 했고 영미는 울면서 하나님께 기도하자고 했다. 그때부터 영경은 언니들과 오랫동안 만나지 않았고, 모든 일에서 손을 놓고 술을 마시기 시작했다. 점점 알코올 의존증이 깊어져 지각이 잦고 학교 일에 태만해졌다. 더 이상 교사로서의 업무를 감당하지 못하고 있다는 죄책감과 걷잡을 수 없이 나빠진 평판 때문에 그녀는 마흔셋에 퇴직을 결심했다. 퇴직한 지 두어 달쯤 지나 친구의 재혼식에서 수환을 만났을 때 영경은 술을 마시면서 자꾸 가까이 앉은 수환의 눈을 들여다보게 되었다. 그리고 그가 조용히 등을 내밀어 그녀를 업었을 때 그녀는 취한 와중에도 자신에게 돌아올 행운의 몫이 아직 남아 있었다는 사실에 놀라고 의아해했다.

요양원은 본관 건물과 별채 건물 두 동으로 이루어져 있었다. 웅장하고 규모가 큰 본관 건물에는 입원 병실과 언제 입원할지 모르는 중증 환자들의 숙소가 있었고, 펜션처럼 보이는 별채 두 동에는 요양원 직원과 일반 요양인들의 숙소와 휴게실, 운동 시설 등이 있었다. 널찍한 주차장 한편에는 응급 환자들을 수송하기 위한 앰뷸런스 두 대가 주차되어 있고, 정문 쪽으로는 아담한 정원이, 본관 건물을 감싼 뒷산 쪽으로는 조경이 잘된 산책로가 있었다.

젊은 청년이 수환의 휠체어를 밀고 와 본관 현관에 세워 놓은 후 영경에게 말했다.

"자리 비켜 줄게요, 아줌마."

"고맙다, 종우야."

종우는 영경이 외출할 때마다 수환을 돌봐 주는 단골 간병인이었다. 종우가 멀찍이 가기도 전에 영경이 허리를 숙여 수환에게 입 맞추려 하자 수환이 고개를 돌렸다.

"뭐야? 마음이 식은 거야?"

영경이 장난스럽게 물었다.

"아니, 입 냄새 때문에 그래."

수환이 입을 가리며 말했다.

"그게 뭐 어때서? 입이 말라서 그런 건데."

"그래도 오늘따라 유난히 짜고 쓰네."

"난 괜찮아."

"내가 싫어. 달콤까지는 안돼도 간간한 정도만이라도 지키고 싶어서 그래."

"참 까탈스럽게 군다. 내 입에서 술 냄새 나면 당신 근처에도 못 가겠다."

"그런 거 아니야."

"뭐가 아니야?"

"아직도 내가 우리 빵경이한테 잘 보이고 싶나 보지. 당신 들어올 때까진 어떻게든 간간한 정도로 낮춰 놓을게."

"그럼 당신이 해 줘."

영경이 푹 파인 볼을 내밀었다. 수환은 숨을 멈추고 가만히 영경의 볼에 입술을 갖다 댔다.

"다녀올게."

"그래. 잘 다녀와."

수환은 허깨비같이 걸어가는 영경의 깡마른 뒷모습을 보면서 그녀가 돌아올 때까지 자신이 과연 버틸 수 있을지, 그리고 그녀가 무사히 돌아올 수 있을지를 생각했다. 언제나 영경이 외출할 때마다 드는 생각이었다. 영경은 이틀 만에 돌아오겠다고 했지만 요 근래엔 이틀 만에 돌아온 적이 거의 없었다. 사흘도 아니고, 나흘도 아니고, 지난번엔 일주일 만에 거의 송장 꼴이 되어 돌아왔다. 수환은 어쩌면 이게 정말 마지막일지 모른다는 생각을 했지만 합병증인 셰그렌 증후군으로 림프샘이 말라붙어 눈물은 나오지 않았다.

종우가 다가와 휠체어 손잡이를 잡으며 물었다.

"들어갈래요, 아저씨?"

"조금만 더 있다 들어가자."

"그래요."

수환은 종우에게서 풍기는 옅은 담배 냄새를 맡았다. 동네 병원에서 류머티즘 진단을 받고 곧바로 담배를 끊었으니 2년이 넘었다. 끊기 전까지는 그야말로 골초였다. 문득 담배가 피우고 싶다는 생각이 들었다.

"산책 좀 할래요?"

종우가 물었다.

"아니야. 그냥 여기 있을란다."

"힘들죠, 아저씨?"

"아직 괜찮다."

"그러니까 뭐 하러 그 독한 주사까지 맞고 멀쩡한 척을 해요?"

종우가 툴툴거렸다.

"안 그러면 못 가, 저 사람."

"못 가면 더 좋죠. 담당 선생님도 아까 막 뭐라 하시던데."

"종우야."

"네."

"여자 친구한테 선물해 본 적 있나?"

"있죠. 아, 나는 여자애들 선물 고르는 게 제일 싫어요."

"그게 왜 싫어?"

"뭘 해 줘야 할지 모르겠잖아요. 근데 선물이 왜요?"

"아니야. 그냥 물어봤어."

잠시 뒤 종우가 말했다.

"이거 선물 아니에요, 아저씨. 이렇게 자꾸 나가는 거 아줌마한테
도 안 좋은 거잖아요?"

"분모야 어쩔 수 없다 쳐도 분자라도 늘려야지."

"네? 부모가 뭐요?"

"아니다, 아무것도."

수환은 처음 영경을 만나던 봄날을 생각했다. 웨딩홀에서 사람들
에 섞여 있을 때부터 그는 영경을 주목하고 있었다. 비록 화장을 하
고 있었지만 영경의 눈가는 쌍안경 자국처럼 깊게 파였고 볼은 말랑
한 주머니처럼 늘어져 있었다. 한 달 동안 노숙 생활을 했을 때 본 여
자 노숙자들을 생각나게 하는 얼굴이었다. 재혼한 친구의 집에 몰려
가 술을 마실 때 그는 영경과 가까운 자리에 앉았다. 술을 마실수록
영경의 얼굴은 붉어지기보다 회색에 가까워졌고 표정은 딱딱하게 굳
어 막 마르기 시작하는 석고상처럼 보였다. 가끔 그녀는 취한 눈으로
그의 눈을 빤히 들여다보곤 했다. 취한 그녀를 업었을 때 혹시 달그락

거리는 소리가 나지 않을까 염려될 정도로 앙상하고 가벼운 뼈만을 가진 부피감에 놀랐던 기억이 있다. 그 봄밤이 시작이었고, 이 봄밤이 마지막일지 몰랐다.

수환은 진통제 기운이 떨어질 때까지 영경이 마지막으로 사라진 지점을 바라보고 있었다.

막차를 타고 읍내에 내린 영경은 편의점에 들어가 맥주 두 캔과 소주 한 병을 샀다. 편의점 스탠드에 서서 맥주 한 캔을 따서 한 모금 마신 후 캔의 좁은 입구에 소주를 따랐다. 또 한 모금 마시고 소주를 따랐다. 그런 식으로 맥주 두 캔과 소주 한 병을 비우는 데 30분도 걸리지 않았다. 몸은 오슬오슬 떨렸지만 속은 후끈후끈 달아올랐다. 꽉 조였던 나사가 돌돌 풀리면서 유쾌하고 나른한 생명감이 충만해졌다. 이게 모두 중독된 몸이 일으키는 거짓된 반응이라는 걸 알고 있었지만 그까짓 것은 아무래도 좋았다. 젖을 빠는 허기진 아이처럼 그녀의 몸은 더 많은 알코올을 쭉쭉 흡수하기를 원했다.

영경은 컵라면과 소주 한 병을 더 샀다. 컵라면에 물을 부으며 그녀는 이제 시작일 뿐이라고, 서둘지 말자고 스스로를 타일렀다. 애타도록 마음에 서둘지 말라. 영경은 작게 읊조렸다. 강물 위에 떨어진 불빛처럼 혁혁한 업적을 바라지 말라. 개가 울고 종이 울리고 달이 떠도 너는 조금도 당황하지 말라. 영경은 자신의 중얼거리는 목소리가 점점 커지는 것을 알지 못했다. 계속 뭐라고 중얼거리며 소주와 컵라면을 먹는 그녀를 사람들이 곁눈질했다.

영경은 컵라면과 소주 한 병을 비우고 과자 한 봉지와 페트 소주와 생수를 사 가지고 편의점을 나왔다. 눈을 뜨지 않은 땅속의 벌레같이! 영경은 큰 소리로 외치며 걸었다. 아둔하고 가난한 마음은 서둘지 말라! 애타도록 마음에 서둘지 말라! 영경은 작은 모텔 입구에 멈춰 섰다. 절제여! 나의 귀여운 아들이여! 오오 나의 영감이여! 갑자기 수환이 보고 싶었다. 오후에 면회를 온 영선과 영미 생각도 났다. 그 아이가 살아 있다면, 하고 생각하다 영경은 고개를 흔들었다. 촛불 모양의 흰 봉오리를 매단 목련나무 아래에서 그녀는 소리 내어 울었다. 울면서도 자신이 슬퍼서 우는 게 아니라 감정 조절 장애 때문에 우는 것이라고 생각했다. 의사는 그녀의 모든 신체적 감정적 반응들이 거짓이라고 했다. 그럴지도 모른다고 그녀는 생각했다. 모텔 방에 들어가자마자 수환에게 전화를 하고 언니들에게도 전화를 해야겠다고 생각했다. 딱 오늘 하룻밤만 마시고 요양원으로 돌아가야겠다고 생각했다. 그녀는 그렇게 할 수 있고 마땅히 그렇게 할 것이었다. 성마른 몸에 취한 피가 돌면서 그녀의 눈에 모든 것이 아주 단순하고 명료해 보였다. 손도 떨리지 않고 금세라도 깊이 잠들 수 있을 것 같았다. 영경은 모텔 현관 계단을 올라가며 시의 마지막 부분을 또박또박 반복했다.

절. 제. 여. 나. 의. 귀. 여. 운. 아. 들. 이. 여. 오. 오. 나. 의. 영. 감. 이. 여.*

종우는 간병인으로서 자기가 할 수 있는 일이 아무것도 없다는 걸

* 김수영의 「봄밤」 중에서.

알았다. 의사들의 최종 처치도 끝났다. 이마와 가슴과 양 옆구리에 냉팩을 빈틈없이 끼워 놓았지만 수환의 열은 가라앉지 않았다.

"아저씨, 내 얘기 들려요?"

수환은 말없이 숨을 헐떡거렸다.

"아줌마는 연락이 안 되고요, 이제 아저씨네 엄마랑 형이 온댔어요. 그때까진 기다릴 수 있죠?"

종우는 가망이 없는 줄 알면서도 30분마다 한 번씩 영경의 꺼진 휴대폰으로 전화를 걸어 보았다. 서울에서 출발한 수환의 가족이 언제 도착할지는 확실하지 않았다. 세 시간 또는 네 시간 뒤?

아침 햇살이 쏟아져 들어와 병실이 환했지만 종우는 왠지 무서운 생각이 들었다. 간병인이 된 후로 그는 아직까지 누군가의 죽음을 혼자 대면해 본 적이 없었다. 많건 적건 환자의 곁에는 늘 가족들이 있었다.

"내가 얘기 하나 해 줄까요?"

종우는 죽어 가는 사람에게 최후로 남아 있는 감각이 청각이라는 얘기를 들은 기억이 나서 이렇게 말했다. 그런데 막상 무슨 얘기를 해야 좋을지 몰랐다.

"여기 사람들이 아저씨랑 아줌마 보고 뭐라는지 알아요? 이산가족 같대요. 맨날 아침마다 두 사람 만날 때면 이산가족 만나는 것 같대요. 난 아줌마 별로 안 좋아하는데 어쩔 때 아줌마가 아저씨 빤히 쳐다볼 때는 괜히 눈물 나요. 아 참, 며칠 전에 아저씨가 선물 얘기 했잖아요? 여자 친구한테 주는 선물요."

종우는 심박 측정기의 그래프를 바라보며 생각에 잠겼다. 왜 갑자기 그 애 얼굴이 떠올랐는지 모를 일이었다.

"여자애들은 선물 받는 거 진짜 좋아해요. 어떨 땐 대놓고 뻔뻔하게 요구해요. 근데 진짜 선물 사 달라는 말을 한 번도 안 한 여자애가 있었어요."

종우는 힐긋 수환을 보았다. 수환은 여전히 고열에 시달리고 있었다. 담당의 말로는 주기적으로 오르내리는 열의 수준이 아니라고 했다.

"아, 혼자 얘기하려니 답답하네."

종우는 목소리를 높였다.

"아저씨, 그러니까 내가요, 학교 때 운동 좀 했다고 얘기했죠? 역도는 진짜 잘해 가지고 아마 대회 같은 데 나가서 입상도 하고 그랬어요. 그러다가 언제부터 암벽 등반에 빠지게 됐는데 그게 무지하게 재밌더라고요. 거기 동호회에서 여자애들도 만나고 그랬는데, 내가 처음엔 딴 애를 좋아했거든요. 근데 그 딴 애랑 그 애가 친한 것 같더라고요. 그래서 그 애한테 접근해 가지고 장난도 걸고, 뭐 좋아하냐, 선물 받고 싶은 거 없냐, 물어보기도 하고 그랬는데, 그 애가 그런 거 없다고 하더라고요. 그래서 그냥 그런가 보다 하고 말았어요. 나는 쭉 딴 애한테 마음이 가 있던 거니까."

종우는 갑자기 말을 끊고 자리에서 벌떡 일어나 창가로 가서 본관 뒤뜰을 내려다보았다. 잠시 뒤에 그는 수환 쪽으로 몸을 돌렸다.

"나 담배 한 대 피우고 들어와도 돼요, 아저씨?"

열에 들떠 위로 올라가 있는 수환의 검은 동자가 좌우로 살짝 흔들리는 것 같았다.

"알았어요, 아저씨."

종우는 체념한 얼굴로 돌아와 자리에 앉았다.

"얘기를 계속하면요, 내가 좋아했던 그 딴 애가 갑자기 나한테 관심을 보이기 시작한 거예요. 내가 자기를 안 좋아하고 그 애를 좋아하는 줄 안 거죠. 근데 왜 그랬는지 모르겠는데 내가 그렇다고 해 버렸어요. 그래 나 소연이 좋아한다 어쩔래, 그런 거죠. 그러고 나니까 웃긴 게 애가 은근히 달라붙더라고요. 여기서 애는 소연이가 아니고 딴 애, 은경이 말이에요. 아 씨, 내가 왜 이런 얘길 하고 있지?"

종우는 손을 우둑거리며 잠시 멍한 상태로 앉아 있었다. 열린 문 틈으로 늙은 간호사가 지나가는 게 보였다. 요양원 사람들은 입주자들뿐 아니라 의사와 간호사, 직원들까지도 모두 늙었다. 힘을 써야 하는 몇몇 간병인들만이 젊었다. 종우는 자신이 언제까지 이곳에 있을 수 있을까 생각했다.

"그러니까 내가 그때 바로 은경이랑 사귀었으면 됐을 건데, 왜 그랬는지 모르겠는데 계속 소연이한테 잘해 주고 좋아하는 척하고 그런 거예요. 은경이가 몸이 달아서 어쩔 줄 몰라 하는 게 재밌었던 거죠. 소연이 생각은 하나도 안 하고. 진짜 안 했어요, 그 애 생각은. 나 못됐죠?"

종우는 문득 생각난 듯 휴대폰을 꺼내 전화를 걸었다.

"이 아줌마 진짜 못됐다."

그리고 수환을 힐긋 보고 고개를 끄덕였다.

"알았어요, 알았어. 아줌마 욕 안 할게요. 근데 이상한 거 하나 있어요. 내가 왜 이런 얘길 하냐면요, 아줌마 우는 거 보면 자꾸 소연이 생각이 나요."

종우는 심박 측정기에서 들리는 기계음에 귀를 기울이며 누군가 지금 자기 곁에 있어 주었으면 좋겠다고 생각했다. 그게 소연이였으면 어떨까 하고도 생각했다.

"내가 은경이랑 사귀기로 하고 소연이한테 헤어지자고 얘기했을 때, 와, 나 진짜 쫄았거든요. 소연이 걔가 막 울고불고할 줄 알았는데 전혀 울지를 않더라고요. 눈은 막 울 것 같은데 끝까지 울지를 않더라고요. 그냥 알았다고, 헤어지자고 그러는데 혹시 얘가 그동안 내 마음을 다 알고 있었나 싶어서 겁나기도 하고 또 징징거리지 않아서 잘됐다 싶기도 하고, 암튼 이상했어요. 집에 간다길래 택시 잡아 주려고 서 있는데 갑자기 얘가 코피를 쏟는 거예요. 난 세상에 그렇게 무섭게 코피 쏟는 거는 처음 봤어요. 그 밤중에, 아무 짓도 안 했는데 코피가 그냥……"

종우는 말을 멈췄다. 수환의 숨소리가 급격히 가빠졌다 가라앉았다.

"코피가 그냥……"

수환의 목에서 꺼억 하는 소리가 났다.

"코피가……"

심박 측정기의 그래프가 일직선으로 내려앉으며 기계음이 길게 울렸다.

"아저씨."

종우는 몇 초 동안 기다렸다.

"아저씨, 이러지 마!"

종우가 빽 소리치며 비상벨을 눌렀다.

"아줌마는 어쩔 거야, 이제?"

모텔 주인의 신고로 의식 불명인 영경이 요양원의 앰블런스에 실려 왔을 때는 수환의 장례가 끝난 후였다. 영경은 이틀 만에 의식을 되찾았지만 온전히 되찾은 것은 아니었다. 영경은 수환에 대해 묻지 않았다. 직원들도 수환에 대해 말하지 않았다. 담당의가 영경을 상담한 후 화난 얼굴로 전화를 거는 것을 간호사 몇 명이 보았다. 다음 날 영선과 영미가 요양원으로 찾아왔지만 영경은 그들조차 알아보지 못했다. 법정 대리인이자 보호자가 된 영선과 영미의 동의로 영경은 알코올성 치매로 인한 금치산 상태에 놓였다. 그 이후로 영경은 잦은 경련과 발작 등 지독한 금단 증상에 시달렸지만 다행히 그녀의 몸은 어려운 고비를 잘 견뎌 냈다.

몸이 어느 정도 회복된 후에도 영경은 여전히 수환의 존재를 기억해 내지 못했다. 다만 자신의 인생에서 뭔가 엄청난 것이 증발했다는 것만은 느끼고 있는 듯했다. 영경은 계속 뭔가를 찾아 두리번거렸고 다른 환자들의 병실 문을 함부로 열고 돌아다녔다. 요양원 사람들은 수환이 죽었을 때 자신들이 연락 두절인 영경에게 품었던 단단한 적의가 푹 끓인 무처럼 물러져 깊은 동정과 연민으로 바뀐 것을 느꼈다. 영경의 온전치 못한 정신이 수환을 보낼 때까지 죽을힘을 다해 견뎠다는 것을, 그리고 수환이 떠난 후에야 비로소 안심하고 죽어 버렸다는 것을, 늙은 그들은 본능적으로 알았다.

가끔 영경의 눈앞엔 조숙한 소년 같기도 하고 쫓기는 짐승 같기도 한, 놀란 듯하면서도 긴장된 두 개의 눈동자가 떠오르곤 했는데, 그럴 때면 종우가 대체 무슨 일이냐고, 왜 그러느냐고 거듭 묻는데도 영경은 오랜 시간 울기만 했다.

홍희정

2008년 『서울신문』 신춘문예에 「우유의식」이 당선되며 작품 활동을 시작했다. 장편소설 『시간 있으면 나 좀 좋아해줘』 등을 썼다. 문학동네작가상, 문지문학상을 수상했다.

08

앓던 모든 것

―열 재주 가졌다고 뻐기다가 저녁 찬거리도 못 건질 놈.

　박순례가 물속에 퉤, 하고 침을 뱉으며 말한다. 보나 마나 남편 얘기다.

　―뭐 배운 게 많다며.

　―옘병, 많이 배우면 손바닥에 털이라도 나나. 물 한 잔도 지 손으로 못 떠먹고.

　박순례가 갑자기 떠올랐다는 듯 내 어깨를 치며 말한다.

　―성님도 많이 배웠다며? 예전에 책도 몇 권 냈었다고, 한숙자가 그러던데.

　바쇼를 좋아했다. 발레리도. 전생 같은 일들. 사고로 아버지가 죽고 연달아 어머니도 죽고 그 뒤 2년간 내가 큰 병치레를 하는 사이, 각별한 문우가 죽었다. 그런 것들이 문학의 원동력이 된다는 이들도 있지만 내 경우는 다행인지, 불행인지 그러지 못했다. 내가 아무런 대구를 하지 않자 박순례는 제자리걸음을 하며 중얼거린다.

─문학 병자는 불치병 환자나 진배없어. 천인공노할 짓거리를 잔뜩 해 놓고 주변 사람들은 아무도 용서 안 했는데 말도 안 되는 이유를 대며 혼자 전부 용서해 버려.

강사가 호루라기를 불며 손짓하자 풀 안에 흩어져 있던 회원들이 이동식 스피커 쪽으로 모여든다. 회원들이 풀 오른쪽에서 왼쪽으로 천천히 움직이기 시작한다. 본격적인 수업 전에 몸을 푸는 시간인데 10분 정도 물속을 천천히 걸으며 서로 이런저런 이야기를 나눈다. 평범한 아파트 단지의 스포츠 센터 수영장이어서 오전 회원들은 대부분 주부들이다. 더군다나 아쿠아로빅 수업은 육십 줄이 넘는 여자들뿐. 젊은 사람들은 자유 수영을 즐기는 분위기다.

─어이! 어이!

박순례가 늦게 도착한 회원들을 향해 요란스레 손을 흔든다. 박순례는 올해 일흔둘이다. 우리 반에서 두 번째로 나이가 많은데 간혹 사람들이 다 보고 있는데도 물속에 침을 뱉는다. 수업 중에 물속에서 손을 잡고 다들 오른쪽으로 걸을 때도 홀로 왼쪽으로 걷는다. 별나다고나 할까. 나는 가끔 박순례와 밥을 먹는다.

─뉴스 봤어?

안현자가 다가와 눈을 동그랗게 뜨며 묻는다.

─봤지, 우리 동네가 뉴스에 다 나오고. 오래 살고 볼 일이야. 용의자가 젊은 남자라지?

박순례가 고개를 끄덕이자 조금덕이 끼어든다.

—시체 허리가 돌아가 버렸다네. 택시 기사라는데. 택시는 산 밑에서 발견됐고.

한숙자가 자신의 목을 가리키며 말했다.

—금목걸이만 없어진 노인들 시체도 찾았다고 하지 않았어?

—다 같은 놈이 한 짓이래. 블랙박스인가에 전부 나왔대.

천종숙의 말에 박순례가 나를 보며 묻는다.

—성님, 무섭지 않아?

무섭지 않다. 정말 무서운 건 박순례가 일주일에 7일을 술에 취해 들어오는 남편에게 하루도 빠지지 않고 저녁은 드셨어요?라고 묻는 것이다. 50년 넘게, 시간이 몇 시든 간에 박순례는 상다리가 부러지도록 남편의 식사를 차렸다. 문학 병자라고 욕하면서도 더 맛있는 밥 해 주려고 환갑 넘어 한식, 중식, 양식 조리사 자격증까지 땄다.

뉴스에 살이 붙어 이야기가 걷잡을 수 없이 부풀려지는데 강사가 음악 소리를 키우고 구호와 함께 동작을 시작한다. 허리며 허벅지에 군살이 오른 사십 대 강사가 반짝이는 타이츠를 신고 신나게 춤춘다. 회원들도 한껏 흥이 올라 강사의 동작을 따라 하기 시작한다. 말 그대로 하이 텐션이다. 박순례를 따라 등록하고 첫 수업을 듣던 날은 동작을 따라 하며 천형을 받는 기분이었지만 이제는 나도 그럭저럭 분위기를 맞춘다.

20분쯤 지났을까. 에어로빅도, 체조도, 춤도 아닌 동작들이 연달아 이어지며 숨이 차오른다. 대열에서 벗어나 천천히 물살을 가로질러 레인 끝으로 향한다. 아무에게나 기대고 싶을 만큼 온몸이 나른해진

다. 누군가에게 기대어 잠든 적이 언제였더라. 물속인데도 버석거리는 피부를 쓸어내리며 헤아려 본다.

한사코 일흔셋이다. 수영모를 반쯤 벗고 수영장 벽에 허리를 기댄 채 천천히 숨을 고른다. 자꾸만 떠오르는 상념들을 쓸어 담으며 윤오가 자주 헤엄쳤던 레인 쪽을 물끄러미 바라본다. 윤오는 요즘 수영장에 나오지 않는다. 집에서 매일 보는데도 허전한 기분이다. 인간이 머물다 간 자리가 그토록 상처일 수 있음에 놀란다.

윤오를 처음 본 건 한 달 전이었다. 한창 아쿠아로빅 수업이 진행 중이었는데 갑자기 한 청년이 레인 쪽으로 다가왔다. 나도 모르게 레인 끝에 선 청년의 몸을 따라 고개를 쭉 뽑았다. 강사가 호루라기를 연달아 부는데도 시선을 거둘 수가 없었다. 몸. 인간의 몸이 있었다. 인간의 몸이 직립해 있었다. 간결하고 담백하기 그지없는, 구차함과 번잡함을 죄다 걷어 버리고 뼈처럼 서 있는 몸. 한없이 헐벗고 가여웠다. 청년이 스트레칭하듯 두 팔을 뻗었다. 그 모습이 청각을 자극했다. 누군가 끝이 뾰족한 HB 연필로 스윽, 하고 올려 그은 선 같았다. 나는 목이 꺾이도록 청년을 올려다보았다. 청년도 나를 내려다보았다. 그 눈이 청춘을 회임한 듯 반지르르 윤이 났다.

무례함도 잊은 채 청년의 눈을 빤히 바라보는데 청년의 입이 벌어지고 목울대가 떨렸다. 벽에 기대고 있었는데도 나도 모르게 뒷걸음질을 쳤다. 청년은 짖었다. 정확히 말해 개처럼 짖었다. 내가 뭐라 말을 건네려 하자 청년이 황급히 물속으로 몸을 던졌다. 물방울이 튀고, 축축하고 청량한 냄새가 코끝을 스쳤다. 잠시 이해가 되지 않아 출렁

이는 수면 위를 바라보다가 물속에서 흔들리는 시커먼 머리카락을 보고는 이내 고개를 돌렸다, 사정이 있나 보구나. 어떤 이름으로 부를 수 없는 이유가 청년에게도 있는 듯했다. 다시 수영모의 매무새를 바로잡았다. 동그랗게 원을 만들고 구호를 외치며 돌고 있는 회원들 쪽으로 몸을 돌리려는데 다리에 힘이 빠지며 저절로 무릎이 꺾였다. 입을 벌렸지만 소리가 나오지 않았다. 물속과 물 밖을 몇 차례 오르내렸을 때 누군가가 겨드랑이를 들어 올렸다. 얼핏 흰 몸을 본 것 같았다. 그날 처음, 윤오가 내 집에 왔다.

++

집에 도착하자마자 거실 마루에 대자로 눕는다. 양말부터 벗고 한숨 돌리려는데 현관문 열리는 소리가 들린다. 누운 채로 고개만 돌리자 윤오가 운동화를 벗으며 종이봉투를 바닥에 내려놓는다. 나는 세밀화를 관찰하듯 미간을 모은다. 목과 머리를 구분 짓는 파르스름한 이발 자국과 머리를 숙이면 수직으로 펼쳐지는 까만 앞머리, 그 아래 가려진 홑겹으로 긴 눈과 고개를 돌릴 때마다 두드러지는, 귀 뒤에서 쇄골까지 뻗어 나간 이름 모를 근육 선을 가만히 응시한다. 아무리 응시해도 윤오는 눈치채지 못한다.

식탁으로 향한 윤오가 들고 온 종이봉투를 열며 말한다.

―친구가 말차를 줬어요.

윤오가 내 집에 온 첫날도 우리는 말차를 마시며 간단히 자기소개를 했다. 먼저 이름을 밝힌 윤오는 자신의 나이가 스물한 살이고, 문예 창작과를 휴학한 뒤 작사 공부를 하는 중이라고 소개했다. 자취방을 나와 한동안 친구 집을 전전했고 이제 다시 지낼 곳을 알아봐야 하는데 아마도 고시원으로 가게 될 것 같다며 단숨에 말한 윤오가 차를 한 모금 마시고 나지막이 중얼거렸다.

―남들이 말하는 성숙함이라는 감정에 있어 저는 빈곤층이나 다름없어요.

윤오의 말에 아마도 나는 졸부쯤 되려나, 하고 속으로 헤아렸다. 윤오가 고개를 숙이며 말했다.

―아직 세상 밖으로 나갈 준비가 안 됐어요.

세상은 안도 밖도 없다고 생각했지만 나는 별말 없이 차를 마셨다. 하나뿐인 찻잔을 윤오에게 주어서 손잡이 없는 유리컵에 담긴 뜨거운 차를 마시느라 조용히 애를 먹었다. 윤오가 무슨 말이라도 해 주기를 바라는 듯 내 얼굴을 물끄러미 바라보았다. 싹 베어도 비린내도 안 날 것처럼 눈빛이 생생했다. 아름답다고 생각했다. 매미 떼가 우는 나무 밑에서 윤오가 자신의 이야기를 하고 매미 소리에 귀가 먹은 채 나는 저 눈을 마주하고 싶었다. 온종일 마주하고 싶었다. 윤오가 두 손으로 머그 컵을 쥐며 조심스레 입을 뗐다.

―일종의 가위눌림 같은 거예요. 이유를 알 수 없는 압박감에 사로잡히고, 그럴 때면 저도 모르게 저절로 짖게 돼요. 개처럼 짖고 있을 때 누군가 나를 흔들어 깨워 주면 좋을 텐데요.

윤오가 입은 낡은 티셔츠는 옷감의 의지를 상실한 채 죽은 가축처럼 어깨에 늘어져 있었다. 가벼운 지병을 안고 태어난 사람마냥 윤오의 어깨는 쓸쓸히 좁고 낮았다. 여전히 내가 아무 말을 하지 않자 윤오는 손거스러미를 만지작거리며 뜯어내길 반복했다. 봉숭아 꽃잎으로 덮어 주고 싶은 손이었다. 윤오가 찻잔을 내려놓고는 곁에 있던 배낭을 집어 들며 자리에서 일어났다. 차 잘 마셨습니다. 윤오가 환갑에 낳은 딸을 바라보듯 나를 내려다보았다. 나는, 간신히 말해 버렸다.

─당분간 여기서 지내도 괜찮아.

말을 꺼내는 순간 귓가에 이번 생의 업보가 더해지는 소리가 또렷하게 들렸다. 윤오가 머뭇머뭇 물었다. 진짜요? 갑자기 짖어도 괜찮으시겠어요? 생활비도 아주 조금밖에 드릴 수 없는데도요? 나는 질문이 무엇이든 고개를 끄덕거리며 생명의 은인이니까, 하고 대꾸했다. 잠시 고민하던 윤오가 터무니없이 환하게 웃으며 배낭을 내려놓았다. 윤오가 차를 더 마시지 않겠느냐며 부엌으로 향했다. 그러면서 자신이 작사한 가사들을 들려주었다. 주로 저염식과 명상, 상실에 관한 가사였다. 병에 대한 생각이 깊은가 보다고 생각했다. 윤오가 주전자에 물을 받고 찻가루를 덜었다. 먹 선이 휘어지듯 윤오의 팔이 가냘프게 운동했다. 언제일진 몰라도 죽는 날 마지막으로 봤으면 싶은 정경이었다.

그날처럼 물을 끓이는 윤오의 뒷모습을 바라보고 있는데 윤오의 휴대폰이 울렸다. 윤오가 나를 보며 고갯짓을 하고는 전화를 받았다. 영상 통화인 것 같았다. 윤오가 인사말을 하기도 전에 상대방의 목소리가 쏟아지듯 흘러나왔다.

　―소네트를 읊조리면서 여자들을 목 졸라 죽이는 셰익스피어형 연쇄 살인범 어때? 아니면 『테레즈 라캥』 로맨틱 코미디 버전. 그건 완전 나라서 주인공과 거리를 유지할 수가 없겠지. 너무 완전하니까 도무지 묘사가 필요 없는 거 말이야. 아, 왠지 좆망인 거 같아. 언제까지 내가 쓴 걸 읽을 때마다 수치를 느껴야 해? 낭만과 수치의 미묘한 경계가 뭐라고 생각하냐. 이웃 증오자이자 명예시민인 사람의 이야기는 어때? 이중 오염이라고 해야 되나. 야, 너 아직도 갑자기 짖냐? 개소리 내냐고. 흠, 음악계 종사를 희망하고 원인을 모르는 정신병을 앓고 있다. 완전 힙스터네. 갑자기 타로밀크티 먹고 싶다, 타피오카 넣어서 당도 백으로. 야, 너 나랑 내일 공차 갈래?

　윤오는 차 준비를 하면서 어, 아, 하는 애매한 소리로 대답을 했다. 윤오가 전화한 상대를 좋아하는 것인지는 확실치 않았다. 윤오는 가부좌를 하고 앉아 몸을 이리저리 흔들며 휴대폰 화면을 내려다보았다. 소돔과 고모라 같은 통화 내용에 윤오의 얼굴은 그지없이 충만했다.

　윤오는 몇 명의 사람을 만나고 헤어졌을까. 윤오를 만난 뒤 헤어짐에 대한 상념이 더욱 커졌다. 지난날 헤어진 사람들의 얼굴이 떠오른다. 윤오를 만나고 새삼 그 상실이 수시로 기억난다. 일흔셋이란 스물하나의 세 배 반이 되는 수다. 스물하나라. 겨우 스물. 그리고 겨우 하나란 말이지. 휴대폰에서 쏟아지는 언어 설사를 들으며 나는 아무렇게나 말린 옷가지처럼 외로웠다.

＋＋

　ㅡ문학병이라는 게 불치병이야. 한번 들면 평생 낫지를 않아. 마늘
장아찌가 생마늘로 변하지 않는 것과 마찬가지야.

　박순례는 강사의 동작을 간신히 따라 하면서 음악 소리에 질세라
큰 소리로 분개한다.

　ㅡ카프칸지 뭔지 그 책이 우리 집에 백 권이야, 백 권. 똑같은 책을
왜 백 권이나 사냐니까 그 책의 가치는 130만 원인데 만 3천 원에 팔
기 때문에 백 권을 사야 한대. 그렇게 쥐 방귀 같은 소리나 싸지르는
놈이야, 망령 나기 전에 지각 안 날 놈이라니까. 내 덕에 입성이나 하
고 살았지. 내가 부지런하지 않으면 뒷산의 잡초들이 우리 집 구들
장을 뚫었을 거야.

　언젠가 박순례 집에 놀러 갔다가 장독 뚜껑 위에 누름돌 대신 허먼
멜빌의 『모비 딕』이 올려진 걸 본 적이 있다. 박순례에게 책이란 무게
와 크기로 그 쓰임새가 결정되는 것 같았다. 나는 그런 박순례가 좋
았다.

　ㅡ우리 첫째가 자방자방 걸을 때니까, 결혼하고 2년째지 아마. 전
기도 안 들어오는 살림이지만 문학 병자 밥상만큼은 귀한 것 다 가져
다 차렸거든. 아직도 기억이 생생해. 고들빼기랑 병어조림, 꼬막무
침에 수육, 약식까지 빈틈이 안 보이게 상을 채워서 아랫도리가 후들
거리게 가져다줬는데 한사코 안 먹겠다는 거야. 얼마나 애가 타던지.
책상 앞에서 그림처럼 꼼작 안 한 게 이틀째였거든. 그래서 내가 숟가

락을 억지로 쥐여 주면서 드시고 또 쓰시면 되지요, 하고 밥상 앞으로 데려오려 애를 썼더니 말이 많다고 밥상을 던져 버려. 마당으로 쏟아진 음식을 개가 먹으려고 뛰어오는 걸 내가 쓸어 담고 주워 담아 씻어 먹었어. 허, 배부르고 좋데. 그리고 울면서 또 밥상을 차렸어. 내가 울건 말건 문학 병자는 밤새 등잔불을 켜 놓고 쓰고 또 쓰고. 그리고 아침이면 콧구멍이 새까매져서 패악을 부려 대고, 그런데도 그 사람이랑 사는 게 재미있었어. 무서운 게 하나도 없었어. 성님, 나는 아무리 서러워도 나를 욕하지는 않아. 욕이 아까워서.

문득 예전 일들이 떠오른다. 귀갓길에 주운 다시마 한 봉지로 이틀을 버티며 시를 썼던 여름밤, 모나미 볼펜의 명상적인 색감, 책상 위 관찰자처럼 나를 지켜보던 스탠드의 예민한 기울기, 원고지를 향한 결코 문드러지지 않는 편애, 첫 책을 부여받고 손과 발에 느껴지던 온기, 갓 태어난 송아지를 쓰다듬듯 표지를 쓸어내리던 마음, 언제나 말할 준비가 되어 있던 입술의 물기, 하지만 내내 참았다가 하루치의 말을 모두 귀이개로 파내 버리던 저녁.

ㅡ성님, 수업 끝나고 와플 먹으러 갈까?

박순례가 지친 듯 숨을 헐떡이며 묻는다. 박순례는 와플을 좋아한다. 좋아하는 일을 하루에 한 번 이상 하는 것. 그게 박순례의 인생 철학이다. 쉰 살 때까지는 캐치볼을 좋아해서 막내아들과 매일 한 시간씩 공을 주고받았다고 한다. 동네 사람들이 가정부인이 황당하게 무슨 야구냐고 나무라듯 참견할 때도 박순례는 꿋꿋이 매일 야구를 했다.

강사가 마무리 동작의 포즈를 취한다. 내가 가장 좋아하는 동작이다. 다리는 모으고 두 팔은 벌린 채 수직으로 서서 물속을 들여다본다. 어린 시절 강 하구에서 물고기를 잡다 문득 이렇게 서서 하염없이 물속을 들여다봤다. 좋아하면, 보란 듯이 흘려 버렸다. 어머니는 밀물이 들어오는 줄도 모르고 허리까지 잠겨 물속을 들여다보는 나를 몇 번이나 꺼내 왔다고 했다. 타고난 성정이 습(濕)성인 것 같다며, 너무 젖고 눅눅하면 이내 스스로 찢어지거나 뭉개져 버리고 다른 것들이 곁에 오래 머물지 못한다고 근심이 많으셨다.

어제 윤오가 자는 사이 윤오 휴대폰을 가져와 이것저것 살펴보았다. 죄의식도 없이 문자 메시지를 내키는 대로 골라 읽었다.

너냐?

아니

송지는?

하루 종일 울다 미련사했음

사겼냐?

서로 속눈썹 떼어 주는 사이

좆나 쓸데 있다

무슨 말들을 주고받는 건지 뉘앙스조차, 기미조차 알 수 없었다. 한참을 들여다보자 글자 모양마저 낯설어 보였다. 그런데도 입술을 움직여 가며 반복해서 읽었다. 나중엔 입을 다물어도 음의 울림이 혀 위에서 뱅뱅 돌았다.

좆나 쓸데 있다. 중얼거리며 수영장 천장을 올려다본다. 유리 천장을 뚫고 햇빛이 수면 위로 떨어지며 뿌옇게 부서진다. 얘야, 여전하구

나. 어머니가 걱정스러운 얼굴로 혀를 차는 소리가 들린다.

++

집 근처 카페는 주인 여자가 의욕 없어 보이는 게 마음에 든다. 주문받을 때 이외에는 좀처럼 말을 걸지 않고 창밖을 보며 라디오만 든는다. 주파수는 언제나 같다. 오전에는 클래식이, 오후에는 민요가, 저녁엔 제3세계 음악이 나온다. 아쿠아로빅 수업이 있는 날은 카페에서 박순례와 와플을 먹으며 한 시간 정도 시간을 보낸다.

─동네 흉흉하게 연쇄 살인범이란 놈은 왜 안 잡히는 거야.

주문을 마친 박순례가 느닷없이 성질을 내며 의자를 끌어다 앉는다. 어떤 의견을 가지려다 만 나는 그저 고개를 끄덕인다. 박순례가 무슨 할 말이라도 있는지 자꾸 내 눈치를 본다. 나는 와플을 굽는 주인 여자의 움직임만 지켜볼 뿐이다. 어쩐지 조바심이 난다. 윤오가 집에 들어와 있을 것만 같다.

─성님, 걱정돼서 하는 말인데.

와플이 나왔는데도 박순례가 허겁지겁 달려들지 않고 염려스러운 표정이다.

─성님, 성님네 집에 젊은 남자 있다며.

불경스러운 말이라도 하듯 눈을 내리깐 박순례 때문에 웃음이 나와 괜한 헛기침을 하며 대답한다.

─대학생이라는데 휴학 중이래.

―그러니까, 말하자면 백수라는 거구먼.

―요즘엔 누굴 만날 때 말고는 명상하고 산책만 해. 자영업자는 몸 관리가 중요하다고.

―백수 주제에 무슨 자영업자야.

―사생활의 질을 잘 꾸려 가는 것도 중요하지.

―백수 놈한테 공적인 생활이 있긴 있어?

―실패하려면 차라리 대단한 것을 하다 실패하겠다고 열심히 구상 중이야.

더 이상의 추궁이 소용없다고 생각했는지 박순례가 자세를 고쳐 앉고 내 손을 힘주어 잡는다.

―성님, 요즘 뉴스도 그렇고 아무나 집에 들이는 거 아니야. 그놈 가방 속에 칼이라도 숨겨 두었는지 어떻게 알아? 성님이 평생 혼자만 살아서 순박한 건 이해하는데, 설사 그 백수 놈이 해괴한 놈이어서 성 님한테 분발한다고 해도 그건 나무둥치를 껴안고 있는 거나 마찬가 지야, 왜 두 팔로 감싸 안아도 손이 안 닿는 큰 둥치 있잖아. 오래오래 싹을 틔우고 비를 맞고 꽃망울을 터뜨리고 열매를 맺고 그 열매를 근 방에 떨어뜨려 다시 그걸 양분 삼아 한 뼘 자라고 몇 번이나, 몇 번이 나, 기억할 수 없을 만큼의 시간을 보낸 뒤 그 속에 어떤 흔들림도 알 맹이도 다 빠져나간 둥치. 그런 걸 가만히 껴안고 있으면 누구나 아득 해지면서 일단은 머물고 싶어지거든.

문학 병자 남편이랑 살더니 덩달아 문학 병자가 된 모양이다. 나는 일부러 박순례의 얼굴을 빤히 보며 물었다.

―왜, 미련사라도 할까 봐?

―그게 무슨 말이야?

―서로 속눈썹 떼어 주는 사이일 뿐이야.

황당해하는 박순례의 얼굴 대신 벽에 걸린 액자에 눈길을 준다. 색연필로 그린 작은 그림들이 더해진 시가 제목도 없이 가지런한 글씨로 씌어져 있다.

나는 그 애만 보면

무조건 놀린다.

아니면

무조건 때린다.

그러면 그 애도 나를 때린다.

그때는 아프지가 않다.

홍승기, 장곡초등학교 5학년*

아, 그야, 안 아프지, 안 아파. 한 김 식어 버려 눅눅해진 와플을 내려다보며 나는 얼굴도 모르는 초등학생에게 대꾸했다.

╀╀

집에 들어가기 전에 근처 상가 화장실에 들러 머리매무새를 만지

* 홍승기, 「안 아프다」, 『쉬는 시간 언제 오나』, 휴먼어린이, 2012.

고 얼굴에 로션을 새로 바른다. 립스틱을 손끝에 찍어 입술에 최대한 얇게 두드려 바른다. 또래 중에 제일 빨리 화장을 시작한 조숙한 중학생처럼 거울을 보며 웃는다. 나만 알아볼 칠보단장에 열과 성을 다한다. 건강을 지키고 위험을 피하는 것. 목욕물 온도와 커피의 농도 정도로 관심을 제한할 것. 박순례가 당부했던 말을 떠올리며 다시 한번 웃는다. 마흔이 넘은 뒤부터 나는 언제나 사라질 채비를 해 왔다. 하지만 오늘은 아니다. 태어나서, 살아 있어서 다행이라고 생각한다.

집으로 향하며 생각한다. 빈 황도 통조림 깡통이 매달린 연통 아래 동그랗게 몸을 말고 윤오와 반나절 정도 이야기를 나누고 싶다. 가구 하나 없는 작은 방, 차가운 보리차가 가득한 물 주전자 하나와 유리컵 하나를 사이에 두고 윤오와 마주 보며 앉아 있고 싶다. 가을비가 내린 땅이 축축하다. 젖은 흙냄새가 좋다. 내가 죽은 건가. 땅속은 대개 축축하니까 죽고 나면 흙냄새를 실컷 맡을 수 있겠지. 서둘러 걷는다. 나는 늙어서 시간이 없다.

현관문이 열려 있어 놀래 주려고 살금살금 들어서는데 윤오는 누워서 통화 중이었다. 내가 들어온 줄도 모르고 메모지에 무언가를 적어 가며 대답에 열심이다. 발꿈치를 들고 윤오 곁으로 다가간다. 휴대폰 스피커에서 예의 그 목소리가 쏟아져 나온다.

─교수 입에서 섭섭하다는 말 나오면 좆망. 고개 숙이고 같이 소주 마시면서 내가,로 시작되는 말 두 시간 동안 들어 주다가 택시 잡아 주고 문까지 닫아 줘야 되는 거임. 괜찮아, 나는 아직도 나만 바

라보니까. 칭찬받고 싶어서 그랬어. 야, 나 뭔가 병적인 걸 격정적인 서정성으로 가리려고 하고 있어. 세상에서 제일 슬픈 일이 재능 없는 사람이 재능 있는 줄 알고 애쓰는 걸 곁에서 지켜보는 일이래. 너 그래? 나 볼 때 그러냐고. 아, 쌍, 알바 가기 싫다. 장학금 안 되면 등록금 만들어야 되는데. 야, 나 친환경 싫어, 힐링 싫어, 인문학적 사고 좆나 싫어, 괜한 죄의식 느끼게 해. 수지는 이민호랑 사귄다고 영국서 찍힌 파파라치 컷 떴던데. 수지 몰라? 국민 첫사랑 수지! 진심, 작사한다는 애가 그것도 모르냐? 너 그러니까 자꾸 짖는 거야. 다른 사람들 사는 것도 좀 보고 그래라. 여튼, 나 사실 수지 남친 생긴 건 별로 안 부럽거든? 근데 카메라 보고 피자 맛있게 먹고 돈 받는 건 좆나 부럽다. 시팔! 이건 시발도 아닌 시팔이야. 짜장면 30초 만에 먹고 크림빵 두 개 먹고 싶어. 누룽지 개 쩌는 돌솥비빔밥 먹고 싶어.

얼굴이 궁금해 휴대폰 화면을 살폈지만 무슨 영문인지 잔뜩 구겨진 생수병만 비춰질 뿐이다. 전화가 끊겼는데도 윤오는 휴대폰을 손에 쥔 채 물끄러미 검은 화면을 바라보고 있다.

—생수병만 비출 거면 영상 통화를 왜 해.

놀란 윤오가 상체를 벌떡 일으킨다.

—공짜거든요. 페이스 타임이라고.

—공짠가 그게.

—네, 할머니도 지마켓에서 페이스 타임 하나 주문해 드릴까요?

—그게 돼?

—그럼요. 그것만 있으면 할머니랑도 언제든 얼굴 보고 통화할 수 있어요.

역시 젊은 사람이 낫다. 나는 조용히 감탄한다.

—농담이에요. 어떻게 페이스 타임을 지마켓에서 주문해요. 그건 애플 제품 사용자들끼리 무료로 사용할 수 있는 영상 통환데요, 할머니도 쓰고 싶으시면 일단은······

농담이었구나. 윤오의 설명이 하나도 귀에 들어오지 않는다. 언젠가 윤오가 욕실에서 나오는 걸 본 적이 있다. 내가 잠든 줄 알았는지 문을 연 채로 옷을 갈아입고 있었다. 부스럼도 없이 깨끗하게, 아담하고 예쁘장한 엉덩이였다. 그때만큼 윤오가 멀게 느껴졌다.

—할머니, 삶은 기쁜 건가요?

갑작스러운 질문에 대답을 고민하는데 윤오가 일어나 부엌으로 향하며 말한다.

—오늘 지하철에서 미친 듯이 짖었어요.

한참 적막하다 윤오가 다시 입을 연다.

—막무가내로, 아무에게나 기대서 잠들고 싶을 때가 있어요.

가스레인지를 끄는 윤오의 뒷모습을 물끄러미 올려다본다. 무슨 말이라도 꺼내려는데 윤오가 또 묻는다.

—할머니는, 제가 나가도 하나도 안 허전하시겠죠?

찻물을 따르는 윤오를 바라보며 말차의 신에게 기도한다. 말차와 윤오를 성심껏, 죽을 때까지 성심껏 부양하겠다고. 그러니 함께 있게 해 달라고.

―허전할 것까진 없으시겠죠, 제가, 뭐 얼마나…… 아, 지난번에 구워 주신 그 생선이요, 박대? 그거 또 있어요? 진짜 맛있던데.

　―허전하지 않을까.

　나는 겨우 말한다.

　―그럴까요?

　―아닐까.

　별것도 아닌 대화에 식은땀이 흐른다. 내 진심을 들키고 싶다. 내거짓말을 들키고 싶다. 내색하지 않으면 의미가 없다. 내색, 입이 쓰다.

　―그럼 말이죠. 윤오가 찻잔을 내 앞에 내려놓고는 생각났다는 듯 방으로 들어간다. 배낭을 손에 쥐고 나온 윤오가 싱글벙글 웃으며 말을 잇는다. 이렇게 해 보는 게 어떨까요. 이 집을 나가기 전에 미리 한번 나가 보는 거. 윤오가 신발을 신고 문밖으로 나간다. 잠시 정적이 흐르고 집 안 풍경이 윤기를 잃고 부예진다. 아무래도 일어나서 나가 보고 싶지만 그럴 수가 없다. 8월의 마지막 날, 아스팔트 위로 소리 없이 보슬비가 내리는 것 같다. 물론, 아스팔트는 나다. 열기가 아지랑이처럼 이글거리는 검고 납작한 표피 위로 작디작은 물방울들이 흩날린다. 미지근한 빗방울이 스치듯 살포시 내려앉을 때마다 살갗이 따끔거린다. 연기가 치익, 하고 솟아오른다. 차라리 억수같이 쏟아져 내렸으면. 과감하게 바람과 함께 몰아쳐 주었으면. 마침내 적의 없는 그 빗방울들이 애가 타도록 끝끝내 스며들어 가, 흘러 흘러 브라질까지 닿을 때쯤 윤오가 다시 문을 열고 들어오며 환하게 웃는다. 역시

아니죠? 웃으니까 소년이 된다. 소년이라기보단 어린아이다. 허, 참, 이거 참, 차라리 저 배낭에 칼이라도 들었으면 좋으련만. 어쩔 수 없어, 나는 겨우 웃는다.

++

박순례 남편이 죽었다. 어제 남편이 아프다며 박순례가 전화를 하긴 했지만 전혀 예상 못 한 일이었다. 박순례는 수업에 못 가겠다며 아침 일찍 나에게 전화를 했었다.

—성님, 어제 아침에 말이야, 문학 병자하고 같이 길을 걸어가는데 맞은편에서 오는 여자가 싱글싱글 웃으며 걸어오는 거야. 문학 병자가 저 여자는 뭐 좋은 일이라도 있나 보네, 하기에 내가 대뜸 당신 같은 남자가 남편이었는데 그 남편이 오늘 죽었나 보네요, 하고 대꾸했더니 문학 병자가 흠, 역시 좋은 일이네, 하는 거야. 요 며칠 글 쓴다고 얼마나 예민하게 구는지 내가 좀 부아가 났었거든. 근데 어젯밤에 문학 병자가 진짜로 머리가 아프다고 내내 잠을 못 자는 거야. 나 아쿠아로빅 수업도 못 나가겠네. 같이 병원에 가 봐야 할 거 같아. 근데, 성님, 기분이 이상해.

환절기라 아마도 감기 기운이 든 모양이라고 박순례를 다독였었다. 실제로도 그렇게 생각했다. 느닷없는 죽음이었다. 이른 저녁을 먹다 부랴부랴 장례식장으로 달려갔다. 아쿠아로빅 회원들은 내일 함께 온다고 해서 일단 먼저 가 보려고 채비를 하는데 뻣뻣하게 굳은 내 얼굴이 걱정된다며 윤오가 따라나섰다. 윤오와 함께 향을 꽂고 절을 하고 한참을 서성이다가 밖으로 나왔다. 주차장에 서서 휴대폰을 쥐고 그저 기다렸다. 박순례를 보지 못해서였다. 혼절해서 막내아들이 수액을 맞히러 갔다고 했다.

저녁 바람이 제법 찼다. 옷깃을 여미는데 윤오가 휴대폰을 들고 주차장 뒤쪽으로 향한다. 주변이 고요해서 드문드문 윤오와 상대방의 목소리가 들린다. 아니다. 내가 윤오 쪽으로 슬금슬금 다가가고 있다. 걸음을 뗄 때마다 똑바로 누워 밤고구마를 삼키는 것처럼 목구멍이 막혀 온다.

─오늘 도서관에서 무작정 쓰다가 생각했어. 차라리 저 책들 사이에서 태어날걸. 나는 왜 사람의 배에서 태어나 이토록 쓸쓸한 걸까. 오늘 단편 쓰면서 갑자기 수식하는 말들이 다 불필요하게 느껴져서 수식어 삼겹살을 모조리 걷어 버리기로 작정했어. 그래서 꼭 필요한 말만 남기고 다 지우고 봤더니 노트북 모니터에 불이야! 사람 살려!밖에 안 남았다. 완전 좃망. 필사를 일곱 권 하면 용이 나타나 내 소설로 바꿔 주면 좋겠다. 야, 근데 너 아직 그 할머니 집에 있어? 우와, 내가 그렇게 알아듣게 말했는데, 너 설마 나보다도 생각이 없는 거냐?

터벅터벅 걸어 윤오에게서 멀어진다. 야트막한 산 아래 낙엽이 수북이 쌓여 있다. 낙엽을 밟으며 산 쪽으로 자꾸 다가간다. 메마르고 버석거리는 것들이 끝도 없이 넓고 두텁게 흩어져 있다. 그 속에 섞여 내가 늙음의 주체가 아니라 그저 자연의 무한 영역에 일조하는 것뿐이라 생각한다.

한 사람은 무엇으로 이루어질까. 꿈, 소화 기능, 손톱, 황홀경, 입속의 시, 피와 뼈, 주먹과 무릎. 걸음을 옮길 때마다 낙엽 냄새가 짙다. 윤오의 몸을 뒤덮고 있는 2제곱미터의 피부, 몸에 솟은 돌기, 모든 구멍을 떠올린다. 그 구멍 안으로 들어가 죽고 싶다. 아니, 바닥까지 죽어 다시 살고 싶다.

지친 듯 낙엽 위에 눕는다. 어느새 전화를 끊고 다가온 윤오도 내 곁에 나란히 눕는다. 윤오도 나도 최후의 자세는 같을 것이다. 이 낙엽도, 나도, 윤오도 바람에 짓이겨지고 비에 뭉개져서 흙과 함께 섞일 것이다. 처음으로 공평하다. 감긴 눈 안쪽의 어둠을 응시한다. 물기가 가신 건조한 선과 드문드문 끊어진 길 같은 게 어둠 사이로 어른거린다. 두렵거나 불길하기보다는 평화롭고 안락하다.

─인생은 끝이 있어 참 다행이에요.

내 사정도 잊을 만큼 윤오의 표정이 쓸쓸하다. 순간, 나는 진심으로 윤오를 응원하는 사람이 된다. 부모가 자식을 위해 손으로 만든, 벽에 드리운 작은 새의 그림자처럼 다정하고 지극한 마음이 된다.

─이왕 하는 거, 작사를 좀 저돌적으로 해 봐. 화장품 가게나 휴대폰 판매점에서 흘러나오는 노래들처럼.

윤오가 터무니없이 환하게 웃는다. 위해 주는 사람에게만 보여 주는 미소.

─병원을 다녀 봐도 원인을 몰라요. 병명조차, 병원마다 다 다르고.

명랑하게 말하지만 눈꼬리에 수심이 깊다.

─병에 굳이 이름은 붙여서 뭐 하게. 이름 밝히면 좀 낫나.

윤오가 더 이상 이전으로 돌아가지 못할 눈으로 나를 바라본다. 그러고는 손을 잡는다. 손바닥이 젖어 있어 따뜻하다. 내 손을 잡은 채로 윤오가 제 두 손을 자신의 가슴팍 위로 가져간다. 몇 가지의 행동이 나를 순진한 곳으로 옮겨 놓는다. 무릎까지 오는 스커트에 짧은 카디건을 걸친 차림으로 두 손 가득 책을 들고 캠퍼스 계단을 오른다. 아직 더 배울 것이 남아 있는 내가 된다.

윤오의 가슴이 고분고분 오르락내리락한다. 윤오가 내 쪽으로 비스듬히 상체를 기대며 물음표 모양으로 몸을 구부린다. 잠시 아찔했지만 부유하는 마음에 넓적한 돌멩이 하나를 차분히 올려놓으며 나는 간신히 입을 뗀다.

─지금 하려는 거 하지 마.

─지금 하려는 게 뭔데요.

─모르는 척하지 마.

─그러면, 자주 가시는 카페에서 제대로 시작하면 어때요?

─거기서 너랑 나랑 뭘 하는데.

─아메리카노를 마시며 예쁜 얘기라도 나누죠.

─예쁜 얘기라는 건 또 뭐야.

나란히 누워, 어쩔 수 없어 웃는다. 윤오가 집 나가기 시연을 한 다음 날, 나는 옷걸이에 걸린 윤오의 티셔츠 하나를 훔쳤다. 잠들기 전 벽에 걸어 두고 오래도록 응시했다. 티셔츠가 선생처럼 나를 내려다보았다. 어제 윤오가 산책을 나갔을 때 나는 욕실 샤워기에 물을 틀어

놓고 나와서 욕실 문 앞에 마치 방금 티셔츠를 벗어 놓은 것처럼 연출해 놓았다.

티셔츠를 섬기는 심정을 윤오는 알까. 티셔츠 하나로 성찬을 차리는 마음을 너는 짐작이나 할까. 윤오의 머리칼로 향하려는 손을 간신히 배낭 쪽으로 뻗는다. 때가 타 반질반질한 촉감을 손끝으로 느끼다가 문득 박순례의 말을 떠올린다. 새삼 배낭이 무거워 보인다.

—저기, 배낭에 말이야. 칼이라도 들어 있나?

윤오가 영문 모를 얼굴로 되묻는다.

—칼이요?

—아니면 시체 토막 같은 거라도.

윤오가 힘없이 고개를 젓는다.

—그런 건 아무나 들고 다니나요.

하늘을 올려다보며 한숨을 쉬는 윤오를 물끄러미 바라본다. 내 몸 밖에서 영원히 선회하는 청춘. 그림자를 판 사나이든가. 무엇이든 팔아 얻고 싶다고 생각한다. 윤오가 잡은 내 손을 허공에 힘껏 흔들며 웃는다.

—거대한 건포도 같아요.

—너는 잣 같다.

가혹하다고 생각하는데 윤오가 말한다.

—저, 아직 숫총각이에요.

—그게 어때서.

―사람이 다 때가 있는 건데요.

분발하는 마음으로 묻는다.

―어디에 반했나.

물끄러미 쳐다보는 윤오에게 다시 설명한다.

―페이스 타임 애인 말이야.

―어, 애인 아닌데.

방어적인 말투에 나도 모르게 주눅이 든다. 윤오가 어깨를 움직여 조금 거리를 둔다.

―꿈에 대한 자세가요.

그리워하는 표정으로 윤오가 덧붙인다.

―애절한데, 당당하게 애절하잖아요.

거의 책임감으로 다시 묻는다.

―그렇게 당당한 비결이 뭔가.

―규칙적인 자위래요.

웃으면서 어색하지 않게 윤오의 손을 놓는다. 윤오한테 내가 묻을까 봐. 내 늙음이 묻을까 봐.

++

―성님, 나는 죽음이 두렵고 시체는 무서워. 고운 잔디가 펼쳐지고 소나무가 둘러싸고 있으면 뭐 해. 아무리 풍경이 신성해도 혼자서는 못 갈 거 같아. 교감 선생 하던 시누가 내 말을 듣더니 가르치듯 그

러는 거야. 사람이 죽으면 혼은 승천하고 백은 땅으로 스며드는데 귀는 공중에서 떠돌아다니다가 기일이 되면 제사 때 찾아온다고. 귀와 백은 풍수지리하고 연관돼서 지속적으로 산 사람한테 영향을 미친다면서 죽는 것과 사는 것은 존재 전이일 뿐, 별반 차이가 없대. 존재 전이? 소가 웃고 쥐가 하품하는 소리 하고 자빠졌네. 별반 차이가 없긴 뭐가 없어. 물렁하고 뜨끈한 영감 살이 다 재가 되고 즙이 되는데. 그렇게 큰 덩치로 괴팍하던 인간이 최후로 순해져서 꼼짝도 안 하는데. 그 시누이가 퇴직하고 교회에서 권사님인지 장로님인지 열심이거든. 나보고 임종 때 목사도 안 불렀다고 막 나무라는 거야. 천국 가려면 죽기 전에 회개해야 한다나. 문학 병자가 천국이 아쉬울까 봐? 살아서 하고 싶은 거 다 하고 살았는데 내세에 간절함 같은 게 왜 필요해.

휴대폰을 통해 들리는 박순례의 음성이 여전해서 마음을 놓는데 박순례가 말을 덧붙인다.

—성님, 웃기지. 교회는 내가 다니기로 했어. 영감 때문이 아니라 나 때문에. 영감 죽고 자꾸 한밤중에 깨서 숨이 안 쉬어지는 거야. 무릎팍을 쥐어뜯다 새벽에 차도로 막 뛰쳐나간 적도 있어. 차도 한가운데 웅크리고 앉아 꼬챙이에 찔린 달팽이처럼 몸을 비틀고 움찔거렸어. 할 수 없이 종이에 부처님, 예수님, 알라신이라고 쓴 다음에 눈 감고 하나를 골랐더니 예수님이 걸렸어. 성님, 나는 지금 아무 데나 찍어서 의지해야 돼. 안 그러면 자식들 괴롭힐 거야. 오늘로 예수 믿은 지 사흘 됐어.

인생에서 일어나는 모든 일들을 필연이라고 생각한다면 우리는 그것들로부터 거리감을 유지할 수 있을까. 남루한 심상은 전부 다 걷어버린 채 임상적인 수치로만 여길 수 있을까.

전화를 끊고 부엌으로 가 차를 덜어 낸다. 의식도, 예배도, 축원도 아닌 행동에 몸과 마음을 몰입한다. 찻가루를 담은 잔에 뜨거운 물을 부으니 스스로 한 바퀴 원을 만든다.

찬 공기가 고파서 베란다로 향한다. 힘주어 창문을 열었는데 익숙한 음성이 들린다.

─왜 써야 되냐니. 너 그런 질문 좀 품고 살지 마라. 그러니까 자꾸 짖는 거야. 인간이니까 쓰고 인간이니까 사랑하는 거지. 다들 무슨 의미인지 묻는데 그럼 인생의 의미는 대체 뭐냐.

창턱을 짚고 상체를 숙이니 윤오의 뒷모습이 보인다. 가로등 아래서 누군가와 마주 보고 있다. 윤오에게 쉼 없이 말을 내뱉는 상대를 유심히 관찰한다. 버섯 모양의 머리 스타일 말고는 평범한 차림이다. 코는 납작한데 입이 미세하게 튀어나오고 입술도 위아래로 도톰해서 말할 때 꼭 지저귀는 것 같다. 기어이 말하고 말겠다는 비장한 움직임으로 입술이 쉴 새 없이 움직인다. 음성이 높고, 커서 2층 베란다까지도 또렷이 들린다.

─야, 너 나랑 해바라기를 잇는 서정 듀오를 만들어서 국민 서정 가요나 만들자. 돈도 벌고 세상도 좆나 온화하게 만들면 좋잖아.

위에서 내려다보는 것뿐인데 풍경이 아주 다르다. 밤거리가 한층 포근하다. 가로등 빛이 두 사람의 발밑을 노랗게 비춘다.

―교수가 내 소설 보고 그러더라. 미친년 칼춤 추는 구경은 재미있지만 누구도 돈 내고 예술의전당에서 보려고 하지는 않을 거라고.

아기를 업은 여자가 칭얼대는 아기를 어르느라 낮게 노래를 부르며 천천히 지나간다. 아기의 엉덩이를 부드럽게 토닥이며 가만가만 박자를 맞춘다. 검둥개야 짖지 마라, 꼬꼬닭아 우지 마라, 우리 지윤이 잘도 잔다.

―야, 넌 왜 맨날 아무 말이 없어. 물론 모르는 미친년은 무시하고 피해 가는 게 상책이지. 근데, 니 미친년이잖아. 너만 보듬어 줄 수 있다고. 그러니까 내 말은…… 하아, 이렇게까지 하는데도 못 알아듣냐, 너도 진짜, 하아.

습자지 같은 입맞춤이었다. 얼굴이 붉어졌을까. 좀 더 제대로 해 주었으면 싶었는데 윤오가 다시 다가간다.

라일락 향기가 코끝을 스친다. 이미 봄인가. 멀리 시선을 두자 밤바람에 낙엽이 스치듯 날리고 있다. 꽃향기가 아니다. 요즘 젊은이들은 향기도 좋구나. 안도와 피로가 희미하게 피어오른다. 낙엽마저 거의 떨어진 앙상한 나뭇가지를 보고, 아기 업은 여자를 보고, 공터에 걸린 플래카드를 보고 다시 그쪽을 본다. 당연히 외롭다.

하늘을 올려다보니 감청색 밤하늘이 펼쳐져 있다. 여린 숙주가 잔뜩 들어간 녹두부침개가 먹고 싶다. 박순례에게 전화해 볼까. 휴대폰의 버튼을 누르며 어쩔 수 없어, 나는 겨우 웃는다.

황정은

2005년『경향신문』신춘문예에 단편 소설 「마더」가 당선되며 작품 활동을 시작했다. 소설집『일곱시 삼십이분 코끼리열차』,『파씨의 입문』,『아무도 아닌』, 장편 소설『百의 그림자』,『야만적인 앨리스씨』,『계속해보겠습니다』, 연작 소설『디디의 우산』등을 썼다. 한국일보문학상, 신동엽문학상, 대산문학상, 이효석문학상, 김유정문학상, 오늘의 젊은 예술가상, 젊은작가상 대상 등을 수상했다.

09

대니 드비토

펭귄맨이었던 배우의 이름이 뭐였더라, 하고 생각한 순간에 깨달았다.

나는 죽고 만 것이다.

무덥고 맑은 오후였다. 잔, 잔, 잔, 잔, 하고 냉장고가 돌아가기 시작했다. 이 도시에서 그런 소리를 내며 돌아가는 냉장고는 오로지 그 냉장고뿐일 거라고 나는 생각하고 있었고, 이제 죽은 입장에서, 나는 다시 한번 그 생각을 하고 있었다. 잔, 잔, 잔, 잔, 하고 냉장고가 돌아갔다. 그 소리에 자극을 받고 작은 소용돌이처럼 돌돌 말리며 천장으로 떠올랐다가, 흐르다가, 스테인리스 표면처럼 맑아졌고, 스푼처럼 오목해졌다가, 본래 있던 자리로 돌아와서, 확고해졌다.

어머, 하고 생각했다.

나, 죽었어.

냉장고 모터가 툭, 소리를 내며 멈췄다. 복자가 방에서 나왔다. 복

자는 여전했다. 복자를 따라서 거실로 이동했다. 커다란 창을 투과한 햇빛이 거실을 데우고 있었다. 달걀노른자 속처럼 노랗고, 노랗고, 답답하게 노란 빛깔이었다. 무척 더울 것이 틀림없었는데, 이것은 추측일 뿐이고, 나는 이미 죽어 버린 사람이라 더위고 뭐고 아무것도 느껴지지 않았다. 천천히 움직이는 복자를 따라 천천히 움직였다. 복자는 부스스한 눈길로 천장을 보고 있다가 바닥에 놓인 접시 쪽으로 걸어갔다. 복자가 물을 핥아 먹었다. 복자가 혀를 댈 때마다, 바닥에 앵두가 그려진 납작한 접시에 담긴 물이 조그맣게 일렁였다. 나는 복자를 불렀다.

복자야.

복자야.

복자는 여전했다. 여전히 듣지 못하거나, 듣지 못하는 척을 하고 있었다. 죽은 사람의 기척이라면 들을 수 있을지도 모르고, 달리 할 일도 없었으므로 나는 계속 복자를 불렀다. 복자야. 복자야. 복자야.

복자야.

복자가 문득 이쪽을 돌아보았다. 끈질기군, 하는 듯한 얼굴로 미간에 주름이 잡혀 있었다. 이놈 봐라, 복자야, 하고 한 번 더 부르자 무심히 고개를 돌려 다른 곳을 바라보았다. 그 뒤로는 몇 번을 더 불러도 돌아보지 않았다. 복자는 접시 부근에 있던 조그만 얼룩을 물끄러미 관찰하고 있다가, 얼룩을 발바닥으로 툭, 눌러 보곤 하품을 했다. 복자가 방으로 들어갔다. 나는 복자를 내버려 두었다. 복자 부르는 것을 그만두고 나니 뭘 해야 좋을지 알 수 없었다. 가만히 서서 유도 씨를 기다렸다.

건너편 건물의 환풍기가 삐걱삐걱 소리를 내고 있었다. 창을 닫아 놓아서 직접 볼 수는 없었지만 커튼에 비친 그림자로 환풍기의 윤곽이 보였다. 양파처럼 생긴 윤곽 속에서 날개가 빙글빙글 돌아가고 있었다. 시장 상인들의 목소리가 멀리서 들려왔다. 나는 기다렸다. 천천히 해가 졌다. 창이 한순간 붉게 빛났다가 사방의 빛이 사위고 마침내 날이 저물었다. 밤이 되었다. 이제는 윤곽도 보이지 않는 환풍기가 바깥의 어둠 속에서 이따금씩 삐걱거리며 돌아갔다. 울적한 마음으로 유도 씨를 기다렸다.

언제 오려나.

언제 오려나.

복자가 거실로 나와서 묘, 하고 울었다. 빈 밥그릇을 발로 눌러서 엎어 놓고, 다시 묘, 하고 울었다. 지금의 나로서는 복자에게 먹이를 챙겨 줄 방법이 없었으므로 가만히 있었다. 복자와 둘이서 현관을 응시했다. 유도 씨를 기다렸다.

한밤에 열쇠 물리는 소리가 나고 문이 열렸다. 유도 씨가 들어왔다. 나는 번개처럼, 몇 차례 꺾이면서, 빠르게, 유도 씨에게 달라붙었다. 붙어서 비비고 조였다. 유도 씨는 나를 달고 무심하게 거실을 가로질렀다. 오랜만이야, 하고 나는 박편薄片처럼 부들거리며 말했다. 유도 씨의 윤곽, 정말 오랜만이야. 그러나 유도 씨는 조금도 알아채지 못하고 방으로 들어갔다. 어느새 방으로 돌아가 있던 복자가 양말 바구니 속에서 울었다. 유도 씨는 가방을 내려 두고, 불을 켜고, 넥타이를 풀고, 바구니 바깥으로 나온 복자를 만지고, 양복을 벗고, 다시 복자를 만지며 얼마간 앉아 있다가, 왼쪽 양말을 벗고, 오른쪽 양말을 벗었다. 유도 씨는 약간 마른 듯했고, 창백한 불빛 때문인지 머리털 색이 좀 바래 보였다. 내 이름을 부르면서 울지도 모른다고 나는 생각했지만, 울지는 않았다. 그저 세탁물을 모아서 바구니에 넣고, 복자의 밥을 챙겨 주고, 물을 한 잔 마시고, 샤워를 한 다음에, 욕실 창을 열어 두고 나와서, 머리가 마를 때까지 텔레비전을 보다가, 두 시쯤 잠자리에 들었다. 나는 약간 어리둥절한 채로 유도 씨의 발치에 머물렀다. 복자도 잠들었고, 유도 씨도 잠들었다.

매정하네,라고 생각했다.

나는 내가 언제 죽었는지를 생각해 보려고 했지만, 그게 뭐가 중요한가 싶어서 그만두었다. 얼마 되지 않았다고 생각할 뿐이었다. 몇 가지 물건들이 아직 정리되지 않은 채로 남아 있었다. 신발장엔 샌들, 빨래 바구니 바닥엔 내가 벗어 둔 속옷과 셔츠, 욕실엔 내가 사용하던 샴푸가 남아 있었고, 읽다가 엎어 둔 책도, 먼지가 좀 쌓인 채로, 작은 방에 그대로 엎어져 있었다. 얼마 되지 않은 원령이네,라고 나는 생각했다.

++

유도 씨는 아침과 저녁에 세면대를 닦았다. 세면대와 타일을 말끔한 상태로 유지하는 것은, 유도 씨에게, 도무지 양보할 수 없는 취미

이자, 고집이자, 철학이었다. 지저분한 세면대를 내버려 두고 외출하면 내내 마음에 걸려서 바깥일에 집중할 수가 없다는 것이었다. 아침에 세면대를 꼼꼼하게 닦아 두고, 퇴근하고 돌아와서 잘 마른 타일이며 도기 표면을 눈으로 확인하면 하루의 피로가 말끔하게 씻긴다는 것이 유도 씨의 주장이었다.

유라.

어느 날 저녁에, 유도 씨가 나를 불렀다.

이날도 유도 씨는 세면대를 닦고 있었다. 허리를 구부린 채로 솔질을 하느라 땀을 흘리고 있었고, 열중한 상태라서 입을 약간 벌리고 있었다. 그때 말했다.

유라.

깜짝 놀라서, 바라보았다. 유도 씨는 완전히 방심한 얼굴을 하고 수도꼭지 부근을 닦고 있었다. 움푹 들어간 곡면을 작은 솔로 문지르고, 거울로 넘어가면서 다시 유라, 하고 말했다. 나는 거듭 정말 놀랐지만, 그는 쓱싹쓱싹 거울을 닦고만 있었다.

유라.

그게 버릇이 되었다.

머리를 빗으면서, 구두를 신으면서, 면도기를 물에 헹구면서, 복자의 물그릇에 물을 채우면서, 유도 씨는 무심히 내 이름을 말했다. 그렇다고 딱히 나를 골똘하게 생각하는 것 같지도 않은 모습이었다. 감상도 염원도 없이 그저, 유라,가 반복될 뿐이었다. 나는 그저 말로, 아무것도 바랄 것도, 기댈 것도 없는, 두 음절의 말로서, 유도 씨의 입

버릇이 되었다.

유라.

응.

유라.

응.

매번 틀림없이 대답을 했지만 나는 조그만 힘도 없는 원령이라서, 대답해도, 유도 씨는 내 대답을 듣지 못했다.

++

예전에, 유도 씨와 나는 둘 중 하나가 먼저 죽으면 어떻게 될 것인가에 대해서 대화를 나눈 적이 있었다. 텔레비전 때문이었다. 우리는 그날 기름 유출 사고로 생계가 엉망이 되어 버린 어촌을 취재한 르포를 보았다. 기자가 한 집을 찾아갔다. 그 집은 부부가 굴 양식을 하고 있었는데, 얼마 전에 남편이 약을 먹고 자살을 해 버렸다. 부인이 기자를 데리고 창고로 가서 지난 계절 내내 그들이 작업한 것을 보여 주었다. 조그만 구멍이 뚫린 굴 껍데기가 무더기로 쌓여 있었다. 이걸 전부 같이했어요. 부인이 멍한 얼굴로 무더기를 바라보며 말했다. 둘이서 겨울 내내 굴 껍데기에 구멍을 뚫으며 다음 계절을 준비했는데, 남편이 죽어 버렸다는 것이었다. 텔레비전 속에선 누구도 울지 않았지만 텔레비전 밖에선, 소리도 내지 않고 눈과 코를 닦으며, 유도 씨가 울었다. 나는 생각해 보았다. 부부가 나란히 앉아, 걱정에 잠겨서,

무수한 굴 껍데기에 구멍을 뚫을 때까지만 해도 남편은 있었는데, 이제 그는 없고, 부인과, 그가 뚫어 둔 무수한 구멍과, 생계가 남았다. 그날 밤, 잠을 자려고 누워 있다가 내가 말했다.

난 죽을 거야.

뭐야.

쓸쓸해서 죽을 거야.

무슨 말이야.

만약에, 유도 씨가 먼저 죽으면 난 시들어 죽을 거야.

아, 뭐 또, 그런 이상한 소리를 해.

유도 씨가 죽고 없는 세상을 생각해 봤는데, 안 되겠어. 혼자서 굉장히 쓸쓸할 테고, 도무지 자신이 없어.

죽겠다고 간단하게 죽을 수 있겠냐, 사람이.

하여간 그래.

얼른 자.

유도 씨는 어때.

뭐가.

내가 먼저 죽었다고 생각해 봐.

그야, 살겠지.

뭣이.

어떻게든 살겠지.

유도 씨가 천장을 향해 누워서 히히, 웃었다. 나는 유도 씨 쪽으로 손과 발을 마구 뻗어 대며 툴툴거렸다. 유도 씨가 어둠 속에서 내 손을 손바닥으로 받아 내며 말했다.

　그렇지만 살아도 사는 게 아니겠지, 히히히.

　그러면 내가 먼저 죽자.

　얘기가 왜 그렇게 돼.

　몰라, 잔소리하지 마. 어쨌든 죽으면, 나는 틀림없이 유도 씨한테 붙을 거다. 난 죽어서도 쓸쓸할 테니까, 유도 씨가 반드시 붙여 줘야 돼.

　응.

　일부는 진심이었지만, 총체적으론 농담이었고, 농담으로 받아들일 거라고 생각하며 한 말이었는데, 뜻밖에 진지한 목소리로 대답이 돌아왔다. 붙어, 하고 유도 씨가 말했다.

　얼마든지 붙어.

+ +

　사양하지 않고, 나는 붙었다.

　정수리부터 발가락까지, 내키는 곳에 내키는 대로, 붙어 다녔다. 유도 씨의 정수리와 오른쪽 팔이 가장 좋았다. 유도 씨는 오른손잡이니까, 거기 붙으면 이리저리 흔들렸다가, 기울었다가, 늘어질 수 있어 좋았고, 정수리에선 여러 가지를 광범위한 각도로 엿볼 수 있었다. 하지만 오래 그렇게 할 수는 없었다. 이상하게 어깨와 목이 뻣뻣하다는 이유로 유도 씨가 병원을 다니기 시작했기 때문이었다. 원령이라도,

어쩌면 원령이라서, 살아 있는 몸에 부담이 되는 듯했다. 어쩌면, 어쩌면, 어깨 위쪽이란, 심령적인 면에서 특별히 민감한 부분인지도 몰랐다. 그래서 균등하게 나눠 붙었다. 음울한 것은 유도 씨의 발등으로 내려가고, 비교적 밝은 것은 옆구리에 붙고, 원령으로서의 호기심은 정수리와 손등에 머물렀다. 그 밖의 잡념은 각자 좋을 곳으로, 유도 씨의 윤곽 여기저기로, 흩어졌다. 원망하는 마음이 어쩔 수 없이 강해질 때는 유도 씨의 발꿈치에 스멀스멀 모였다가 바닥에 달라붙었다. 그런 경우를 제외하고는 어떻게든 유도 씨에게 붙어 다녔지만, 차츰 많은 부분을 집에 남겨 두고 붙어 다니다가, 더는 붙어 다니지 않게 되었다. 거리에 너무나 많은 자극이 흩어져 있었으므로, 내가 나의 점착 상태를 안정적으로 유지할 수가 없었기 때문이었다. 하루는 이발소 앞에서, 환풍기가 돌아가는 소리에 매혹되는 바람에, 도대체 내가 무엇인지를 잊은 상태로 이틀이나 거기 묶여 있다가, 다시 그 길을 걸어 퇴근하는 유도 씨를 발견하고 간신히 달라붙은 적도 있었다. 그 뒤로는 집에 머물렀다. 집에서, 유도 씨의 사물 곁에 머물면서, 유도 씨를 기다렸다. 무료함이 깊어지면 건물 벽을 따라 수직으로 천천히 오르내리며 산책을 대신했다.

　나는 기다리고 있었다. 유도 씨가 하루라도 빨리 죽어서, 원령으로서, 우리가 다시 만나게 될 날을 기다리고 있었다. 언젠가 사라지더라도 원령으로서, 함께 사라지고 싶다는 것이 나의 바람이었다. 이따금 뭘 기다리는지를 잊어버린 채로 기다리는 일도 있었지만 하여간, 기다렸다. 기다리고 기다렸다. 시간이 무심히 흘러서, 나는 이제, 얼마 되지 않은 원령, 같은 것이 아니었다. 도무지 그런 신선한 것이 아니었다.

그저 기다렸다.

++

유도 씨는 새로운 연애를 시작하면서 유라, 하고 말하는 것을 그만 두었다. 의식적인 노력이 있었던 것은 아니고, 자연스럽게 그렇게 되었다.

자연스럽게, 잊히고 말았다.

유도 씨의 새로운 연인은 미라,라는 사람이었다. 얼굴이 희고, 몸이 작고, 매끄러운 머리를 얇은 핀으로 고정해서 목 뒤로 늘어뜨린 모습이 아름다운 여자였다. 유도 씨가 감기로 결근한 날 그녀가 집으로 찾아왔다. 벨이 울렸고, 유도 씨가 문을 열어 주었다.

아.

유도 씨는 이렇게, 잠깐 놀라고 말았을 뿐이었다. 미라 씨는 집 안으로 들어와서 유도 씨에게 죽을 먹였다. 유도 씨가 잠자코 죽을 먹는 동안, 그녀는 가만히 앉아서 그걸 바라보았다. 복자가 문턱에 앉아서 하품을 했다. 미라 씨는 복자를 향해서 손가락을 벌려 보이며 미야, 미야, 하고 소리를 냈다. 미라 씨, 하고 유도 씨가 말했다.

이제 그만 돌아가세요.

그냥 두세요,라고 그녀가 말했다.

조금만 더 있다 갈게요.

그녀는 별다른 말도 없이 앉아 있다가 날이 저문 뒤에 돌아갔다. 나중에, 유도 씨가 미라 씨에게 전화를 걸었다. 그렇게 되었고, 또 그렇게 되었다. 유도 씨는 미라 씨를 믿었고, 미라 씨도 유도 씨를 믿었다. 복자도 미라 씨를 따랐고, 미라 씨도 복자를 잘 돌봐 주었다. 그들은 셋으로 부드럽게 완결된 듯 보였고, 원령으로서, 나는 분했다.

너무 오래 살아 있는 거 아니야, 유도 씨.

어느 날, 그런 기분으로 유도 씨의 발을 끌어당겼다. 운전을 하고 있던 유도 씨는 원령에 점착된 발로, 가속기를 힘껏 밟아 버렸다. 그는 가속기에서 발을 떼려고 노력하면서, 짧은 지그재그를 몇 차례 그렸다가, 가로수를 들이받았다. 쿵, 하고 묵직한 파동이 일어났다. 마른 나뭇잎들이 엔진 덮개 위로 후드득 떨어졌다. 고요해졌다.

나는 뒷좌석에 몰린 채로 유도 씨를 응시했다. 유도 씨는 한동안 움직이지 않고 있다가, 벨트를 풀고 다시 한동안 움직이지 않고 있다가, 천천히 움직여서 바깥으로 나갔다. 범퍼와 엔진 덮개, 가로수의 상태를 살피고, 허리에 손을 얹은 채 멀미를 참는 듯한 모습으로 바닥을 내려다보며, 오른쪽 발을 몇 번 굴러 본 다음, 운전석으로 돌아왔다. 안색이 창백했다. 다친 곳은 없어 보였다. 크게 다치지 않은 유도 씨를 바라보며 애석하다고 생각하는 마음이 비교적 커서, 정말로, 음산한 원령이 되고 말았다고 나는 생각했다. 유도 씨는 핸들에 두 손을 올리고, 뒤쪽의 뭔가를 살피듯 뒷거울을 빤히 들여다보았다. 나는 움직이지 않고 유도 씨의 시선을 받았다. 모처럼,이라고 생각하면서, 거울을 통해, 있는 힘껏 받아 두었다.

유도 씨와 미라 씨는 가을에 결혼했다. 유도 씨에겐 먼 친척이 서너 명 있을 뿐이고 미라 씨에게는 노모와 친척 두 분이 있을 뿐이라서, 식은 아주 작게 치러졌다. 미라 씨의 소박한 부케는 미라 씨의 동료 직원이 받았다. 유도 씨와 미라 씨는 복자를 친척에게 맡기고 섬으로 여행을 떠났다.

나는 집에 남았다. 머물렀다.

어째서 여기 있는 걸까.

벌을 받고 있는 걸까, 하고 생각했다. 생전에 내가 무엇을 유별나게 했는지를 생각해 보았다. 생각나는 것이 별로 없었다. 남다른 것은 없었고, 복근과 단전을 열심히 단련했을 뿐이었다. 복근과 단전을 열심히 단련한 사람의 경우, 죽어서도 얼마간 남아서 이런저런 생각을 하게 되는 걸까.

유도 씨도 없고 복자도 없는 집에서, 막막한 마음으로 벽을 따라 오르내렸다. 북쪽 벽을 따라서, 바닥을 통과해서 아랫집의 천장에 붙어 있다가, 천천히 하강해서 다시 바닥을 통과하고, 다시 그 아랫집의 천장에 달라붙었다. 어두운 방이었다. 두꺼운 이부자리 속에 노인이 누워 있었다. 그는 막 숨이 끊어지려는 참이었다. 플라스틱 물풀과 빨간 금붕어가 담긴 수족관의 불빛이 그의 납작하고 조글조글한 얼굴을 비추고 있었다. 이불 속에서 그의 가슴이 조금 팔딱거렸고, 이윽고 숨이 멎은 뒤에, 노인의 이마에서 둥근 것이 부풀더니 에라, 하면서 사라졌다.

에라.

그는 어째서 그런 말을 남기고 사라졌을까. 나이를 먹어 죽는 사람들은 모두 그렇게 사라지는 걸까. 에라, 하고. 어쩌면 그것은 개인적인 경우일 뿐이고, 다른 노인들은 그렇지 않을 수도 있다. 어쩌면, 어쩌면 그는 에라,가 아니고 애라,라고 했을지도 몰랐다. 애라, 하고 누군가의 이름을, 부른 것일지도 몰랐다.

애라.

에라.

나는 왜 그렇게 되지 않는 걸까. 왜 진작 그렇게 되지 않았을까.

나는 이제 생강 냄새를 진하게 풍기고 있었다. 그런 냄새를 풍기게 된 연유 같은 것은 따져 보고 싶지도 않았다. 어느 순간부터 그랬는데, 어쩌면 나처럼 복근이 단련되어서 남아 버린 원령의 경우, 결국엔 생강 냄새를 풍기게 되는 것이 이 세상의 이치인지도 모르겠다고 생각해 볼 뿐이었다.

여행에서 돌아온 유도 씨와 미라 씨는, 복자와 더불어 잘 살아가고 있었다. 유도 씨는 매일 미라 씨의 머리를 만졌다. 미라 씨는 유도 씨의 손길에 가만히 머리를 맡긴 채, 저, 이 방에선 생강 냄새가 나요, 그렇지 않나요,라고, 속삭이고, 속삭이는 것이었다.

++

복자야.

하고 부르자 문득 돌아보았다.

복자는 그 밤에 죽었다. 늙고 가볍고 느긋한 생물로서, 천수를 누리고 죽었다. 밤에, 내가 그 과정을 지켜보았다. 문득 머리를 털며 일어나더니 물그릇 쪽으로 가서 물을 마시려는 듯 그릇 속을 들여다보다가 바닥에 엎드렸다. 어둠 속에서 두 번 숨을 쉬고, 세 번째로 야트막한 숨을 쉰 후로, 그만이었다. 복자는 작은 볼을 바닥에 댄 채로 한 차례 이완되었다가 빠르게 굳어 갔다. 아침에 미라 씨가 거실 한구석에서 심상치 않게 수축된 한 점을, 복자를, 발견했다. 그녀는 양주병이 들어 있던 나무 상자에 복자를 넣었다. 유도 씨가 멍한 눈빛으로 그 속을 들여다보았다. 유도 씨는 풀이 죽은 모습으로 출근을 하고, 미라 씨가 복자를 태우러 갔다.

복자야.

복자야.

복자는, 원령이라고는 할 수 없는 신묘한 기색을 남겼다. 부엌에서 거실로 넘어가는 모퉁이에서, 폭이 넓은 주름으로 얼마간 일렁거리다가, 어느 날 어딘가로 가 버렸다. 생강 냄새 같은 것도 흘리지 않았고, 한 겹의 주름도 더는 그 자리에 남긴 것이 없었다. 근사하다고, 생각했다. 나는 남았다. 어쩔 수 없이, 머물렀다.

++

나는 냉장고를 바라보았다. 이 냉장고는 잔, 잔, 잔, 잔, 하며 돌아가지 않았다. 잔, 잔, 잔, 잔, 하며 돌아가던 냉장고는 오래전에 버려졌다. 모터를 비롯해 너무 많은 부품이 낡아서 더는 기능할 수 없다는 진단을 받고, 새로운 냉장고를 배달하러 온 사람의 트럭에 실려, 서비스적인 의미에서, 수거되었다. 나는 냉장고를 바라보았다. 나는 이것을 바라본다,고 생각했다. 나는 이것을 본다, 보다니, 하지만, 무엇으로, 무엇을, 어디에서, 언제까지, 보는 나는 무엇이고, 앞으로, 앞이 있다면 말이지만, 무엇으로, 될까, 어디에서, 언제까지, 무엇을, 무엇으로, 본다, 그런데, 누가, 누군가, 무엇으로, 무엇을, 그러나, 어디에서, 언제까지, 하고 반복해서 생각하다가, 전혀 확고하지 않은 상태로, 퍼졌다. 냉장고 곁에서.

유도 씨.

유도 씨는 미라 씨와 더불어 아이를 낳고, 아이에게 '안'이라는 이름을 붙이고, 새로운 아파트로 이사를 하고, 가구와 식기를 비롯해 끊임없이 교체되는 물건의 값을 지불하고, 안을 기르고, 계획을 세우고, 계획을 잊고, 계획을 포기하고, 다시 계획을 세우고, 계획에 근접한 형태로 실행하고, 좋거나 나쁘거나 이도 저도 아닌 결과들을 기다리고, 병원을 다니며 몇 가지 질병을 치료하고, 중년에 접어들 무렵에 구조 조정으로 일자리를 잃었을 때는 잠시, 많이, 방황했지만 어떻게든 받아들이고, 만두 가게라는 형태로 순응해서, 노력을, 말하자면 생계生計를 이어 가기 위한 노력을 이어 가는 중에, 재미를 얻기도 하고 잃기도 하면서, 이제는 상당히 쇠약해졌으나 어떤 의미에서는 견고해진 모습으로, 살아가고 있었다.

안은 12세 때 손가락이 두 개 부러지는 사고를 당했지만 이후로는 별다른 일이 없었고, 중학교에 입학해서는 개구리에 취미를 두었다. 개구리 자명종, 개구리 베개, 개구리 이불, 개구리 볼펜, 개구리 노트, 개구리 반창고까지, 이것저것 종류별로 개구리와 관련된 제품을 모아서 자기 방에 잔뜩 늘어놓고, 그 속에서 혼자 지내기를 너무 좋아해서 유도 씨와 미라 씨가 걱정을 했지만, 좀 더 나이를 먹은 뒤엔 개구리에 대한 취미를 미련 없이 버렸고, 미라 씨를 60퍼센트, 유도 씨를 40퍼센트 정도 닮은 듯한 아가씨로 자랐다. 그녀는 회사에서 만난 남자와 결혼하여 미라 씨를 20퍼센트, 유도 씨를 10퍼센트, 그녀 자신을 30퍼센트, 그녀의 남편인 회사원을 40퍼센트 정도 닮은 듯한 사내아이를 낳았다.

미라 씨도 나이를 먹고, 유도 씨도 차츰, 나이를 먹고 있었다.

나로 말하자면 어디로도 수거되지 못하고 머물고 있었다. 이제는 누군가를 향해서 너무 오래 사는 게 아니냐고 원망하는 마음도 들지 않았다. 생강 냄새마저 사라진 채로 남의 집 거실 한구석에서, 염치고 뭐고 없는 한 조각의 다시마처럼 바짝바짝 묵어 가고 있을 뿐이었다.

유도 씨도, 미라 씨도, 안도, 차츰, 차츰, 나이를 먹었다. 차츰, 차츰, 시간이 흘러서, 유도 씨로 말하자면 이제 체격이 무척 왜소해졌고, 머리숱과 말이 줄었다. 여름엔 머리 가죽이 뜨겁고 겨울엔 머릿속이 춥다고, 전에는 쳐다보지도 않던 모자를 쓰고 다녔고, 겨울에 외출할 때는 반드시 머플러를 챙겼다. 차츰, 차츰, 그리고 무심히, 시간이 흩어지고 있었다.

미라 씨는 71세에 암으로 병사했다.

발견에서 마지막까지 조용하고도 가파른 말년이었다. 그녀는 방사선 치료를 거부하고 집에 머물렀다. 마지막엔 거의 아무것도 먹지 못하는 채로 한 달을 차분하게 견뎠고, 나흘간 의식을 잃은 상태로 누워 있다가 새벽에 숨이 멎었다. 에라, 같은 말은 단 한마디도 남기지 않았다.

장지에서 돌아온 밤에 유도 씨는 무척 음주한 상태로 부엌에 누웠다. 아버지를 살피기 위해 집으로 동행한 안이 여러모로 애를 썼으나, 고집을 피우는 그를 방으로 옮기지는 못했다. 그녀는 그에게 이불 한 장을 덮어 두고 방으로 들어갔다. 불이 꺼졌다. 안이 펼쳐 둔 이불의 한 모서리로, 붉은귀거북의 머리처럼 느슨하고 동그란, 유도 씨의 얼굴이 노출되어 있었다. 그는 어둠 속에서 눈꺼풀을 닫고 누워 있다가 바지 지퍼를 열고 싱크대를 향해 소변을 누었다. 바닥이 젖고 이불이 젖고 주름 잡힌 옆구리가 젖었다. 힘껏 소변을 눈 다음엔 힘이 빠져 버렸는지, 고추를 내놓은 채로 잠이 들었다.

안이 새벽에 부엌으로 나와서 그 모습을 보았다. 그녀는 사방에 퍼진 소변을 닦고 다른 이불을 가져왔지만 유도 씨의 고추는 어쩌지 못하고, 이번에도 이불만 덮어 두고 방으로 돌아갔다.

문이 닫혔다.

유도 씨가 남았다.

날이 밝은 뒤 안은 안의 집으로 돌아가고, 유도 씨가 남았다.

++

세 개의 점이 하나의 직선 위에 있지 않고 면을 이루는 평면은 하나 존재하고 유일하다.

세 개의 점이 하나의 직선 위에 있지 않고 면을 이루는 평면은 하나 존재하고 유일하다,라고 중얼거리는 원령이 들어왔다. 부스러기 같은 것이었다. 어디에서 어떻게 흘러들어 왔는지는 모르겠지만, 어느 날 현관에서 심상치 않은 기색으로 부스러져 있는 것을 내가 발견했다. 세 개의 점이 하나의 직선 위에 있지 않고 면을 이루는 평면은 하나 존재하고 유일하다. 그게 뭐냐고 묻자, 평면의 정의입니다,라는 답이 돌아왔다. 그런 걸 어째서 외우고 있느냐고 묻자 더욱 심상치 않은 기색을 띠고 모였다가 다시 부스러지면서, 모르겠습니다,라고 답했다. 이것 말고 다른 것은 생각나지 않습니다, 그러니까 외웁니다, 세 개의 점이 하나의 직선 위에 있지 않고 면을 이루는 평면은 하나 존재하고 유일하다. 그 뒤로는 무엇을 물어도, 같은 말을 되풀이했다.

이 부스러기나, 이 부스러기로부터 끊임없이 되풀이되는 평면의 정의라는 것이 좋지 않은 영향을 미쳤는지, 유도 씨의 상태가 묘해지기 시작했다.

미라 씨의 죽음 이후로 유도 씨는 함께 살자는 안의 제의를 거절하고, 미라 씨와 둘이서 노년을 보내던 집에서, 혼자 밥을 해 먹고 낮잠을 자고 해 질 무렵에 산책을 나가거나 기보를 펼쳐 놓고 바둑을 두며 지내고 있었다. 어느 날 그는 거실에서 방으로, 문턱을 넘어가다가 앞쪽으로 뒹굴었다. 뒹굴, 뒹굴, 한 바퀴 반을 구른 다음에, 놀라고 당황한 듯한 얼굴로 뒤쪽을 돌아보았다. 문턱에 뭔가 있었다고 생각하는 듯했다. 그러나 문턱은 평소처럼 있는 듯 없는 듯 나지막할 뿐이었다. 이날이 기점이었다고 말할 수는 없지만 이런 식으로, 계단, 비탈길, 평지를 가리지 않고, 두 번 세 번 넘어지는 일이 되풀이되었다. 안이 아버지를 병원으로 데리고 가서 병명을 얻어 왔다. 유도 씨로서는 발음하기도 쉽지 않은, 누군가의 이름이었다.

상승하고 있습니다, 라고 부스러기가 말했다.

저는 깊이, 깊이, 상승하고 있습니다, 라는 말을 남기고, 어느 날 아침에, 아주 부스러져 버렸다.

++

오랫동안, 내가 무엇이었는지를 잊고 있었다.

나는 톱밥 가루가 날리는 서랍에 든 앨범 속에서, 사진 한 장에 붙어 있었다. 여름옷을 입은 여자가 흰 돌이 박힌 벽을 등지고 서 있었다. 그녀는 한쪽 팔을 들어 프레임 바깥을 가리키고 있었고, 흐릿한 이마엔 머리카락이 조금 흩어져 있었다. 생전의 내 모습이라는 걸 한참 만에 알았다.

나야,라고 생각한 순간엔 윤곽이라고 할 수 있을 만한 것이 비늘처럼 곤두섰다가 가라앉으며 나는 일순 확고해졌지만, 그것은 말 그대로 일순일 뿐이었다.

아무래도 나는 사라지고 있는 듯했다.

사라진다기보다는 너무 광범위하게 번지고 퍼져서, 끝내는 돌이킬 수 없이 묽고 무심한 상태의, 일부가 되는 듯했다. 나는 아직 나의 일부인 나를 추슬러 간신히 서랍에서 흘러나왔다.

넓고 반듯한 방이었다. 커다란 창이 하나 있고, 침대와 서랍장이 세 개씩 놓여 있었다. 유도 씨는 가운데 침대에 누워서 천장을 보고 있었다. 오른쪽 침대엔 머리를 바짝 깎은 노인이 잠들어 있었고, 왼쪽 침대는 이불이 발치 쪽에 구겨진 채로 비어 있었다. 세 개의 서랍장 위엔 가습기가 놓여 있었는데, 유도 씨의 몫을 제외하고는 모두 꺼져 있었다. 유니폼을 입은 남자가 빼빼 마른 노인을 휠체어에 싣고 들어와 비어 있던 왼쪽 침대에 눕혔다. 그는 그 노인 몫의 가습기를 켜고, 이제는 빈 휠체어를 착착 접어 구석에 세워 두었다. 두 개의 가습기가 뻐끔거리는 소리를 내며 습기를 뿜었다. 유도 씨는 성가시거나, 혹은 신기하다는 듯 머리 위로 너울거리는 습기를 바라보고 있었다. 작은 물방울이 유도 씨의 눈썹에 달라붙었다. 침대 발치 쪽에, 유도 씨의 이름이 적힌 휠체어가 접혀 있었다. 신발은 어디에도 보이지 않았다.

유도 씨.

이제, 걷지 못하는 걸까.

희박해지려는 나를 모아서, 유도 씨에게 점착했다.

머물렀다.

거기엔 유도 씨 말고도 사람이 많았다. 대부분 유도 씨처럼 몸을 제대로 움직일 수 없는 노인들이었다. 거기엔 유도 씨의 것이 별로 없었다. 유도 씨가 누운 침대도, 유도 씨가 사용하는 베개도, 유도 씨가 덮는 담요도, 유도 씨가 입은 실내복도, 가습기도, 플라스틱 컵도, 모두 유도 씨의 몫이었으나, 유도 씨의 것은 아니었다. 나는 가능한 한 바짝, 유도 씨 곁에 머물렀다. 점착이 시원치 않았다. 자꾸 미끄러졌다. 미끄러질 때마다 흩어졌고, 조금씩, 잃어버렸다. 이제 아주 작은 것들만 남았다.

머물렀다.

안의 식구들이 이따금 유도 씨를 보러 왔다. 명절이나 여름휴가가 시작되면 그들은 유도 씨를 그들의 집으로 데려갔다. 유도 씨는 거기서 닷새나 일주일 정도를 머물렀다가 시설로 돌아왔다. 연휴의 끝 무렵에 안이 짐을 꾸리기 시작하면, 유도 씨는 흐릿한 눈으로 그녀가 하는 것을 지켜보고 있다가, 구석에 자기 윗도리 하나가 남아 있다는 것 등을 알려 주었다. 시설로 돌아오면 입을 벌린 채로 잠을 잤고, 어쩌다 밤에 눈을 떠서, 딱히 생각에 잠긴 것도 아닌 듯한 얼굴로 천장을 바라보았다.

유도 씨는 죽어서 무엇이 될까.

나는 유도 씨에게 고마워,라고 말한 것을 기억해 냈다. 오래전에, 얼마든지 붙어,라는 대답을 들은 직후였다. 한동안 침묵이 흐른 뒤에 유도 씨가 말했다.

나는 죽은 뒤에 뭔가 남는다거나, 다시 태어난다는 거, 믿지 않아.

왜.

믿고 싶지 않으니까.

어째서.

가혹해서, 생각하고 싶지 않아.

뭐가 가혹해.

예를 들어, 네가 죽어서 나한테 붙는다고 해도 나는 모를 거 아냐.

모를까.

모르지 않을까.

사랑으로, 알아차려 봐.

농담이 아니라, 너는 나를 보는데 내가 너를 볼 수 없다면 너는 어떨 것 같아.

쓸쓸하겠지.

그거 봐. 쓸쓸하다느니, 죽어서도 그런 걸 느껴야 한다면 가혹한 게 맞잖아. 나는 이생에 살면서 겪는 것으로도 충분하니까, 내가 죽을 때는 그것으로 끝이었으면 좋겠어. 이왕 죽는 거, 유령으로 남거나 다시 태어나 사는 일 없이, 말끔히 사라졌으면 좋겠다는 얘기야.

그건 너무 덧없다고 내가 말하자, 덧없는 편이 낫다,라는 것이 유도 씨의 대답이었다. 죽어서도 남을 쓸쓸함이라면 덧없는 것만 못하다는 것이었다.

죽어서도 남을 쓸쓸함이라면.

유도 씨.

유도 씨는, 덧없이 사라질 수 있을까.

에라, 하고.

유라, 혹은 미라, 하고.

나는 기다리고 있었다. 한 쌍의 원령으로 우리가 다시 만나게 될 날을 기다리고 있었다. 기다렸지만, 이처럼 묽고 무심한 상태가 되어 가는 입장에서 언제까지 유도 씨를 기다릴 수 있을지, 기다리는 데 성공한다 해도, 한 쌍의 원령으로서, 유도 씨와 더불어 얼마나 함께할 수 있을지, 유도 씨를 내버려 두고 내가 먼저 흩어져 버리는 것은 아닌지, 그러면 혼자 남은 유도 씨는 어떻게 되는 건지, 확고하다고 할 수 있을 만한 것은, 아무것도 없었다.

그저 바랄 뿐이었다. 유도 씨가 죽은 직후엔 아무런 일도 일어나지 않기를. 유도 씨가 죽고 난 다음엔 무엇으로도 남지 않기를.

말끔히 사라질 수 있기를.

사라져 버리기를.

부디.

부디.

대니 드비토.

++

유라.

양지바른 곳에서, 유도 씨가 말했다.

사랑의 순간들

Ⅰ.

인간의 한평생은 거대하고 영원한 사랑의 과정이다.
　　　－ 쥘리아 크리스테바, 『사랑의 역사』(김인환 역, 민음사)에서

Ⅱ.

사춘기에 막 들어서면 궁금해지는 것이 많습니다. 그중 첫 번째는 아마 사랑이겠지요. 사랑이란 어떤 감정인지, 좋아한다는 느낌과는 어떻게 다른지, 키스할 때 정말 귀에서 종소리가 들리는지, 사랑에 대해 궁금한 것들은 정말 가지가지입니다. 최진영의 「첫사랑」은 순수하고 호기심 많던 그 시절, 처음으로 경험한 사랑의 감정을 이야기한 작품입니다.

"아끼고 아꼈다가 일기장에나 간신히 쓰"며 사랑이라는 것에 의미를 부여하던 열아홉 살, '나'는 J를 보며 처음으로 가슴 뛰는 감정을 느낍니다. '나'는 비밀을 간직한 자의 가슴 시리지만 충만한 느낌과 두

근거럼을 경험하게 되고, 자신이 J를 사랑하고 있다는 것을 알게 됩니다. 반면에 '나'는 이성인 Y로부터 사랑 고백을 받고도 아무런 감정을 느끼지 못합니다. 아름다움과 설렘, 심지어 걱정과 연민을 느끼게 한 J와 달리 Y는 전혀 아름답게 보이지도, 가슴을 뛰게 하지도 않았던 것이죠. 그렇게 '나'는 중요한 깨달음을 얻게 됩니다. 사랑이라는 감정에서는 대상의 성별보다, 그 대상에게서 아름다움과 설렘을 느끼는 것이 더 중요하다는 점 말입니다.

Y가 선물했던 시디의 제목처럼 우리는 누구나 'Everlasting Love'를 꿈꿉니다. 하지만 곧 "산속을 헤매는 기분"을 느끼기 마련이지요. '나' 역시 첫사랑을 자기 사랑의 원형이라고 생각하며, 그런 사랑을 찾아 헤맵니다. 그러나 첫사랑의 느낌은 어쩌면 영원히 찾을 수 없는 것인지도 모릅니다. '나'의 사진 속에 남아 있는 "유령처럼 흔들리는 J의 희미한 뒷모습"처럼, 분명히 있지만 분명하게 알 수 없는 그 무엇. 그것이 첫사랑 아닐까요?

두 사람은 어떻게 사랑에 빠지게 될까요? 사랑이라는 것은 우리에게 어떤 의미가 있나요? 박상영의 「햄릿 어떠세요?」에는 너무나 다르면서도 닮은 두 사람이 나옵니다. '나'는 계속되는 실패로 좌절과 외로움이 극에 달한 청담동 걸 그룹 연습생이자 탈락생입니다. 그리고 '곰곰'은 대학에 입학해서 처음 서울에 올라온, 바닷가 소도시 출신의 촌스러운 남학생이지요. 연극 수업에서 처음 만나 "손닿을 만큼 가까운 곳에 있는 유일한 사람"이 된 두 사람은, 패배자로서의 절망감 속에서 동거를 시작합니다.

'나'가 '곰곰'을 떠나지 못했던 가장 큰 이유는, 바로 "네가 필요해." 라는 한마디 때문이었습니다. 늘 "대체될 수 있는 존재"이며 평가받는 존재였던 '나'에게 '곰곰'은 자신이 누군가에게 필요한 사람이라는 말을 처음 해 준 타인이었습니다. 하지만 두 사람도 영원할 수는 없었습니다. '나'는 삶의 위기 앞에서 예전처럼 무너지지 않고 점점 강해지고 있는 '곰곰'의 모습을 봅니다. 그리고 자신이 '곰곰'에게 더 이상 존재 가치가 없는, 대체 가능한 사람이 되는 것은 아닌지 두려워하게 되지요. 결국 '나'는 '곰곰'의 곁을 떠납니다.

나 자신이 하찮게 여겨질 만큼 절망스러운 날에, 우리를 끝내 붙잡아 살게 하는 것은 나를 필요로 하는 누군가가 있다는 사실 때문일지도 모릅니다. 늪 같은 절망에서 빠져나올 수 있게 했던 힘은, 나를 원하는 '당신'이라는 존재에게서 비롯되었겠지요. 젊은 한때, 공허한 내면과 실패한 꿈까지도 함께했던 '당신'이 곁에 있었기 때문에 우리는 '곰곰'처럼 더 괜찮은 사람이 되었는지도 모르겠습니다. '서바이벌 오디션' 마지막 무대에서 '나'가 불현듯 '곰곰'이 했던 「햄릿」의 대사를 떠올린 것은, '나'가 그만큼 사랑 속에서 성장했다는 증거이겠지요.

가슴을 뛰게 하는 누군가를 만났지만, 열등감 때문에 주저해 본 적 있나요? "누구나 감추고 싶은 콤플렉스가 있"기 마련입니다. 최민석의 「괜찮아, 니 털쯤은」 속 주인공이 감추고 싶은 콤플렉스는 바로

'털'입니다. 자신을 원숭이라고 생각하는 주인공은 수북하게 난 '털' 때문에 큰 스트레스를 받아 콤플렉스를 극복하기 위해 노력합니다. 그러면서 '나'는 더 돋보이는 사람이 되지만, 여전히 자신은 "그저 원숭이일 뿐"이라는 생각에서 벗어나지 못합니다. 그래서 사랑하는 여성을 만났을 때에도 그녀가 원숭이인 '나'를 받아들일 수 있을지 고민합니다.

'털' 때문에 그녀를 잃게 될까 봐 불안했던 주인공은 힘들게 자신의 정체를 고백하고 나서 갑작스러운 이별 선언을 듣게 됩니다. 하지만 그녀가 이야기한 이별의 이유는 예상과 전혀 달랐지요. '털'이 문제가 될 것이라고 생각한 '나'와 달리, 그녀는 그것은 자신에게 아무런 문제가 되지 않는다고 말합니다.

누군가를 사랑하기 위해서는 먼저 자기 자신을 있는 그대로 받아들이고 사랑할 수 있어야 하지 않을까요? 비록 그녀와 헤어졌지만, 그녀가 남긴 "괜찮아, 니 털쯤은."이라는 말은, '나'가 "모든 상처의 근원이 되고, 모든 시련의 시발이 되"었던 털(원숭이) 콤플렉스를 극복할 수 있게 하는 힘이 됩니다. 비로소 '나'는 스스로에게 말할 수 있습니다.

"괜찮다, 내 털쯤은."

한 사람을 사랑하고 연애를 시작할 때, 누구든 각자 원하는 방식과 결말이 있기 마련입니다. 이지민의 「그 남자는 나에게 바래다 달라고 한다」는 바로 그런 '사랑의 방식'에 관한 작품입니다.

'나'가 사랑한 '그'는 모든 여성이 원하는 이상형에 가깝습니다. 그러나 '그'에게 결혼하고 싶은 여자가 생겼다는 이야기를 들은 뒤로, 그동안 '나'가 느낀 모든 감정은 한낱 착각에 불과했다는 것이 드러나지요. 그러나 더 놀라운 것은 새로운 연인과의 이별에 대해 아무렇지 않게 말하는 '그'의 모습입니다. '나'는 처음으로 완벽해 보이기만 했던 남자의 그 '방식'에 문제가 있다는 것을 발견합니다.

이별 후, '그'가 손에 깁스를 한 채 다시 나타납니다. 하지만 '그'를 대하는 '나'의 태도는 아주 달라집니다. 예전과는 달리 자신이 남자를 '집에 바래다주기'로 결정한 것이지요. 전통적으로 집에 바래다주는 행위는 힘 있는 남자가 연약한 여자를 '보호'하기 위한 연애 방식입니다. 그런 점에서 '나'는 성 역할에 대한 오래된 사회적 문법을 거스른 셈입니다. '나'는 이제 "전 세계에서 유일하게 기사도를 발휘하는 여자"가 되어 남자를 바래다줍니다.

'나'가 남자를 바래다주는 행위를 통해 얻고 싶었던 것은 무엇이었을까요? 전통적으로 남성이 해야 할 역할을 하는 '나'를 다른 사람들은 이해하지 못합니다. 그러나 '나'는 "어쩌면 자신이 사랑하는 방식을 이해하는 것이 사랑의 전부인지도 모르겠다."라고 말합니다. 결국 사랑과 이별의 방식은 자신의 선택인 것이죠. 남들이 보기에 "한심한 연애"를 하는 '나'의 방식은 사랑과 이별에 대한 통념을 깨뜨립니다.

두 사람이 사랑하고 연애하게 되면 그다음엔 무엇이 오나요? 사랑의 완성은 결혼이라는 말이 있듯, 많은 이가 자연스럽게 결혼을 떠올릴 것입니다. "사랑했고, 사랑하는 사람들이 가장 편하게 함께 있을 수 있는" 최선의 선택이 정말로 결혼일까요? 정세랑의 「웨딩드레스 44」는 사랑과 결혼에 관한 여러 질문을 우리에게 던지는 작품입니다.

작품에는 웨딩드레스를 입고 결혼이라는 형식 안으로 들어간 44명의 여성(신부) 이야기가 펼쳐집니다. 소설은 결혼이 우리 사회의 '제도'와 깊숙하게 연결되어 있음을 보여 줍니다. 평생을 비혼 커플로 살고 싶었던 인물들도 결혼을 피해 가기는 매우 어렵습니다. 결혼이라는 제도를 벗어났을 때 개인이 감당할 손해가 너무 큰 것이죠. 모든 사회 시스템은 철저히 기혼자들 위주로 되어 있어서 결혼하지 않고서는 그 자원들을 얻어 낼 수 없는 것입니다.

결국 결혼은 사회적 인정의 문제와 연결됩니다. 작품 속 동성 커플의 고민은 결혼이 사회적 인정의 공식적인 절차임을 말해 줍니다. 정상 가족, 정상 결혼이라는 이데올로기의 결정판인 결혼'식'은 누군가에게는 '소외'가 되고 누군가에게는 '특권'이 될 수 있는 것입니다. 또한 결혼은 젠더의 문제와도 깊게 연결되어 있습니다. 결혼은 남녀가 함께 만들어 가는 것이지만, 결혼의 기쁨보다 '환멸'과 '굴욕'을 먼저 말하고 있는 여성들의 이야기는 마치 기절할 것 같이 조여들어 오는 44사이즈 웨딩드레스를 닮았습니다. 그런 점에서 작품의 마지막에서 고등학생들이 맞지 않는 웨딩드레스를 입어 보는 장면은 무척 의미심장합니다.

Ⅲ.

나에게 새로운 사랑이 찾아온다면 어떻게 해야 할까요? 결혼 이후에 만난 상대에게서 진심 어린 사랑을 느낀다면 어떤 결정을 내릴 수 있을까요? 백수린의 「폭설」은 사랑을 찾아 떠난 엄마를 바라보는 사춘기 딸('그녀')의 시선에서 서술된 작품입니다.

떠난 엄마에 대해서는 늘 좋지 않은 시선들이 존재합니다. '그녀'의 주변 사람들은 '불륜', '이기적'이라는 말들과 함께 엄마를 가정을 내팽개친 '가해자'로 낙인찍습니다. 사랑이 깨지는 데는 분명한 이유가 존재해야 한다고 생각했던 '그녀'는 부모의 이혼 앞에서 이해할 수 없는 것이 너무 많았습니다. 엄마가 "아빠 아닌 다른 사람을 사랑하게 되"었다는 것, 예전보다 지금이 더 행복해 보인다는 것, 그리고 다른 엄마들과 달리 자식을 더 중요하게 생각하지 않는다는 것 등등.

'그녀'는 늘 가정을 떠난 엄마의 사랑을 이해할 수 없다고 생각했습니다. 그래서 엄마에게 절대 하지 못한 말이 있습니다. '케빈'과 함께 있던 엄마가 사랑에 빠진 여자로서 얼마나 아름다웠는지 말이지요. 아마 이 말을 했다면 엄마를 이해하게 되어 버릴까 봐 두려웠던 것이 아니었을까요?

이쯤 되었으니 엄마의 말에도 귀를 기울여 봐야겠습니다. 엄마가 열두 살 딸에게 "사람들은 누구나 자신의 삶을 선택하며 사는 거야."라고 했던 것 말입니다. 아름답지만 위험한 폭설 앞에서 대부분의 사람은 두려움과 불안을 느낍니다. 앞으로 나아가길 주저하고 멈추죠. 그러나 예상치 못했던 폭설을 뚫고 지나가면 거짓말처럼 눈이 없는 구간을 만나게 됩니다. 폭설과 어둠이 깔린 그 길에서 어린 짐승 같은 여린 존재들이 다칠 수도 있지만, 운이 좋으면 아무 일도 일어나지 않은 채 여행을 마칠 수도 있는 거죠.

삶의 마지막 순간이 왔을 때, 내 옆에 누가 남아 있기를 바라나요? 대부분 사랑하는 사람이라고 대답할 것입니다. 아마 그것이 삶의 끝자락에서 누릴 수 있는 가장 행복한 일이겠지요. 권여선의 「봄밤」에 등장하는 남녀는 젊지도 늙지도 않은 나이이지만, 삶의 마지막을 눈앞에 두고 있습니다. 소설은 12년 전 '봄밤'에 시작된 사랑이 12년 후 '봄밤'에 마무리되는 과정을 천천히 따라갑니다.

'영경'과 '수환'의 상황은 지극히 절망적입니다. '수환'은 '영경'을 만나기 전 자살이라는 선택지를 늘 가슴에 품고 살던 사람이고, '영경'은 상실감과 무기력 속에서 점점 알코올 중독자가 되어 가던 사람입니다. 두 사람 모두 다른 사람들로부터 받은 깊은 상처로 망가져 가고 있었죠. 결핍만이 전부였던 두 사람은 서로를 지키며 사랑을 시작합니다.

'영경'을 보내던 날까지 '수환'이 보여 준 사랑의 자세를 생각해 봅니다. 삶의 끝에서도 오로지 '영경'에게 해 줄 수 있는 것만을 생각하는 모습을 통해 '종우'는 '수환'과 '영경'의 사랑을 진심으로 알아보게 되죠. 그리고 알코올성 치매로 '수환'의 존재를 인식하지 못하는 '영경' 역시 '수환'을 보낼 때까지 죽을힘을 다해 견뎠다는 것을, 그리고 "수환이 떠난 후에야 비로소 안심하고 죽어 버렸다는 것을" 요양원 사람들은 이해하게 됩니다.

두 사람은 서로를 위해 '견뎌'낸 것입니다. '수환'이 두려움을 느끼며 종종 보았던 가면 같은 '영경'의 표정은, 이미 '영경'의 상태도 오래 전부터 심각했었다는 것을 보여 줍니다. 다만, 오로지 '수환'을 위해 무섭도록 인내한 것이었죠. '수환'이 떠난 후에야 '영경'의 정신은 무너져 내립니다. 생의 마지막에 찾아온 사랑을 위해 최선을 다하고서 말입니다.

늙어도, 누군가를 당당하게 사랑해도 되나요? 홍희정의 「앓던 모든 것」은 일흔셋 할머니와 스물하나 청년 '윤오'의 동거를 그린 작품입니다.

처음 만난 순간부터 '나'는 청년의 몸을 '앓게' 됩니다. 세밀화를 관찰하듯 청년의 몸 하나하나를 바라보며 깊은 아름다움을 느끼고, 온종일 '윤오'의 눈을 바라보고 싶다고 생각합니다. 사랑에 빠진 것이 분명합니다. 하지만 주변 사람들은 노인인 '나'의 집에 머무는 젊은 남자에 대해 경계하는 말을 합니다. 나이 든 사람의 관심은 "목욕물 온도와 커피의 농도 정도"로 제한되어야 한다고요. 아마 '나'의 나이는 사랑이라는 감정을 갖는 것이 어울리지 않는다는 입장일 것입니다.

'윤오'를 좋아하면서 '나'는 많은 변화를 겪게 됩니다. 언제든 삶을 저버릴 채비를 하던 '나'는 세상에 "태어나서, 살아 있어서 다행이라고" 느끼게 되죠. '윤오'를 가질 수 없으니 '윤오'의 티셔츠를 훔쳐 간

직하고, 죽을 때까지 함께 있게 해 달라고 신께 기도합니다. 이런 '나'
의 모습은 사랑이라는 감정 안에서 기쁨과 아픔, 간절함을 경험하는
다른 사람들과 다를 바 없습니다.

사랑의 감정에는 정해진 나이가 없습니다. 10대든 70대든 누군가
를 좋아하고 사랑하는 마음은 다 같다고 볼 수 있습니다. 하지만 세상
은 나이 든 사람, 특히 늙은 여성에 대해 너그럽지 못합니다. 그래서
'나'는 그저 마음으로만 '윤오'를 사랑한 것이지요. 그리고 모든 사랑
이 그렇듯 아프게 앓았죠. 그런 점에서 '윤오'의 입맞춤 상대가 한 말
이 가슴에 와 박힙니다.

"인간이니까 사랑하는 거지."

죽음으로 이별하게 되면, 사랑은 어디쯤에서 잊힐까요? 죽음은 사
랑의 끝일까요? 황정은의 「대니 드비토」는 죽음과 잊힘, 그리고 사랑
의 쓸쓸함에 관한 이야기입니다.

펭귄맨이었던 배우의 이름이 무엇인지 기억해 내려 애쓰던 순간,
'나'는 자신이 죽었다는 것을 깨닫습니다. 이때부터 '나', '유라'의 쓸
쓸한 기다림이 시작됩니다.

'유라'는 '유도'의 평범하고 긴 시간을 오래도록 지켜보며 옆에 머
무릅니다. '유도'가 죽어 원령으로 다시 만나게 될 날을 기다리면서
요. 어느 곳으로도 떠나지 못하고 자신의 존재를 느끼지 못하는 사람
을 그저 바라보고 바라보는 '유라'의 마음을 헤아려 봅니다. 그 슬픔
과 쓸쓸함의 깊이가 쉽게 가늠이 되지 않습니다.

어느덧 늙고 병든 '유도'를 보며, '유라'는 자신이 얼마나 간절히 기다렸는지를 생각했을 것입니다. 그러나 "죽어서도 남을 쓸쓸함이라면" 그 무엇으로도 남고 싶지 않다던 '유도'의 말을 떠올립니다. 점점 사라지고 있는 자신이 또다시 '유도'를 남겨 놓고 먼저 사라지는 것이 아닌지 걱정스럽기도 했겠지요. '유라'는 이제 그 긴 기다림을 정리합니다. '유도'가 자신처럼 가혹한 외로움과 쓸쓸함을 느끼지 않길 바라는 마음으로요.

오랜 시간 궁금해했던 펭귄맨의 이름을 마지막에 알게 된 것처럼, '유라'는 긴 기다림의 시간을 통해 사랑이란 무엇인지 깨닫게 된 것이 아닐까요? 작품의 마지막에 '유도'가 한 말은 이것이었죠. "유라." 오랜 시간 마음속에 담아 두었던 이름. 오랜 시간 망각 속에 묻혀 있던 이름. '유도'는 '유라'를 기억해 냅니다. 그렇게 두 사람의 사랑은 다시 시작됩니다.

IV.

「대니 드비토」의 '유라'와 '유도'를 떠올려 봅니다.

사랑이란 어쩌면 '유라'의 시간처럼 길고 긴 기다림인지도 모르겠습니다.

마지막까지, 평생 그 옆에서 당신에게 가는 길(You道)을 찾는 과정.

완전한 타인인 당신을 알기 위한 시간.

그 모든 우리 인생의 사랑의 순간들은 「첫사랑」에서 '내'가 'J'를 보았던 순간처럼 이렇게 시작되었을 것입니다.

"아름다웠다.

.

.

.

가슴이 뛰었다."

작품 출처

- 최진영, 「첫사랑」 『팽이』, 창비 2013
- 박상영, 「햄릿 어떠세요?」 『알려지지 않은 예술가의 눈물과 자이툰 파스타』, 문학동네 2018
- 최민석, 「"괜찮아, 니 털쯤은"」 『시티투어버스를 탈취하라』, 창비 2014
- 이지민, 「그 남자는 나에게 바래다 달라고 한다」 『그 남자는 나에게 바래다 달라고 한다』, 문학동네 2008
- 정세랑, 「웨딩드레스 44」 『옥상에서 만나요』, 창비 2018
- 백수린, 「폭설」 『여름의 빌라』, 문학동네 2020
- 권여선, 「봄밤」 『안녕 주정뱅이』, 창비 2016
- 홍희정, 「앓던 모든 것」 『창백한 말: 제6회 문지문학상 수상작품집』, 문학과지성사 2016
- 황정은, 「대니 드비토」 『파씨의 입문』, 창비 2012